Mort d'un sénateur

Pascal Chabaud

Mort d'un sénateur

Roman policier historique

© Pascal Chabaud, 2025

Couverture : Archives départementales de l'Allier
Conception couverture : Charlotte Pargue
www.charlottepargue.com

Édition : BoD · Books on Demand, 31 avenue Saint-Rémy,
57600 Forbach, bod@bod.fr
Impression : Libri Plureos GmbH, Friedensallee 273,
22763 Hamburg (Allemagne)

ISBN : 978-2-3225-5332-7

Dépôt légal : janvier 2025

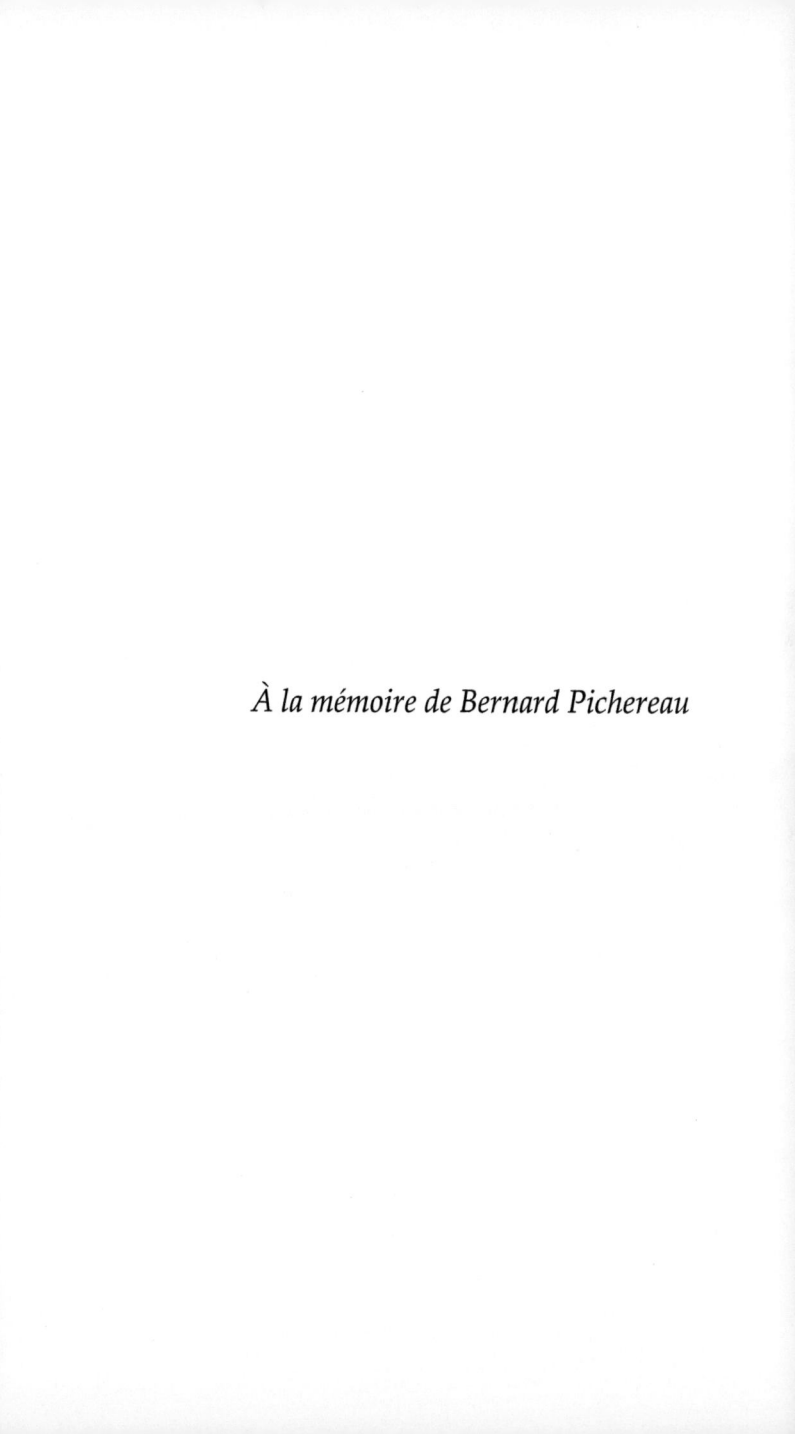

À la mémoire de Bernard Pichereau

AVERTISSEMENT

Ce livre est une œuvre de fiction dans laquelle la réalité historique tient une grande place. C'est pourquoi toute relation avec des personnages ayant existé n'est pas totalement le fruit du hasard.

« Le meurtre est fondamentalement humain »
Louise Penny

Préface

L'année 1940 a été incroyablement singulière, dense, dramatique pour des millions de Français passant brutalement de la Drôle de Guerre à l'offensive allemande de mai-juin 1940. La France soi-disant invincible est écrasée en quelques semaines ; 8 à 10 millions de Français errent sur les routes de l'exode. Le IIIe Reich a vaincu en un temps-record, un temps imprévu, l'une des plus grandes puissances du monde. Le désastre est inédit dans notre histoire. 1940 est le plus grand trauma des deux derniers siècles, plus fort encore que la défaite de Napoléon 1er, plus lourd que la défaite de 1870.

Des millions de Français partagent une descente aux enfers qui se poursuit avec l'occupation du pays, du moins en partie : la zone occupée est délimitée par une ligne de démarcation, véritable frontière artificielle au cœur des terroirs français. Le rationnement, la signalétique nazie, l'absence de plus de 1, 5 millions de prisonniers de guerre, le retour laborieux des réfugiés chez eux, la mise en place d'un nouveau régime politique à Vichy, après une fuite entre Paris, la Touraine et Bordeaux, sont autant de maux avec lesquels les Français commencent à vivre. Pétain leur promet une Révolution nationale… qui n'aura pas lieu.

Grâce au roman de Pascal Chabaud, la petite histoire rejoint souvent la grande. L'infiniment petit participe de l'infiniment grand ; des millions d'histoires se trament dans le contexte terrible de 1940, dont les crimes, les petites lâchetés, les pillages de réfugiés, les vols, les viols, les abandons, les trahisons et les intrigues politiques. La France n'est plus que l'ombre d'elle-même, elle semble prête à se livrer au vieil homme, au « vainqueur de Verdun » comme aimait à le clamer la propagande. L'arrivée au pouvoir de Pétain s'est jouée comme une tragédie. De Gaulle est parti à Londres et Pétain a voulu être « le sauveur » de la France, un pays écrasé et entre les mains de Hitler.

Ce contexte, Pascal Chabaud le connaît fort bien. Il le choisit et le cisèle à sa façon, avec rigueur, allant de la fiction à la réalité. Il se livre ici à un exercice difficile, avec sa passion pour l'histoire qu'il enseigne, ses recherches et son envie de sortir du cadre très sérieux de l'histoire scientifique, mais un cadre non moins rigoureux, celui de la fiction. Il regarde la Seconde Guerre mondiale dans ses débuts par le biais du roman policier. Fin observateur, il use de sa connaissance précise de la période pour inventer une trame romanesque et noire ; les policiers traquent les trafiquants et cherchent à élucider des crimes commis en pleine débâcle. Nombre de policiers et de gendarmes ont d'ailleurs fui sur les routes de l'exode, mais ils reviennent à leur poste et des dossiers nombreux s'amoncellent sur leurs bureaux. Mener des enquêtes devient difficile.

L'histoire se déroule entre Clermont-Ferrand, Vichy et Paris en juillet - août 1940. La trame policière permet de regarder autrement la situation dramatique de la France pendant les premiers mois de l'État Français du maréchal Pétain sis à Vichy dans l'Allier.

Plusieurs années de recherches et de travail ont été nécessaires à Pascal Chabaud pour bâtir un roman cohérent, bien écrit et fidèle à la réalité historique, nourri par la lecture d'autobiographies et de récits des contemporains qui montrent la détresse du corps politique. La trame historique de 1940 est aujourd'hui de plus en plus scrutée par les auteurs de romans et Pascal Chabaud réussit l'exercice difficile de l'écriture romanesque autour d'un événement social et politique unique dans notre histoire. Le lecteur se passionnera assurément pour l'histoire inventée par l'auteur, avec minutie.

Eric ALARY
Professeur de Chaire Supérieure en Histoire à Tours (khâgne et hypokhâgne), docteur de Sciences Po Paris, auteur de nombreux ouvrages sur la Seconde Guerre mondiale.

Liste des personnages

Joseph Dumont, inspecteur de la Brigade mobile de Clermont-Ferrand.

Nestor Bondu, responsable du service de criminalistique de la Brigade mobile.

Fernand Brouyard, inspecteur de police municipal.

Jean Espinasse, inspecteur de la brigade mobile, équipier de Joseph.

Armand Champeix, commissaire de la brigade mobile de Clermont.

Jocelyn Cluzel, journaliste à *La Montagne*.

Valérie Cluzel, institutrice épouse du précédent.

Irène Dumont, couturière, sœur de Joseph.

Lucien Thévenet, confiseur, chef de la « société des Grands Jours d'Auvergne, » proche de la Cagoule.

Anselme Goigoux, receleur, homme de main de Lucien Thévenet.

Etienne Ferrand, sénateur radical, franc-maçon.

Bérengère Ferrand, ethnologue, épouse du précédent.

Robert Ploix, curé de la paroisse d'Orcines, ami d'Etienne Ferrand.

Serge Kahn, ingénieur Citroën.

Simone Khan, infirmière, épouse du précédent.

Jean-Michel Charlier, journaliste à *La petite Gironde*.

Albertine Rossignol, secrétaire d'Etienne Ferrand.

Manfred Böhm, lieutenant dans la Luftwaffe.

Jacques Vendroux, sénateur, collègue d'Etienne Ferrand.

Léon Jourde, photographe.

Alexandre Varenne, fondateur et directeur du quotidien *La Montagne*.

Jules Jeanneney, Président du Sénat.

Adrien Marquet, maire de Bordeaux, ministre de l'Intérieur.

Albert Lebrun. Président de la République jusqu'au 10 juillet 1940.

Jean Zay, ministre de l'éducation du Front populaire, assassiné par la Milice le 20 juin 1944.

Georges Mandel, ministre des Télécommunications en 1934, déporté en 1942, assassiné par la Milice le 7 juillet 1944

Pierre Mendès-France, député, radical-socialiste.

Raphaël Alibert, proche de l'Action française, garde des Sceaux à partir du 12 juillet 1940, à l'origine de la dissolution des « sociétés secrètes. »

Pierre Laval, vice-président du conseil du 12 juillet au 13 décembre 1940.

Jean Prouvost, entrepreneur, propriétaire de *Paris-Soir*, éphémère ministre de l'information du 6 juin au 10 juillet 1940.

Philippe Pétain, « chef de l'État français. »

Bernard Ménétrel, médecin et conseiller personnel de Pétain.

Agnès Humbert, historienne de l'art, co-fondatrice du groupe du Musée de l'Homme avec Germaine Tillion.

François Méténier, activiste d'extrême droite, membre de la Cagoule.

Marx Dormoy, ministre de l'Intérieur du Front populaire, met fin aux activités de la Cagoule en novembre 1937, assassiné le 25 juillet 1941.

Pierre-Jules Boulanger, ingénieur Michelin, puis directeur de Citroën de 1935 à 1950.

Prologue

2 septembre 1939

Sabine a été réveillée par des coups de pied dans son ventre. Le bébé essaie de changer de position. Il doit commencer à se sentir à l'étroit. Elle bascule du côté droit vers le côté gauche sur lequel elle s'est endormie après qu'ils aient fait l'amour. Elle passe la main sur ses seins qu'il a caressés.

Sabine se lève difficilement et va ouvrir les rideaux. Le soleil illumine les pierres grises de la cathédrale. La journée va être belle malgré les menaces de guerre qui pèsent sur l'Europe. Hitler est un fou que personne n'a su arrêter. Sabine soupire. Puis sourit. Elle a prévu d'acheter des coupons de tissu aux *Dames de France* et de confectionner des draps pour le petit berceau.

Il reste un peu de café qu'elle fait réchauffer dans une casserole. Elle coupe une tranche de pain blanc sur laquelle elle étale une généreuse couche de confiture de groseilles que sa belle-sœur lui a donnée.

Après une toilette de chat, elle s'habille légèrement d'une robe de grossesse dont elle a trouvé le patron dans *Modes & Travaux*. Avant de sortir, elle jette un regard attendri dans la chambre du bébé qui est prête. Ils ont choisi un papier peint blanc sur lequel des lianes de chèvrefeuille imprimées accueillent des rouges-gorges dodus.

Elle ferme soigneusement la porte à clé et descend les escaliers. Elle achète *Pour Vous « L'hebdomadaire du cinéma »* et *L'Avenir du Plateau Central* au marchand de journaux à l'angle de la rue des Gras, encore peu fréquentée à cette heure. Les nouvelles ne donnent pas envie d'aller au cinéma ce soir.

Ce que l'on craignait depuis des mois est arrivé. Sans déclaration de guerre, l'Allemagne a envahi la Pologne. Consternée, Sabine s'arrête sur le trottoir. Elle lit les informations sans y croire. Elle ne prête pas attention au bruit de moteur qui s'amplifie derrière elle. La voiture débouche de la rue Verdier-Latour et ses pneus gémissent dans le virage. Le chauffeur ne réussit pas à maintenir une trajectoire et les roues heurtent violemment les bords des trottoirs. Par la vitre ouverte, on entend des cris de joie et de peur simulée.

Absorbée par la lecture, Sabine lève les yeux du journal et perçoit le choc d'une jante qui percute un trottoir. Elle se retourne. La voiture est à quelques mètres d'elle. Au moment où elle s'apprête à fuir vers la gauche, les mains lancées devant elle pour se protéger, le pare-chocs la fait basculer vers l'avant. Le phare heurte son ventre. Sabine est projetée en l'air et retombe lourdement sur la chaussée.

Le bolide a déjà disparu quand les commerçants s'approchent du corps sans vie de Sabine.

Première Partie

JUILLET 1940

L'Assemblée Nationale donne tout pouvoir au gouvernement de la République, sous l'autorité et la signature du maréchal Pétain, à l'effet de promulguer par un ou plusieurs actes, une nouvelle constitution de l'État français.

Extrait de la loi constitutionnelle du 10 juillet 1940

1

Nous Maréchal de France, chef de l'État français,
Vu la loi constitutionnelle du 10 juillet 1940,
Décrétons :
Art. 1er. — Le chef de l'État français a la plénitude du pouvoir gouvernemental, il nomme et révoque les ministres et secrétaires d'État qui ne sont responsables que devant lui.

Extrait du *Journal Officiel* du 12 juillet 1940

À genoux, Joseph Dumont tenait dans sa main l'arme du crime.

Un cendrier, projeté avec force contre l'os temporal de la victime, qui s'était enfoncé de plusieurs centimètres dans la boîte crânienne. Poussé par la pression, le sang s'était écoulé par le nez. Il avait coagulé en une petite flaque de la forme d'un rein sur le tapis de la chambre d'hôtel.

Le cadavre était sur le ventre, bras levés, les mains à hauteur de la tête, celle-ci tournée du côté de l'impact. La rigidité cadavérique avait atteint la mâchoire et s'était emparée des muscles masticatoires, les premiers touchés. Joseph regarda sa montre. À peine neuf heures. La mort du sénateur Étienne Ferrand remontait donc aux environs de minuit.

L'annulaire droit présentait une décoloration de la peau, révélant la présence d'une chevalière qui avait été retirée depuis peu de temps. Joseph retourna le corps avec difficultés et entreprit de fouiller les poches. Une montre de gousset, un portefeuille avec quelques billets à l'intérieur, rien dans les poches du pantalon. Il se releva et parcourut la chambre du regard. La courtepointe du lit était légèrement enfoncée. Quelqu'un s'y était assis pour faire face à l'occupant du fauteuil qui avait été déplacé. Les pieds avaient laissé une trace de poinçon sur le tapis.

Incongru dans ce décor, un pied-de-biche reposait sur un guéridon Empire, assorti au mobilier.

La réputation du sénateur Ferrand n'était plus à faire. Ancien radical qui avait pris le virage à gauche vers les socialistes au moment du Front populaire, il avait publiquement incendié Pierre Laval lors du rapprochement franco-italien au lendemain de l'invasion de l'Éthiopie.

L'avant-veille à Vichy, députés et sénateurs réunis en Assemblée Nationale avaient accordé les pleins pouvoirs au Maréchal Pétain qui nommait Laval vice-Président du Conseil dans la foulée.

L'absence de Ferrand avait été remarquée. C'est là qu'il aurait pu contrer les projets de son adversaire. Et il était retrouvé mort dans une chambre d'hôtel, à cinquante kilomètres de la capitale du nouvel État Français, abattu en même temps que la République. Joseph se demanda si c'était le premier assassinat politique du régime.

Il recula jusqu'à la porte de la chambre et alluma une cigarette. Nestor Bondu sortait de la salle de bain, vêtu de son éternel imperméable aux multiples poches, Rolleiflex 6 x 6 autour du cou et canne sous le bras.

— Personne n'est entré dans cette pièce depuis la dernière fois où le ménage a été fait. J'ai pris quelques photos, mais il n'y a rien d'intéressant ici.

— J'espère que tu auras trouvé plus de pistes dans la chambre.

— J'ai quelques traces, oui. Mais cet objet contondant me semble très intéressant, tu ne trouves pas ? dit-il en s'approchant du pied-de-biche

— Et je voudrais bien savoir ce qu'il fait ici, fit Joseph.

— Ce n'est pas ça qui a tué notre sénateur, dit Nestor en sortant une réglette de sa poche pour la placer à côté de l'instrument.

— C'est certain, répondit Joseph. Et ce n'est sûrement pas Ferrand qui l'a apporté. Ou alors, les sénateurs ne sont plus ce qu'ils étaient.

— Tout fout le camp depuis le 10 mai, grommela Nestor, l'œil rivé au viseur de son appareil photo.

Il sortit un gant en chevreau d'une poche de son immense imperméable et saisit délicatement le pied-de-biche. Il s'agenouilla avec difficulté pour le déposer dans une mallette contenant les indices.

Un pas lourd et une respiration haletante envahirent l'espace de travail des deux hommes. Fernand Brouyard, officier de police municipale, un mètre soixante-cinq, cent vingt kilos tout mouillé entra dans la chambre. Ses yeux bleus azur éclairant un visage congestionné et bouffi se posèrent sur le cadavre d'Etienne Ferrand. Les poils de Joseph se hérissèrent avant même qu'il ouvre la bouche.

— Je venais me faire plaisir en regardant un sénateur mort. En voilà un qui ne fera plus de politique, dit-il avec un sourire railleur.

— Les sénateurs ne font plus de politique depuis deux jours, répondit Joseph.

— Et c'est tant mieux. Il y a longtemps qu'on aurait dû mettre un point final à cette engeance. Si j'avais été à Paris le 6 février, je les aurais tous balancés à la Seine. Avec les invertis et les Juifs, ça aurait fait de la place, et ça nous coûterait moins d'impôts.

Joseph et Nestor échangèrent un regard. « L'épais Brouyard », comme ils l'appelaient, exultait depuis la fin de la République. Il arborait au revers de son veston un petit insigne circulaire qui proclamait « je ne suis pas député », distribué par les ligues d'extrême droite. Il avait commenté le vote du 10 juillet en quatre mots : « La gueuse est morte. »

Joseph jugea inutile de rappeler à Brouyard que les indemnités d'occupation exigées par l'Allemagne valaient toutes les contributions depuis leur création. Depuis quelques semaines, les Français devaient s'acquitter d'un tribut de quatre cents millions de Francs par jour.

— Alors l'infirme ? s'esclaffa Brouyard en regardant Nestor qui était resté à genoux près de la mallette. T'as apporté ta panoplie ? Vous me faites marrer à la Mobile ! Comme si qu'on pouvait arrêter les assassins en regardant leurs poils de cul au microscope ! C'est du pif et du muscle qu'il faut pour faire ce boulot. Et c'est pas avec ta canne que tu courras plus vite ! Allez, je vous laisse, les gugusses ! Je vais faire du vrai travail de flic ! On nous a encore signalé une voiture déplacée ce matin. J'aurai pas besoin de pinceau pour arranger le portrait à çui qu'a fait ça ! C'est moi qui te le dis !

Joseph vit le dos de Nestor se raidir sous l'affront. Il s'appuyait sur sa canne pour se relever. Il s'approcha lentement de Brouyard qui riait tout seul de son humour sophistiqué. Le pommeau de la canne représentait une tête de cheval sculptée dans une lourde boule de cuivre. Dans un mouvement fluide et rapide, Nestor projeta la tête de cheval dans la panse de Brouyard. Le souffle coupé, il s'affala contre le mur du couloir.

— Je ne cours pas vite, c'est vrai, lui lança Nestor, d'une voix calme. Mais je suis encore capable de donner des leçons de politesse.

Brouyard se relevait lentement, la respiration sifflante.

— Tu… tu … me le paieras. Je te le promets.

— En attendant, dit Joseph, laisse-nous bosser avec notre panoplie et débarrasse le plancher.

Brouyard s'éloignait en s'appuyant à la cloison.

— Salauds… Vous allez pas rigoler longtemps, bougonnait-il.

Lorsqu'ils furent seuls, Nestor lâcha un long soupir

— Excuse-moi, je me suis emporté, mais je reconnais que parfois, il a raison.

— Si tu ne l'avais pas fait, je lui en aurais mis une. Et à quel sujet aurait-il raison ?

— Au mien.

Avant que Joseph ne réponde, Nestor enchaîna :

— Regarde-moi, il me faut une canne pour me déplacer, je marche à la vitesse d'un escargot anémié et s'il y avait une bagarre, je me casserais au moindre choc. Je l'ai eu par surprise, mais s'il avait riposté…

— Ta canne est un peu plus qu'un moyen de locomotion, il me semble. Tu as de la ressource. En plus, il n'y a que toi pour faire la différence entre un poil de cul et un sourcil, et tu es à toi tout seul le fichier départemental des empreintes.

Nestor sourit. Il avait l'air fatigué.

— Si tu as fini, rentre au labo, lui demanda Joseph. Commence à exploiter ce que tu as ramassé. Je vais retrouver Espinasse à la réception. Brouyard sait donner des leçons mais j'espère que les municipaux tiennent le fichier des hôtels à jour, on saura au moins qui était présent hier soir.

— J'aurai développé les photos ce soir, répondit Nestor. Pour l'identification des empreintes, ça devrait aller vite. Mais pour les poils de cul, la maison demande un délai.

— Si je les ai pour mon petit déjeuner, ça ira.

— Ben voyons ! L'idéal aurait été que je te les sorte avant-hier !

— Tu vois, répliqua Joseph, quand tu veux, tu comprends !

Nestor se dirigea vers l'ascenseur appuyé sur sa canne, son imperméable digne de Harpo Marx battant sur ses mollets.

Joseph jeta un dernier regard à la scène de crime et descendit les escaliers.

L'inspecteur Jean Espinasse était en pleine conversation avec le concierge et le directeur de l'hôtel, affalés dans les fauteuils de la réception. Sa barbiche bien taillée le faisait ressembler à Napoléon III. Joseph souriait quand il imaginait l'empereur avec l'accent de Marseille. Tiré à quatre épingles, Espinasse transpirait d'abondance et levait les yeux au ciel.

Il s'approcha de Joseph et chuchota :

— Si tu peux faire parler ces deux zigotos... On a l'impression qu'ils ont perdu père et mère ! Et... je ne sais pas ce que vous avez fait à Brouyard, mais il n'avait pas l'air content du tout. Quand je lui ai demandé les fiches, il m'a dit qu'il avait des choses plus importantes à faire et qu'on n'avait pas intérêt à l'emmerder aujourd'hui ! Je vais les chercher au commissariat.

— Ne te perds pas en route ! Tu te rappelles où c'est ?

— Peuchère ! répondit Espinasse en exagérant son accent. Je n'ai pas fini d'entendre parler de ça !

Quelques semaines après son arrivée en janvier, Espinasse avait cherché pendant des heures à Clermont une rue qui se trouvait dans la vieille ville de Montferrand.

Joseph s'installa dans un fauteuil, et se pencha vers le directeur.

— Vous savez que la résolution d'une enquête criminelle dépend souvent des informations recueillies rapidement. Je dois donc vous poser quelques questions, malgré le choc que vous avez reçu.

Le directeur vida son verre de cognac cul-sec et se tourna vers Joseph.

— C'est plus qu'un choc, Monsieur l'Inspecteur ! C'est un cataclysme ! Dans un hôtel comme le nôtre… C'est toute la réputation de l'établissement qui en pâtit, bien que, depuis un mois, avec les événements, n'est-ce pas… nous ayons dû recevoir une clientèle, euh, hétéroclite.

— Calmez-vous, Monsieur. Ce n'est pas la réputation de l'hôtel qui est en jeu, mais l'arrestation d'un assassin.

Le directeur baissa la tête, comme un gamin pris en faute.

— Le sénateur Ferrand avait-il l'habitude de venir dans votre établissement ?

— Non. J'aurais été très honoré de sa présence, certes, mais nous ne l'avons jamais reçu.

— L'avez-vous rencontré lors de son arrivée ?

— Absolument pas. J'étais absent hier soir, n'est-ce pas, et c'est le concierge ici présent qui m'a téléphoné au petit jour pour me prévenir de… Oh mon Dieu, s'exclama-t-il en se souvenant de l'événement. Quelle tragédie !

Joseph soupira et congédia le directeur qui rejoignit son bureau avec soulagement. Il se tourna vers le concierge et sortit un calepin de sa poche.

— Monsieur ?...

— Genestier, Monsieur l'inspecteur. Aimé Genestier.

— Bien, monsieur Genestier. Racontez-moi cette matinée agitée. Le plus simplement possible.

— J'ai pris mon service à six heures ce matin. J'ai classé quelques documents administratifs, puis j'ai regardé quelles chambres devaient se libérer aujourd'hui. C'est alors que j'ai entendu un grand cri. Et un bruit de vaisselle. Je suis rapidement monté à l'étage et…

— Quelle heure était-il ?

— Les petits déjeuners sont servis dans les chambres à partir de sept heures et demie.

— Continuez, je vous prie.

— Euh… Oui. Je suis arrivé devant la chambre de Monsieur Ferrand. La petite Marthe Chaput qui faisait le service restait sans bouger. Je me suis approché et j'ai vu le cad… enfin, le corps… Je veux dire, Monsieur le sénateur, allongé par terre.

— Comment la femme de chambre a-t-elle vu l'intérieur de la chambre ?

— Il me semble que la porte était ouverte. Oui. C'est cela.

— Qu'avez-vous fait ensuite ?

— J'ai fermé la porte. J'ai dit à la petite Chaput de redescendre et j'ai appelé le commissariat central qui a rapidement envoyé quelqu'un.

Joseph avait été prévenu une heure plus tard. Dans les cas graves comme le meurtre d'un sénateur, les compétences de la police municipale se limitaient à la constatation des faits, puis la brigade mobile était saisie de l'affaire par le juge d'instruction. Appelé par son supérieur hiérarchique le commissaire Armand Champeix, Joseph se retrouvait pour la première fois de sa carrière face à l'assassinat d'un personnage public.

Il concentra son attention sur le concierge.

— Savez-vous depuis quand le sénateur Ferrand était dans l'établissement ?

— Oh oui, Monsieur l'inspecteur. J'ai vérifié pour le dire à vos collègues. Il est arrivé hier soir. Sa fiche le confirme.

— À quelle heure ?

— Il est noté dix heures.

— Vous n'étiez pas de service ?

— Non. C'est mon collègue Paul Verdier qui était de garde hier soir.

— De quand date la réservation ?

— J'ai consigné l'appel sur le registre, avant-hier, soit le 10 juillet à 10 heures du matin. C'est facile de s'en souvenir, ajouta-t-il en riant de son humour.

Joseph ne riait pas du tout. Ferrand avait réservé une chambre au moment même où avait lieu le vote qui mettait fin à la République. Quelle raison pouvait être plus importante que cela pour qu'Étienne Ferrand ne soit pas à Vichy ?

— Rien ne vous a semblé… inhabituel dans cet appel ? demanda-t-il.

— Je ne connaissais pas la voix de Monsieur le sénateur, n'est-ce pas, et l'homme qui a appelé s'est présenté comme tel. Je n'avais pas de raison de mettre sa parole en doute.

— Il ne vous a pas semblé nerveux, ou inquiet ?

— Pas particulièrement, non, mais…

— Mais ? insista Joseph qui trouvait le temps long.

— Il paraissait… essoufflé. C'est cela ! essoufflé, comme s'il venait de monter un escalier.

Le concierge avait montré sa bonne volonté, et Joseph était à cours de questions. Il pensa soudain à quelque chose.

— Je n'ai pas vu de bagages dans la chambre. Les policiers municipaux n'ont rien emporté ?

— Je suis sûr que non, Monsieur l'inspecteur. Ils ont tenu à ce que je reste avec eux, et il n'y avait aucune valise.

Joseph replia son carnet. Il espérait que les clients de l'hôtel avaient apporté plus de réponses à Espinasse.

****

Joseph finissait de rédiger son premier rapport. Espinasse le rejoignit, les mains chargées de documents. Il s'assit face à Joseph, tira sur le pli impeccable de son pantalon que madame Espinasse entretenait avec grand soin.

— J'ai mis au propre les témoignages des clients qui étaient au même étage que Ferrand.

— Ils nous mènent directement à l'assassin, je suppose, dit Joseph en souriant.

— On n'a rien, grommelait ce dernier. C'est à croire qu'ils étaient tous sourds, aveugles, ou abrutis au phénobarbital ! J'ai demandé au personnel et suis allé vérifier dans les autres chambres.

Espinasse reprit ses notes et tout en lisant, pointait les chambres sur le plan qu'il avait dessiné.

— M. et Mme Philippe. Des réfugiés. Ils viennent de la région d'Amiens. Un patelin qui a un joli nom : Fossemanant. Ce qui n'a pas empêché leur maison d'exploser sous une rafale de stuka. Ils n'ont eu que le temps de sortir et n'ont rien pu emporter. Pas de famille, pas d'enfants. Lui a trouvé un peu de travail chez Bergougnan, et elle, elle fait des ménages à droite et à gauche. Je ne les vois pas en assassins de sénateur.

— Et qui d'autre ? demanda Joseph

— M. Begon Pierre. Il faudrait lui faire rencontrer Brouyard. Il n'aime pas les juifs, les politiciens, les communistes. De passage à Clermont pour s'approvisionner en alun pour son atelier. Il est taxidermiste à Ambert. Je pense qu'il aurait bien aimé empailler Ferrand si on lui en avait donné l'occasion ! Il y a aussi M. Pignol Raymond. Il est représentant de la maison *Evacua*. Tu sais, ils ont ouvert une succursale rue Blatin en mai. Ils récupèrent les stocks des magasins des régions évacuées et les revendent avec une marge confortable. Ils profitent de la misère des autres pour gagner du fric sur leur dos. J'ai aussi Mme Chanudet Élise. Elle est commerçante à Murat-le-Quaire, au fin fond du Sancy. En fruits et légumes. Elle n'était pas dans la chambre le matin, m'a-t-elle dit, parce qu'elle était au marché de gros de la place du Maréchal Fayolle. Elle voulait renégocier un contrat. Arrivée hier soir à 7 heures, elle avait mangé un morceau dans le train et elle s'est couchée en arrivant. Évidemment elle n'a rien entendu.

— Elle fume ?

— Je ne l'ai pas vue faire devant moi, mais je ne pense pas.

— Dommage. On aurait pu filer un de ses mégots à Nestor, pour qu'il compare avec ceux trouvés dans la chambre.

— Et enfin, M. Naudin Robert. Celui-là, il a fallu que je le cuisine pas mal, parce qu'il n'avait pas très envie de raconter sa nuit. Apparemment, il n'avait pas expliqué à Mme Naudin qu'il fricotait avec une des filles du palais de Cristal. Il a payé la chambre en liquide parce que Madame vérifie les comptes de son magasin de Montluçon – il est chapelier – mais il a réussi à se faire une caisse noire pour agrémenter ses nuits clermontoises. Il a passé une partie de la nuit à se faire astiquer le poireau, et est rentré du bordel à 4 heures. Ferrand était déjà mort à ce moment-là. Bref, on a que dalle. Quant aux clients des autres étages, ils n'ont rien vu ni entendu.

Espinasse se renversa sur sa chaise, tirant nerveusement sur sa barbiche. Il soupirait avec force, et regardait le plan de l'hôtel comme si le nom de l'assassin allait apparaître.

— Tu as lu le journal ? demanda-t-il.

— Pas eu le temps. Et je n'y ai même pas pensé.

— Le maréchal va constituer son premier cabinet. Et il va remettre la France au travail vite fait ! Les tire-au-flanc vont enfin mouiller leur chemise.

— Ce ne sont pas les tire-au-flanc qui ont perdu la guerre.

— Peut-être pas. Nos soldats se sont bien battus. Mais si on avait fait le ménage un peu plus tôt…

— Tu ne peux pas mettre la défaite sur le dos des quarante heures ! Depuis sept ans Hitler clame qu'il va nous rentrer dedans et les généraux n'ont pas levé le petit doigt.

— Peut-être, mais on allait dans le mur avec les idées socialistes de Blum et de sa clique. Un ministère des Loisirs ! Un « ministère des Beaux-Arts » ! Pourquoi pas « de la Culture ? » C'est avec ça qu'on prépare une guerre ? Et puis quoi encore !

— Les congés p…

— Encore une belle invention ! Payer les gens pour être en vacances ! Et leur offrir des billets de train !

— Tu es comme Brouyard, en fait,

— Pas du tout… Pourquoi tu dis ça ?

— Juste pour t'emmerder ! dit Joseph en riant.

Il se leva et monta au deuxième étage où se trouvait le bureau du commissaire Champeix. Il appréciait cet homme corpulent, à la moustache blanche. Sa voix grave et tranquille était rassurante. Ses questions pertinentes donnaient la bonne direction d'une enquête.

La porte du bureau était ouverte, comme toujours. Champeix apparaissait derrière une brume odorante. Il confectionnait lui-même son tabac à pipe, constitué d'un mélange de scaferlati gris et de blond de Virginie qui diffusait une odeur de feu d'herbe dans l'ensemble du commissariat. Nestor le qualifiait gentiment de fumeur « invertébré ». Sur le coté de sa table de travail était posé un carrousel contenant une vingtaine de pipes, rangées sur deux étages. Il avait fait doubler les poches droites de ses vestes de caoutchouc souple pour avoir constamment avec lui une blague à tabac. Une bouffarde à la bouche, Champeix lisait La *Montagne*. Il leva les yeux et fit signe à Joseph.

— Entrez, mon petit ! Écoutez-moi ça…. « Premiers actes constitutionnels ! » « Le maréchal Pétain exercera le pouvoir législatif jusqu'à la formation de nouvelles assemblées ! » ! Plus de Sénat ! Plus de Chambre des

Députés ! La monarchie est de retour, Joseph ! Et le nouveau roi a 80 ans… Quel gâchis

— C'est sûrement provisoire. Le maréchal est attaché à la République.

— Je n'en mettrais pas ma main au feu… Mais les forces du mal rôdent autour de lui… Il n'a pas encore constitué son gouvernement, et des bruits nauséabonds circulent déjà. On parle de Marquet à l'Intérieur et d'Alibert à la Justice !

— « Les hommes de l'ombre », dit Joseph.

— Et quelle ombre ! Avec des pistolets comme ceux-là, je vous fiche mon billet qu'on ne va pas tarder à envoyer les ouvriers aux champs, et les francs-maçons au trou !

— La Fraternité est puissante, commissaire, et elle a les moyens de lutter contre l'obscurantisme.

— Votre angélisme vous perdra, Joseph ! Et je trouve que vous faites de sacrés progrès sur les connaissances de base ! On pourra faire de vous un compagnon, si les curés ne vous mangent pas !

Ils rirent tous les deux. L'éducation catholique de Joseph ressortait parfois, bien qu'il se soit depuis plusieurs années abstenu d'aller à la messe ou de se confesser.

— Mais bon, se reprit Champeix, on n'est pas là pour faire de la politique, et on a un cadavre de sénateur sur les bras, et Marquet ou pas, Laval ou pas, il faut bien qu'on trouve son assassin !

Joseph s'assit sur une chaise en paille que Champeix lui désignait et sortit son carnet. Il alluma une cigarette pour contrer l'odeur écœurante du tabac à pipe et fit un compte rendu détaillé des témoignages. Il était tracassé de n'avoir pu interroger la femme de chambre.

— Puisque vous savez où elle habite, dit Champeix, informez-vous de ses jours de service et allez l'interroger chez elle. Elle sera peut-être plus à l'aise, et surtout plus calme. Qui sait qui elle aura vu ? Peut-être l'assassin ?

Joseph leva les yeux et vit le sourire de son patron.

— Ne vous emballez pas ! Ce genre de coïncidences n'existe pas chez nous. Il n'y a qu'à Rouletabille que ce genre de trucs arrive !

— Ce pied-de-biche abandonné m'intrigue, dit Joseph.

— Ce n'est pas l'accessoire habituel des sénateurs, c'est vrai, compléta le commissaire. Il n'y a pas de traces d'effraction, et rien ne semble avoir été volé…

— La marque à son annulaire montre quand même qu'on lui a enlevé sa chevalière.

— Ouais… soupira Champeix en expulsant un nuage de fumée. D'autre part, il est certain que Ferrand n'était pas à Vichy avant-hier. Il lui a fallu une sacrée bonne raison pour aller à l'hôtel.

— Il est peut-être passé chez lui à Beauregard, avant d'aller au Carlton.

Les deux hommes restèrent silencieux un moment. Une démarche saccadée et rapide dans le couloir leur fit lever la tête. Nestor arrivait, triomphant.

— Alléluia, Alléluia ! claironnait-il. Dieu est grand et Bertillon[1] encore plus grand !

Il entra dans le bureau, les yeux brillants.

— Vous, vous avez trouvé quelque chose, commenta Champeix.

---

[1] Alphonse Bertillon est l'inventeur de l'anthropométrie criminelle en 1882. Il est le premier à établir la culpabilité d'un assassin à partir des empreintes digitales.

— Oui, chef. Comme vous le savez, il y a belle lunette que la police scientifique fait faire des pas de géants aux enquêtes criminelles.

Champeix leva les yeux au ciel. Nestor ne pouvait s'empêcher de faire des jeux de mots plus ou moins réussis quand il était excité.

— Je vous livre donc un nom, poursuivit Nestor. Ferdinand Loiseau.

— Quoi Ferdinand Loiseau ?

— C'est son pied-de-biche.

— Son pied-de-biche ? demanda Joseph Tu veux dire que le pied-de-biche appartient à ce Ferdinand Loiseau ?

— Exactement ! Et que ce n'est pas l'assassin.

— Asseyez-vous Nestor ! Et expliquez-vous, lui intima Champeix.

Nestor prit une chaise que lui tendait Joseph et s'assit en étendant sa jambe folle.

— Les empreintes appartiennent à Ferdinand Loiseau, dit « Fanfan. »

— Si mes souvenirs sont bons, il est assez bête, non ? remarqua Champeix.

— Je ne sais même pas s'il comprend ce qu'il pense, renchérit Nestor, mais il était bien dans la chambre de Ferrand.

— Et tu es sûr que ce n'est pas lui qui a dézingué le sénateur, demanda Joseph ?

— Affirmatif. Ce ne sont pas les mêmes empreintes. Mais je ne connais pas celles qui sont sur le cendrier. La criminalistique ne peut pas tout, n'est-ce pas ? Il faut bien laisser du travail aux inspecteurs ! Et j'en ai encore un peu. Je veux vérifier un truc. Je t'en parlerai demain.

Nestor se leva et quitta le bureau en clopinant, tout heureux d'avoir produit son petit effet.

— Eh bien, mon cher, vous savez ce qu'il vous reste à faire, dit Champeix.

— Je crois que je vais avoir une conversation avec ce Fanfan dès demain matin, dit Joseph.

Champeix s'enfonça dans son fauteuil et regarda partir son inspecteur préféré. Le commissaire l'avait submergé depuis l'automne d'enquêtes, de procédures, de visites, de perquisitions pour qu'il ne s'effondre pas après le cauchemar qu'il avait vécu. Champeix voyait encore dans le regard du jeune homme les signes du chagrin qui le rongeait.

****

« *Un assassinat politique ?*

Alors que notre pays traverse les heures les plus sombres de son histoire, le corps sans vie d'un ardent défenseur de la République a été retrouvé mort hier matin. Le sénateur Etienne Ferrand a été assassiné dans la nuit de jeudi à vendredi dernier. Etienne Ferrand a commencé sa carrière politique comme adjoint au maire d'Orcines, commune dont il était le premier magistrat depuis plusieurs mandats. Tout habitant du Puy-de-Dôme se souvient de cet homme énergique, député puis sénateur de la circonscription de Clermont-Plaine. Ardent défenseur des libertés publiques, adversaire acharné des ligues factieuses et de leur bras armé, le sénateur Ferrand avait pris plusieurs fois la parole devant la Haute Assemblée pour appuyer l'interdiction des groupuscules extrémistes qui s'étaient attaqués à la République le 6 février 1934. On se rappelle également ses prises de position enflammées pour une République tolérante, alors que les opinions antisémites les plus basses s'exprimaient à la Chambre au lendemain de l'élection du Président Blum.

La direction du journal et l'ensemble de la rédaction présentent leurs condoléances attristées à la famille du défunt. »

— Cent soixante-dix-sept mots, précisa Jocelyn.

— J'ai vu, dit le directeur de *La Montagne* sans lever les yeux.

La mèche en bataille, le front plissé, sa longue barbe taillée au carré tombant sur le menton, Alexandre Varenne lisait la nécrologie que Jocelyn Cluzel venait de lui remettre. Son crayon survolait le texte, à l'affût de la moindre faute d'orthographe ou d'une erreur de style.

Jocelyn se demandait toujours comment son patron faisait pour connaître au mot près la taille d'un article. Ancien ami de Jaurès, homme politique engagé, Alexandre Varenne était un journaliste de talent et un républicain combattif. Il ne décolérait pas depuis deux jours.

— On aurait pu en mettre trente de plus, commenta-t-il mais on saura la composition du nouveau gouvernement dans la journée. Felut a préparé un éditorial qui me semble important sur ce coup d'État conjoint de Pétain et Laval. Je ne sais pas si on aura assez de place en Une.

Il se leva et tourna le dos à Jocelyn, en regardant par la fenêtre de son bureau qui donnait sur la rue Morel-Ladeuil, siège du journal qu'il avait fondé en octobre 1919.

— Enfin quoi ! reprit-il, depuis Napoléon et le 18 Brumaire, aucun homme politique n'a osé cumuler les fonctions de chef de l'État et chef du gouvernement ! Et je parie que Pétain n'osera jamais soumettre la nouvelle Constitution à un référendum ! Je me demande même s'il sera capable d'en rédiger une...

Il revint à son bureau et regarda Jocelyn.

— Quelle tristesse ! À cause de ces pauvres types qui se croient tout permis, je ne peux même pas placer un hommage appuyé à un ami. Ajoutez quand même quelque chose sur le triste état de notre zone qu'ils appellent « libre », et la situation de la zone occupée. On verra bien si les censeurs s'attaquent aux morasses[1].

— Vous devriez écrire un édito sur la situation.

— Non, Jocelyn, je me suis promis de ne plus prendre plume ou machine à écrire tant que cette situation durera. Et je perds suffisamment de temps dans les bureaux de la censure ! Ne vous inquiétez pas. Votre travail est une manière à moi de m'exprimer, et je m'en contente parfaitement. Mais je crois que je vais écrire au Maréchal. C'est un homme d'honneur. Il ne décevra pas les Français.

****

Joseph quitta le commissariat, proche de la gare de Clermont, en fin de journée. Une chaleur de plomb recouvrait la ville. Arrivé à son appartement rue Tranchée des Gras, il était trempé. Il se défit de ses chaussures, et poussa doucement la porte de la chambre. Les volets en étaient fermés.

---

[1] Les morasses sont les épreuves papier d'un journal avant l'impression définitive sur les rotatives. Elles permettent de vérifier la composition, et, éventuellement, d'éliminer des articles censurés.

Ils ne seraient plus jamais ouverts.

Le petit lit était poussé sous la fenêtre, prêt à accueillir un enfant qui ne viendrait pas. Le papier peint était fait de chèvrefeuille qui descendait en lianes torsadées sur un fond blanc.

Un des murs était recouvert de plans et de photos du lieu de l'accident. Joseph avait fait faire des tirages grand format par Nestor. Sur l'une d'elles, la trace dessinée à la craie du corps de Sabine. Comme il l'avait déjà fait mille fois, il essaya de repérer un indice sur ces images dont il connaissait chaque point. On n'avait retrouvé que quelques morceaux de verre accrochés à la robe de Sabine. Une commerçante avait entendu un bruit mou lorsque le corps de la jeune femme avait été projeté devant sa boutique. Un voisin se souvenait de l'arrière d'une voiture plutôt basse, sans capote, « vous savez, ces voitures de sport qui font du bruit », avec une roue de secours fixée sur le coffre, mais il n'avait pas su reconnaître la marque.

Joseph avait parcouru chaque centimètre carré de la rue des Gras avec une loupe pour essayer de trouver la moindre trace qui aurait pu le mettre sur la piste. Nestor s'était joint à lui, avait prélevé des morceaux de gomme, relevé le profil des pneus et passé plus de temps que nécessaire à essayer de reconstituer le phare de la voiture. Il pensait que les débris appartenaient à une Simca, mais il était incapable de définir le modèle et l'année. Joseph avait donc inventorié toutes les Simca utilisées à Clermont, en croisant les immatriculations avec les propriétaires. Tous avaient un alibi, et leur véhicule était en parfait état. Un plan piqueté de punaises colorées reliées par des ficelles aux photos permettait de localiser la position des voitures suspectes.

Sur un autre mur, Joseph avait affiché les quelques photos prises avec Sabine. Leur ascension au Puy de Dôme, où ils avaient été pris par un orage apocalyptique qui les avait transformés en serpillères. Leur mariage, marqué par l'absence des parents de Joseph. Et surtout, la seule photo de Sabine enceinte, les mains jointes sur son ventre qui s'arrondissait. Joseph essuya machinalement les larmes qui lui piquaient les yeux. Il pensait en avoir épuisé toutes les réserves.

Il rentrait d'une journée à s'occuper de défense passive autour des usines Michelin lorsqu'il avait senti l'odeur du tabac à pipe de Champeix qui s'était diffusée dans toute la cage d'escalier.

Il l'entendait qui faisait les cent pas sur le palier desservant les deux appartements du dernier étage. Pourquoi Sabine ne l'avait-elle pas fait rentrer ? Elle ne pouvait pas être à la maternité, la naissance était prévue pour novembre. Quand il arriva sur le palier, il remarqua les yeux rouges du commissaire. « Ah mon petit, vous voilà », dit-il sobrement, la voix chevrotante. Il s'approcha de Joseph et le serra dans ses bras. Celui-ci pressentait une catastrophe, touchant ses parents, sa sœur Irène… Sans détours, parce qu'il savait que ces nouvelles faisaient mal, quelle que soit la manière dont elles étaient annoncées, Champeix lui expliqua que Sabine était couchée à la morgue et qu'on avait cherché à le joindre toute la journée. « Non, ce n'est pas elle », dit Joseph, refusant ce que Champeix lui annonçait. Une jeune femme qui lui ressemblait, c'était possible, non ? Sabine était toujours d'une extrême prudence. Champeix secouait la tête et répétait doucement « je suis désolé, désolé ». Il serrait Joseph contre lui et ses vêtements imprégnés de tabac dégageaient une odeur de foin. « Je veux la voir ». Champeix protesta, dit que ce n'était pas raisonnable, que c'était trop tôt. Joseph se dégagea du bras de son chef et dévala l'escalier. Champeix le rattrapa en bas de la rue des Gras et le força à ralentir.

Ni l'un ni l'autre ne prêta attention aux éditions du soir qui confirmaient l'invasion de la Pologne par l'Allemagne hitlérienne.

L'autopsie révéla que Sabine attendait une petite fille. Appuyé contre un des murs de la chambre, Joseph glissa lentement et posa la tête sur ses genoux. Il avait pensé plusieurs fois à les rejoindre. Peut-être que le Paradis n'existait pas, qu'il ne les retrouverait jamais, mais il cesserait de souffrir. Irène l'avait trouvé un soir, le canon de son pistolet dans la bouche. Elle le lui avait arraché des mains et flanqué deux gifles, le bourrant de coups de pieds. « Tu n'as pas le droit de me laisser seule avec Sebastian. Si tu n'es plus là, ce ne sont pas les parents qui m'aideront ! Reste avec nous, Jo, je n'ai plus que toi ! » Elle s'était agenouillée à côté de son frère et lui avait donné toute la tendresse dont elle était capable. Ils étaient restés un long moment ainsi, serrés l'un contre l'autre. Depuis ce jour, il menait une enquête personnelle. Il ne cherchait pas à se venger, mais voulait avoir devant lui l'homme qui avait détruit sa vie et celle de sa famille.

Joseph sombra dans un sommeil comateux. Il se réveilla au milieu de la nuit, le dos endolori par sa position. Il se leva avec peine et sortit rapidement de la chambre dont il ferma la porte. Une bouteille de vin était rangée dans le placard de la cuisine. Il s'en versa rapidement un verre qu'il but, appuyé au placard. Il se rappelait avoir conservé un morceau de pâté dans le garde-manger. Un quignon de pain traînait sur la table. Il le rompit avec ses dents, et mordit dans le pâté. La vue du cadavre de Ferrand l'avait secoué. Il n'avait pas été confronté à la mort depuis le mois de septembre. Il but une rasade de vin au goulot et finit le pâté, qu'il avala sans mâcher.

Un numéro de *Pour Vous* était posé sur une chaise. Il le feuilleta, appuyé sur la table. Charles Laughton jouait un Quasimodo plus vrai que nature dans *Le Bossu de Notre-Dame* et Bette Davis épousait un chirurgien dans *Victoire sur la nuit*. Joseph n'était pas allé au cinéma depuis l'accident. Il continuait à acheter *Pour Vous*, ou *Ciné-miroir* qui lui ouvraient une porte vers la passion qu'il partageait avec Sabine. Ils allaient voir tous les films. Au Novelty, au Rialto, au Capitole, ils ne passaient pas une semaine sans aller au cinéma et s'informaient toujours des sorties les plus récentes. Ils attendaient impatiemment l'arrivée du Technicolor à Clermont. Sabine ne verrait jamais Clark Gable en Rhett Butler. *Autant en emporte le Vent* était sorti au mois de décembre en Amérique, puis en avril à Londres. Il n'arriverait sans doute pas avant un moment en France. Un article était consacré à Spencer Tracy. Depuis qu'ils avaient vu *Furie* de Fritz Lang, Sabine trouvait des ressemblances entre l'acteur américain et son mari. Joseph était très fier de la comparaison, mais il se trouvait trop petit, les cheveux trop noirs, et le visage trop allongé.

Joseph s'était assis et avait terminé la bouteille sans s'en rendre compte. Il se leva précautionneusement pour ne pas perdre l'équilibre, et se dirigea vers sa chambre. Il s'effondra sur le lit et s'endormit comme une masse.

15 Août 1915

Monsieur,
C'est à l'initiative d'une de mes amies, marraine de guerre elle aussi, que j'accède bien volontiers à votre demande. Si les femmes ne peuvent aller au front, elles ont le devoir de soutenir les malheureux garçons qui, comme vous, risquent leur vie pour la défense de la Patrie. Je connais les drames que vous vivez tous les jours. Mon jeune frère est mort à Saint-Mihiel en avril dernier et un de mes oncles est tombé devant Gérardmer le 22 août 1914. Je serais heureuse de pouvoir vous soutenir moralement dans ces épreuves douloureuses. J'espère que nous pourrons nous voir à l'occasion de votre prochaine permission.

Élise Rimbert

2

*Nous maréchal de France, chef de l'État
français,*
Vu la loi du 10 juillet 1940,
Décrétons :
*Si pour quelque cause que ce soit avant la
ratification par la Nation de la nouvelle
Constitution, nous sommes empêché d'exercer
la fonction de chef de l'État, M. Pierre Laval,
vice-président du conseil des ministres
l'assumera de plein droit.*

Extrait du *Journal Officiel* du 13 juillet 1940

Lucien Thévenet arriva à cinq heures du matin à « la
Fabrique ». Il gara sa Panhard Dynamic rouge et blanc
sous l'auvent qui lui était réservé, et enfila une blouse,
tâchée de jus de fruits. Le premier fournisseur arrivait
dans la pénombre, poussant avec l'aide de son jeune fils
une carriole de sa fabrication.

— Eh bien, Marcel, toujours le premier ! Et toi, Julien, tu ne crains pas le travail !

Julien se tourna vers son père, intimidé par la stature et la position sociale de Lucien Thévenet.

— Vous étiez là avant moi, M'sieur Thévenet. J'aime bien arriver tôt, parce qu'après, l'angélique perd son eau. Heureusement que je l'ai avec moi ce gamin, dit-il en lui ébouriffant les cheveux. C'est que j'ai plus vingt ans…

— Vous êtes solide comme un roc, Marcel. Montrez-moi votre angélique. On va la peser, et vous viendrez boire un rosé bien frais. Il vous faut des forces pour retourner à Montferrand.

— Ah, M'sieur Thévenet, des comme vous, on n'en fait plus !

L'essor de la maison Thévenet était le fait d'Émile, frère ainé de Lucien qui avait pris les rênes de la confiserie au début du siècle. Il avait convaincu son père qu'il fallait diversifier la production, ne pas se limiter aux fruits confits et pâtes de fruits, qui visaient une clientèle bourgeoise trop limitée. Clermont comptait plus de 12 000 ouvriers. Cette classe sociale nombreuse et indispensable, n'aurait jamais la possibilité financière de consommer ces produits. Si on voulait augmenter le bénéfice, il fallait attirer cette clientèle vers un produit bon marché qui flatterait son goût. Proposer des fruits de qualité aux ouvriers était une aberration, mais le prix du cacao avait considérablement baissé et on pouvait envisager des marges substantielles en faisant du chocolat un produit de grande diffusion.

Sous l'impulsion d'Émile, la confiserie Thévenet abandonna l'ancien atelier trop exigu et peu pratique de la rue Saint-Dominique. Une manufacture digne de ce nom était sortie de terre, à proximité de la gare de Royat et Émile fit l'acquisition de plantations de cacaoyers au

Costa-Rica. Il entra également au conseil d'administration de la Sucrerie de Limagne afin de contrôler la chaîne de production. Profitant de la mise sous tutelle du Maroc et de l'instauration du protectorat en 1912, il utilisa ses relations dans l'armée pour prendre le contrôle de plusieurs centaines d'hectares de clémentiniers à proximité d'Agadir. En quelques années, la confiserie Thévenet devint une des plus grosses entreprises du département.

Pendant ce temps, Lucien avait rejoint les cercles maurrassiens à Paris après avoir passé sa capacité en droit. Il occupa alors simultanément deux activités inégalement lucratives : pendant la journée il travaillait comme correcteur à la *Revue d'Action Française* dirigée par Maurice Pujo. Sa journée écoulée, il assurait un rôle de gigolo auprès de bourgeoises parisiennes veuves ou délaissées par leur légitime époux. Deux ans après l'acquittement de Dreyfus, il suivit Pujo lors de la création des Camelots du Roi bien décidé à mettre fin au complot judéo-maçonnique qui sapait les fondements de la France de Clovis. À la mort de son père, il accepta la proposition d'Émile de superviser l'ouverture d'un magasin à Paris, rue Saint-Jacques, à deux pas du Panthéon. Il se prit au jeu, trouva un certain intérêt à la gestion d'un magasin et fit réaliser des affiches publicitaires par Alphonse Mucha qui représentaient des jeunes femmes dans des robes aux drapés envoûtants.

Ses relations lui permirent d'échapper à la mobilisation générale d'août 1914. À la fin de l'année, on avait consommé dans l'armée la moitié des réserves de vin, les trois quarts de celles de farine et des milliers de tonnes de viande. Le rationnement avait été instauré dès le mois de septembre, donnant la priorité absolue à l'alimentation des soldats. Il fallait toujours plus de viande, de pommes de terre, de vin. Les cochons étaient conduits sur pied, à proximité des lieux de consommation. Les bouchers mobilisés pour embrocher du Boche affutaient leurs baïonnettes, égorgeaient les bêtes rassemblées en deuxième ligne, taillaient des côtelettes pour les officiers, tranchaient le lard pour les biffins et se réservaient les filets mignons qu'ils planquaient dans une poche de leur capote. Au début du premier hiver, l'État-major prit conscience que la guerre ne finirait sans doute pas dans l'année 1915. Il devint nécessaire de revoir tout le système d'approvisionnement et d'améliorer l'ordinaire du poilu. La question fut abordée lors d'une soirée où Lucien Thévenet partageait la table du général Joffre. Noël approchait, et Lucien proposa que l'armée distribuât du chocolat Thévenet aux courageux soldats en complément de la ration hebdomadaire constituée de 750 grammes de pain frais, 400 grammes de viande fraîche ou 200 grammes de viande salée, 40 grammes de sucre, 100 grammes de tabac, 30 grammes de café, et un demi-litre de pinard. Le marché s'annonçait juteux, et Lucien convainquit son frère de remplacer une partie du beurre de cacao par de la farine dans la composition des « tablettes du poilu ». Le chocolat prenait une texture un peu plus pâteuse, mais plus agréable en bouche que la terre qui se mélangeait à l'ordinaire des briscards dont la plupart n'auraient jamais l'occasion de se plaindre.

Après quelques hésitations, Émile se rendit aux arguments de son frère et n'eut pas à s'en plaindre. Le prix de revient des tablettes fut divisé par cinq, et les bénéfices grimpèrent en flèche. Lucien ouvrit un deuxième magasin rue du Faubourg Saint-Honoré et put faire graver sur les boîtes en fer blanc « fournisseur de la Présidence de la République ». La guerre ravagea l'Europe pendant cinq ans, mais permit à la maison Thévenet d'ouvrir des succursales aux États-Unis, en Angleterre et en Algérie, malgré l'efficacité du blocus allemand. Le 15 novembre 1918, Lucien fêtait la victoire au Chabanais lorsqu'il apprit que son frère avait été emporté par la grippe espagnole. Il se retrouvait à trente ans à la tête d'une des plus grosses fortunes de France et s'installa à Chamalières, tout en gardant ses contacts parisiens. La maison Thévenet devint pendant les années folles la première confiserie d'Auvergne.

Les gelées tardives du printemps 1931 détruisirent une grande partie des abricotiers de Royat et Chamalières. Lucien Thévenet aida les producteurs à acheter de nouveaux pieds et favorisa la plantation de cognassiers. Il avait mis au point une recette originale de cotignac qui connaissait un succès grandissant auprès de la bourgeoisie.

Thévenet se tournait vers son bureau quand il entendit un moteur en surrégime grimper la côte de la Fabrique et croiser la route de Marcel et de son fils. La moto d'Anselme Goigoux apparut. Le phare avait dû être réglé pour éclairer la Voie Lactée. Des bosses donnaient un relief particulier au réservoir.

Goigoux descendit de sa monture. Il enleva les lunettes d'aviateur. Il paraissait toujours être accompagné d'une nuée de moucherons, tant son tricot de corps puait. Il devait le rincer dans une fosse à purin. Lucien Thévenet dissimula sa contrariété.

— Ah, M'sieur Thévenet. Z'êtes matinal. C'est bien. Le monde appartient à ceusses qui se lèvent tôt comme on dit, hein ? Vous avez vu le gamin qui descendait ? J'en ferais bien mes dimanches !

Il sourit. Trois chicots noirs de tabac occupaient la mâchoire inférieure.

— Vos obsessions dépravées ne m'intéressent pas Goigoux. Je vous ai déjà averti de vous méfier. La Mondaine vous a certainement à l'œil. Et je n'aime pas prendre le risque qu'on nous voie ensemble.

Goigoux serra les poings. Il n'aimait pas les grands airs de Thévenet. Mais c'est lui qui le payait, et le payait bien. Il se força à sourire.

— Je crois que vous allez pas regretter ma visite, M'sieur. J'ai trouvé quelque chose qui pourrait vous intéresser.

De sa main mutilée, il ouvrit une sacoche de la moto, et en ressortit une serviette en cuir patiné qu'il présenta à Thévenet.

— Regardez bien, M'sieur. Qu'est-ce que vous voyez ?

Thévenet perdait patience. Il savait que Goigoux avait quelque chose à lui montrer, mais il n'aimait pas les mystères.

— Je vois un motif gravé, qui représente une feuille, et un B au milieu.

— C'est ça, M'sieur, et son propriétaire s'est fait casser la tête hier.

— Vous voulez dire ?... C'est le cartable de Ferrand ?

— Oui, M'sieur !

— Comment l'avez-vous eu ?

— Ah, ça… c'est mon petit secret ! Mais ce qui est important, c'est ce qui y'a dedans !

— Vous avez regardé ?

— La lecture et moi, on est un peu fâchés, mais ce que j'ai vu, ça devrait vous plaire…

Il ouvrit la serviette et en sortit une feuille dactylographiée, à en-tête du ministère de l'Intérieur. Thévenet la parcourut rapidement. Son regard se porta à la signature.

— Je vous avais dit que ça vous plairait, hein ? interrogea Goigoux. J'ai bien fait de vous les porter ?

— Vous nous avez rendu un fier service, mon vieux !

Goigoux regardait Thévenet avec les yeux d'un épagneul qui dépose un lièvre aux pieds de son maître chasseur.

— Le reste est à l'avenant ?

— J'ai pas tout compris, mais y'a des noms qu'on connaît bien par ici…

— Et qui confirment ce que l'on soupçonnait ?

— Voilà, M'sieur ! Voilà !

— La journée commence bien grâce à vous.

— Alors ? Vous la prenez ?

— Donnez-la-moi.

— Ah, M'sieur, j'ai pris des risques… ça mérite bien une petite compensation.

Sans barguigner, Thévenet sortit un portefeuille, et compta quelques billets de 100 francs. Goigoux se saisit des billets.

— Je vous l'ai toujours dit, « Goigoux rime avec grigou ! » Et vous en êtes un fameux ! Filez, maintenant, je préfère qu'on ne vous voie pas trop par ici.

— A la revoyure, M'sieur Thévenet ! Toujours à votre service.

Le vieux exhala une haleine à assommer un bœuf. Il tendit la serviette d'une main à Thévenet, et de l'autre fit disparaitre les billets dans la poche de son pantalon. Il enfourcha sa moto qui démarra dans un nuage de fumée et disparut.

La serviette sous le bras, Lucien Thévenet se dirigea vers son bureau. Il n'aimait pas ce gaillard. Sa brutalité en avait fait un membre nécessaire du Mouvement et son aide était précieuse quand il s'agissait de faire circuler des armes ou des explosifs discrètement. Certains racontaient à mi-voix que pendant la guerre Goigoux violait les prisonniers ennemis avant de les égorger de sa baïonnette. Thévenet verrouilla la porte de son bureau et s'installa. Il lut les documents pendant plus d'une heure. La menace avait été très proche. Le nouveau régime leur permettrait sans doute d'éviter le pire, mais il fallait frapper. Fort. Il décrocha son téléphone et appela Goigoux. Il avait fait installer une ligne pour les cas d'urgence comme celui-ci.

****

Joseph avait passé la matinée à chercher une trace de Ferdinand Loiseau parmi les indics de la police, ou dans les bistrots habituels des petits malfrats locaux. Si Fanfan était encore à Clermont, il était bien caché. Dans la cour du commissariat, Kowalski passait un chiffon sur une des voitures de service. Joseph ne se rappelait pas avoir échangé dix phrases avec lui depuis qu'il était arrivé dans la brigade. Venu de Pologne avec ses parents quand la France enrôlait des milliers de travailleurs après la guerre, Bogdan Kowalski avait poussé des berlines au fond des mines de Brassac puis avait décidé que ce n'était pas pour lui. Mécanicien hors pair, il avait postulé comme chauffeur à la brigade mobile. Ses compétences en avait fait une recrue de choix pour Champeix, et depuis son arrivée en 35, jamais les moteurs n'avaient aussi bien tourné. Mais la présence d'un étranger au sein de la police en inquiétait plus d'un. La montée des menaces de guerre faisait craindre l'infiltration des services officiels par une « Cinquième colonne » allemande ou pire, bolchevique. Pour avoir souvent discuté avec lui, Joseph savait que Kowalski ne portait aucun des deux régimes dans son cœur.

Joseph s'arrêta à son bureau pour téléphoner à la gendarmerie de Tauves, à la périphérie du département. Il expliqua la situation à un maréchal des logis qui l'assura de sa coopération. La maison de la mère de Fanfan serait étroitement surveillée et la gendarmerie le préviendrait dès qu'il mettrait le pied dans la commune. Joseph monta rapidement jusqu'au labo, ainsi qu'on appelait l'espace où Nestor traquait les indices, ceux que Brouyard avait poétiquement appelé les poils de cul. Nestor avait tapissé la porte de plaques d'acier émaillées dont il avait toujours tu la provenance. « La concierge est dans l'escalier, », « On est prié de dire son nom après 10 heures du soir, » « Essuyez vos pieds, » « Gaz à tous les étages ».

Atteint de poliomyélite à la veille de la Grande Guerre, Nestor avait passé sa vie au service de la police scientifique créée à Lyon en 1910. Son handicap lui avait évité de se faire massacrer entre la Somme et l'Argonne, et il avait profité de son immobilité forcée pour assimiler les grands principes de la criminalistique. En 1922, il entrait à la 6° brigade mobile de Clermont-Ferrand, apportais sa volonté de fer et sa bonne humeur pour faire de son labo une référence en matière de criminologie. Nestor aimait à se comparer à Franklin Roosevelt, le Président américain qui s'était si bien battu contre la maladie. La ressemblance s'arrêtait là. Nestor rappelait qu'il ne se déplaçait pas en fauteuil roulant – même si Roosevelt le cachait au grand public – qu'il n'avait aucune ambition politique, qu'il était beaucoup plus âgé que ce Président de 58 ans (il en avait 60). Malgré sa boiterie, il arrivait le premier sur les scènes de crime et ne se plaignait jamais des conditions dans lesquelles il devait souvent travailler. Il dissimulait sa calvitie sous un béret basque qu'il quittait rarement. Elle était selon lui, due à une trop forte utilisation de Pétrole Hahn, à l'époque où sa mère voulait que sa chevelure ressemble à celle de Baudelaire.

Si la paillasse était entretenue avec soin, les étagères du labo croulaient sous des dossiers, des boîtes contenant des indices prélevés lors de précédentes enquêtes, des bocaux renfermant des fragments anatomiques et des ouvrages de médecine ou de technique scientifique. Parmi eux, le *Traité de criminalistique* d'Edmond Locard, fondateur de la police scientifique, dédicacé de la main de l'auteur. Un nombre impressionnant de marque-pages émergeait des sept volumes, usés par les manipulations intensives. Le seul mur libre était occupé par le gigantesque tableau périodique de Mendeleïev.

Coiffé de son incontournable béret, Nestor était penché sur un épidactyloscope de sa fabrication. Cet appareil permettait de comparer les empreintes relevées sur une scène de crime à celles conservées dans le fichier des commissariats. Le catalogue interne de Nestor lui permettait de reconnaître sans hésiter la majorité des signatures digitales.

— Salut, Trésor, lança Joseph.

— Parce que Bon… du Trésor ! répliqua Nestor, fidèle au protocole d'accès imaginé des années auparavant.

Il se tourna vers Joseph en faisant pivoter son tabouret.

— Une fois n'est pas costume, j'ai une bonne et une mauvaise nouvelle, et peut-être même plusieurs mauvaises. Je commence par quoi ?

— Donne-moi la bonne, soupira Joseph. Ça m'aidera à supporter les autres.

— C'est plutôt une confirmation : C'est bien Ferdinand Loiseau dit Fanfan qui a laissé le pied-de-biche dans la chambre d'hôtel.

— Il n'avait pas oublié sa lampe torche dans une maison qu'il cambriolait, il y a quelques années ?

— Mais oui ! Et il est tellement con qu'il a téléphoné aux propriétaires pour leur demander s'ils l'avaient trouvée ! Quand il est venu la chercher, Champeix l'attendait sur place !

— Tant qu'il y aura des types comme ça, notre métier vaudra le coup, et ça équilibre avec les autres affaires un peu plus compliquées.

— Justement, la tienne apparaît un peu pas claire, si tu me permets l'expression.

Les deux hommes se turent. Joseph fixait sans la voir la photo de l'abbaye de Malemont accrochée à côté du tableau périodique des éléments. Nestor lui avait dit un jour qu'il était né dans la grange de cette abbaye désaffectée. Mais que la ressemblance avec le petit Jésus s'arrêtait là.

— Tu nous as dit hier que ce n'est pas Fanfan qui a tué Ferrand.

— Oui, et c'est la deuxième confirmation. Les empreintes sur le cendrier ne sont pas les siennes.

— Et c'est la première mauvaise nouvelle, je suppose.

— En effet. Parce que ces empreintes ne figurent pas au fichier. Le pouce a laissé une double boucle imbriquée, et je ne les jamais vues. Inconnues au bataillon.

— Et la deuxième ?

— Je ne sais pas si elle est vraiment mauvaise, ou si elle va contribuer à brouiller les pistes, mais il y avait une femme dans la chambre.

— Une femme ? Quel genre de femme ? Elle était avec Fanfan ou avec l'assassin ?

— Tu ne veux pas la couleur de ses yeux ?

— Ça m'aiderait… Comment le sais-tu ?

— Il y avait une marque de talon de chaussure de femme près de la porte de la salle de bains. Le talon a nettement enfoncé le parquet. Et ce n'est pas une question de poids : il y aurait les deux traces. J'ai l'impression qu'elle a été déséquilibrée, ou qu'on l'a poussée.

— Ça pourrait être une trace ancienne ?

— Négatif. J'ai relevé de minuscules échardes.

— Il y a eu beaucoup de monde dans la chambre de Ferrand, soupira Joseph.

— Oui, peut-être qu'il organisait des parties fines ? suggéra Nestor avec un sourire égrillard.

— Pas dans un hôtel comme le Carlton, ce n'est pas le genre de la maison ! répondit Joseph en riant. Tu as vu d'autres choses intéressantes ?

— J'ai trouvé un mouchoir – pas trop sale – sur lequel je ne trouverai sans doute pas d'empreintes, mais qui sait, et je vais travailler sur les mégots. J'ai vu deux marques de cigarettes. Il n'y a pas de traces de rouge à lèvres. Je te tiens au jus.

— Je vais explorer la piste Fanfan tant qu'elle est chaude. S'il est aussi con que tu me le dis, il m'attend peut-être en bas. Mais d'abord je vais voir ce que Ferrand avait dans le ventre.

****

Le sous-sol de l'hôpital général derrière la place Gaillard était imprégné de l'odeur de formol. Penché sur la dépouille d'Étienne Ferrand et nullement gêné par ces effluves, le docteur Maurice Courtadon terminait de recoudre l'incision qu'il avait pratiquée. Une odeur de chair en décomposition flottait dans l'air. Joseph alluma une cigarette et s'emplit les poumons de fumée.

— C'est la première fois que j'ouvre un franc-maçon, dit le médecin après avoir salué Joseph.

— Et alors ?

— Je vais vous décevoir : ils sont comme les autres ! Et les vénérables sont mortels, eux aussi. Mais, comme vous le savez :

> « *La Mort ne surprend point le sage ;*
> « *Il est toujours prêt à partir,*
> « *S'étant su lui-même avertir*
> « *Du temps où l'on se doit résoudre à ce passage.* »

— La Fontaine, je suppose ? demanda Joseph.

Ce qui n'était pas difficile, puisque Courtadon le citait régulièrement.

— Bravo, inspecteur ! Bien que le poète n'ait pas été maçon, et pour cause, la sagesse dont il fait preuve se retrouve dans les entrailles du défunt, si je puis dire : un organisme en parfaite santé, sans aucune maladie ni malformation.

— Son assassin n'avait ni sagesse, ni sérénité, apparemment.

— En effet. La victime a été frappée avec une grande violence à la tempe, avec le cendrier que vous m'avez transmis. La forme de l'objet et celle de l'impact coïncident parfaitement. Celui qui a fait cela était dans une fureur extrême. L'os temporal a été enfoncé de 3 centimètres, ce qui dénote également une certaine force. C'est un droitier, vous l'aviez deviné et, je pense, un peu plus petit que votre bonhomme.

— Ce ne peut pas être une femme ?

— Impossible, ou alors, elle a fait une formation aux abattoirs. La colère ne fait pas tout ; un choc d'une telle violence suppose des muscles solides, qui ne faiblissent pas sous l'effort. Bien qu'il n'y ait pas eu d'effort à proprement parler. L'énergie cinétique développée par le mouvement était suffisante pour projeter le cendrier avec une puissance de plusieurs dizaines de kilogrammes.

— Vous avez une idée de son dernier repas ? demanda Joseph en écrasant sa cigarette avec sa chaussure.

— La digestion avait bien commencé, mais j'ai trouvé des traces de pruneaux, dont la peau n'avait pas encore été complètement décomposée, de la chair à saucisses et des fibres. Il ne risquait pas d'être constipé, le bonhomme !

— S'il a mangé de la viande dans un restaurant, c'est illégal, puisqu'on n'a pas le droit de servir de viande le jeudi. Ou il a rendu visite à quelqu'un ?

— À moins qu'il n'ait mangé chez lui ?

— On ne sait pas encore où il était la veille de sa mort. Il semble s'être volatilisé depuis trois jours.

— Même pas le courage de ses opinions. S'il voulait dire non à Laval il devait être à Vichy. Ils me dégoutent, ces politiques.

Il alluma une Naja, au tabac d'Orient. Joseph s'enfuit. Il préférait encore le tabac à pipe de Champeix.

****

Marthe Chaput habitait rue Saint-Eutrope, au dernier étage d'un immeuble à la façade lépreuse. Joseph entendit du bruit dans la chambre quand il frappa à la porte.

— Qui c'est ? demanda une voix féminine.

— Inspecteur Dumont. Brigade mobile. Je viens prendre votre témoignage pour les événements d'hier.

Un bruit de chaise qu'on renverse ébranla le plancher vermoulu de l'autre côté de la porte. Un autre bruit, difficilement identifiable suivit. Il eut l'impression qu'on marchait sur le toit.

— Ça peut pas attendre ? fit la voix, tremblante.

— Non, mademoiselle. J'ai besoin de votre déposition tout de suite. Si vous préférez, je peux vous convoquer au commissariat.

— Ça va, ça va. Attendez un peu. J'vous ouvre.

Des frottements, des grincements de ce qui devait être un placard. Puis la porte s'ouvrit. Marthe Chaput tenait un torchon mouillé contre sa joue droite, enflée et violacée.

— Vous êtes blessée ?

— C'est rien. J'suis tombée de mon lit rapport à la piqûre d'hier. Ça m'a mis dans les vapes. Qu'est-ce que vous voulez ?

— Entrer, d'abord, et vous poser quelques questions.

— J'ai rien vu, répondit-elle sur la défensive.

— Vous avez vu le cadavre d'un client de l'hôtel. Vous allez me raconter comment vous l'avez trouvé.

Joseph n'avait pas envie de perdre son temps à négocier. Il avança d'autorité dans la chambrette, éclairée par une fenêtre mansardée. Il s'en approcha et regarda dehors. Une tache brunâtre sur la gouttière en zinc. Joseph posa son doigt dessus. C'était du sang.

— Vous vous êtes penchée récemment ? demanda-t-il après s'être retourné vers Marthe Chaput.

— Pardi, non ! J'connais assez le paysage !

Elle trempait le torchon dans une vasque en zinc dissimulée derrière un rideau à fleurs. Joseph s'appuya sur le rebord de la fenêtre.

— À quelle heure avez-vous monté les petits déjeuners ?

— Il était un peu après sept heures. Un client voulait partir tôt.

— Le sénateur n'avait rien demandé ?

— Je savais même pas qu'il y avait quelqu'un dans la chambre ! C'est pour ça que j'y ai été voir quand j'ai vu qu'la porte était entrouverte.

Avait-elle vu quelqu'un dans les couloirs ? Non. À sept heures du matin, les clients dorment dans un hôtel et il n'y a pas de circulation. Quelque chose de particulier ? Non plus. Chacun s'occupait de ses affaires et les vaches étaient bien gardées.

— Vous vivez seule ici ? demanda Joseph qui avait aperçu des vêtements masculins sur une patère fixée à la porte.

— La logeuse interdit de faire monter des hommes dans les chambres. Et puis, j'ai pas le temps d'avoir un prétendant.

Elle suivait tous les mouvements de Joseph. Ce flic avait les yeux qui fouinaient partout. Il lui posa d'autres questions auxquelles elle répondit par monosyllabes. Elle s'interdit de regarder vers le lit, sous lequel elle avait fourré des vêtements tachés de sang.

Quand Joseph fut parti, après lui avoir conseillé d'aller voir un médecin, elle s'effondra sur le lit, en larmes. Son jules était un assassin, elle avait menti à la police pour le protéger, et maintenant, elle irait en enfer pour son péché.

Joseph descendit les escaliers, pensif. La soubrette lui cachait quelque chose. L'hématome sur son visage ne datait pas de la veille, et n'avait pas été provoqué par une chute. Joseph avait clairement distingué l'empreinte d'une main. Il aurait juré que le sang sur la gouttière n'était pas le sien. Elle n'avait aucune blessure visible.

****

Fanfan avait plusieurs fois failli tomber du toit en sortant de la mansarde. Il resta assis sur le faîtage, appuyé contre une cheminée tout le temps de la visite du flic. Sa mâchoire était douloureuse après le passage à tabac administré par Goigoux qui était entré dans une rage folle lorsque Fanfan lui avait porté son butin la veille. Sans lui laisser le temps d'expliquer que le sénateur était déjà refroidi quand il était entré dans la chambre et qu'il avait pensé comme ça qu'il y aurait peut-être des biffetons dans le cartable. La première baffe l'avait envoyé valdinguer sur une carcasse de Talbot Cadette qui rouillait paisiblement. Goigoux avait saisi le manche de pioche posé à l'entrée du wagon rouillé qui lui servait de logement et l'avait abattu sur son dos. Puis il l'avait attrapé par le col et lui avait asséné un direct à la mâchoire. Deux dents s'en étaient échappé. Fanfan s'était écroulé par terre.

Excités par la violence, deux dobermans étiques aboyaient, tiraient sur leurs chaînes, la gueule à quelques centimètres de Fanfan. Du sang s'échappait de son arcade sourcilière fendue

— Amène-toi petite merde, avait lâché Goigoux en montant dans le wagon Et plus vite que ça.

En appuyant la main sur sa cuisse, Fanfan avait senti dans sa poche la chevalière du macchabée. Pas question que Goigoux la voit. Il était arrivé en haut des marches et s'appuyait au chambranle de la porte. De son œil

valide, il pouvait lire « Ne pas se pencher au-dehors. »
Pas besoin de se pencher pour avoir mal, avait-il pensé.

La casse de Goigoux était située à Gerzat au bout de la
gare de triage et à proximité de l'usine de pâtes
alimentaires « L'Étincelle. » Le wagon était posé sur une
voie de garage désaffectée, autour de laquelle Goigoux
avait peu à peu stocké des carcasses de bagnoles et de
camions. Depuis sa démobilisation de l'armée d'Orient
en 1919, après avoir perdu le pouce de la main droite
dans un corps à corps avec un soldat Bulgare, Goigoux
trafiquait des marchandises de toutes origines, et
prélevait un pourcentage insolent sur ces affaires.

— Écoute-moi bien, petit con. Si tu veux continuer à
travailler avec moi, tu fais ce que je demande et c'est
tout. Je t'ai jamais demandé de bigorner les clients de
l'hôtel, ni d'emporter leurs bagages. J'ai pas besoin que
les cognes s'approchent de mes affaires ni de toi qui leur
dirais tout s'ils te caressaient avec une plume ! Tu
disparais de Clermont pendant un moment. D'accord ?
Et t'as pas laissé d'empreintes ?

Fanfan avait secoué la tête, une sueur glacée lui coulant
dans le dos. S'il avouait avoir oublié le pied-de-biche, il
était mort. Il avait trouvé plus sage de n'en rien dire à
Goigoux et s'était éloigné en boitant jusqu'à son vélo. Il
allait essayer de fourguer la chevalière et s'enfermerait
chez Marthe en attendant. On le trouverait jamais. Même
Goigoux !

Jusqu'à ce que ce putain de flic vienne la voir ! Il
rejoignit le vasistas de l'escalier de service, et entra dans
la chambre de Marthe. Elle était repartie au travail. Tant
mieux. Il se coucha et s'endormit aussi sec.

3

Les fonctionnaires et agents de l'État qui, sur ordre de l'autorité supérieure ont été appelés (...) à exercer leurs fonctions en dehors de leur résidence normale ne peuvent bénéficier des indemnités pour frais de déplacement ou de mission prévues par la règlementation générale en vigueur.

Extrait du *Journal Officiel* du 14 juillet 1940

La cérémonie du 14 juillet avait été d'une désolation absolue. Feux d'artifices et bals populaires avaient été interdits. La fête nationale célébrait cette année-là les morts des deux guerres. Une cérémonie avait été organisée place de Jaude, sous la statue de Vercingétorix, un des premiers résistants. Mais l'administration avait préféré passer sous silence son combat contre l'occupant romain. « Un jour des Morts le 14 juillet, avait commenté Champeix, ils annoncent la couleur : on n'est pas là pour rigoler ! »

Joseph partit directement de la place de Jaude à la gare pour prendre le train jusqu'à Coudes. Il commenta la situation avec le chef de gare. Les communications avec la zone occupée étaient cauchemardesques. Les Allemands décidaient sans aucun avertissement préalable quel train circulait ou pas. L'occupant montrait ainsi sa toute-puissance sur l'administration du nouvel État Français.

Joseph alla chercher son vélo, entreposé sous un auvent. Il faisait bon ce matin-là. Un petit vent d'Ouest faisait onduler les blés qui attendaient la moisson. La route se déroulait devant les roues du jeune inspecteur qui trouvait toujours sur le trajet une plus grande sérénité. Après le passage de la Couze, la route obliquait à gauche. Il mit pied à terre et entendit les aboiements des chiens. Sans que personne ne puisse l'expliquer, à chaque arrivée de Joseph, les deux border collies de la famille Dumont venaient à sa rencontre. Tango et Java, cinq ans, manifestaient à Joseph une affection sans faille. Leurs ancêtres étaient arrivés d'Ecosse dans les bagages du père de Joseph, qui voulait implanter en Auvergne cette race d'une grande intelligence. Les deux chiens venaient toujours l'accueillir avec le même enthousiasme, bien que ses visites soient peu fréquentes. Joseph devait distribuer les caresses et les mots gentils à chacun. La première excitation passée, les deux chiens s'asseyaient, oreilles dressées, immobiles et attendaient la distribution d'un crouton de pain que Joseph ne manquait jamais de mettre dans ses poches.

Le cimetière était à l'écart du village, bordé d'une haie d'aubépine et partagé en deux par une allée ombragée de châtaigniers. Les deux chiens se couchèrent de chaque côté du portail, attentifs aux mouvements de leur maître.

« Sabine Dumont née Berthaud, 23 septembre 1915 – 2 septembre 1939 »

« Marie-Hélène Dumont – 2 septembre 1939 »

Marie, Hélène, les prénoms qu'ils aimaient tous les deux. Il s'accroupit sur la tombe pour déposer dans un bocal des fleurs cueillies sur le bord de la route. Le précédent bouquet était fané. Personne ne venait voir « ses femmes » comme il les appelait. Sans attendre d'autorisation, les chiens s'étaient approchés silencieusement de Joseph et s'étaient couchés à ses côtés. Ils le regardaient avec tout l'amour dont ils étaient capables, attentifs à partager sa tristesse.

Des larmes lui montèrent aux yeux. Il cherchait à se raccrocher à la dernière image qu'il avait de Sabine, lorsqu'ils s'étaient réveillés l'un contre l'autre, ce matin-là. Lui tournant le dos « à cause de ce maudit bébé qui m'empêche de te regarder quand on fait l'amour, » elle avait appuyé les fesses contre lui, pris son désir dans sa main et l'avait guidé en elle. Puis elle avait déposé un baiser au creux de sa paume, et s'était rendormie.

Le soir, il l'avait retrouvée, couchée à la morgue, au sous-sol de l'hôpital général. On lui avait enlevé son bébé, broyé dans la chute sur le trottoir, et son visage si serein d'habitude conservait la frayeur qu'elle avait ressentie. On ne voyait aucune blessure, comme si elle était morte d'un cauchemar. Le docteur Courtadon avait recouvert le corps d'un drap blanc et Joseph imaginait les incisions qui l'avaient agressée. Et maintenant il cherchait à ne garder en mémoire que le souvenir de Sabine quand elle l'accueillait chez eux, le sourire lumineux et les yeux brillants de bonheur.

Il se releva doucement, les chiens accompagnant son mouvement. Ils sortirent tous les trois du cimetière. Joseph enfourcha son vélo. Les chiens restèrent assis en le regardant partir jusqu'à ce qu'il ait passé le pont sur la Couze. Alors, ils remontèrent vers la maison familiale.

****

— Alors mon gars, ça va mieux ?

La voix lui parvenait assourdie. Une voix qu'il n'avait jamais entendue. Il était incapable de bouger, et son bras droit semblait paralysé.

Il essaya de parler :

— Je dois rejoindre… Les cordes vocales étaient grippées et produisaient des sons gutturaux, un peu comme un ronflement.

— T'agite pas comme ça, dit la voix tandis que des mains le repoussaient avec délicatesse sur un lit de paille. Pour l'instant, tu bouges pas d'ici. Tu ferais pas un pas sans tomber et les Alboches ont pas aimé ce que tu as fait à leur copain. Alors, tu restes tranquille !

— Comment… je suis… arrivé… là ?

— Ça, je peux te le raconter, parce que je pensais pas être capable d'en faire autant à mon âge ! On rentrait les poules avec la femme quand on a entendu la rafale. Une seule. Ça m'a rappelé la guerre. Celle d'avant. Contre les Boches aussi. Mais ils étaient pas mieux lotis que nous, à l'époque ; aujourd'hui, c'est pas pareil. Ils nous ont eu dans les grandes largeurs. Et je pense qu'ils sont là pour un moment ! Bon. On entend la rafale, et la voiture – la tienne – qui fonce sur la route à côté. La route de Châtillon. Ça allait trop vite pour être normal. Il y en a des fous qui essaient leur bolide devant chez nous, mais jamais aussi vite ! Et puis cette voiture, la voilà qui tourne dans un chemin qui va nulle part. Sauf dans l'étang du Coudray. Et quand elle est rentrée dans la baille, on s'est dit qu'il y avait un gars qui sortirait pas de l'eau tout seul. S'il était encore vivant.

Je t'ai ramené sur le dos de Corsaire. C'est mon cheval. Avec ta blessure, on a compris que les vert-de-gris t'avaient pas à la bonne. Moi, je peux pas les endurer, depuis qu'ils ont tombé mon régiment dans la Somme. Arrivés ici, on t'a planqué vite fait dans la grange, derrière la paille, en espérant que tu gémirais pas. T'étais complètement dans les choux. Les fridolins sont arrivés dix minutes après. Ils gueulaient comme des ânes, mais ils étaient pas prêts de te trouver. Pendant une semaine, ils ont patrouillé partout. Ils nous ont demandé cent fois si on n'avait pas vu ta voiture. J'ai cru qu'ils allaient m'emmener à la Kommandantur ! Mais ta bagnole, ils risquent pas de la trouver, elle est au fond de l'étang. Et avant-hier, on a eu les gendarmes ! »

Devant l'expression incrédule de son interlocuteur, il rit.

— Tu le sais pas, mais depuis trois semaines, les gendarmes travaillent pour les chleuh. L'armistice, que ça s'appelle. Hitler et ses copains restent au Nord : Paris, la mer, les mines, les usines, c'est pour eux. Et au Sud, c'est le Maréchal qui dit qu'il faut faire comme Adolf demande. Bienvenu en zone libre mon gars ! Mais ça veut pas dire que tu peux faire ce que tu veux : simplement que c'est pas les Allemands qui te courent après, mais les pandores de chez nous ! »

Le vieil homme transpirait d'indignation et ne s'était pas rendu compte que le blessé s'était endormi. Il semblait détendu et souriait.

— Dors mon gars… Et je sais même pas comment tu t'appelles !

23 Septembre 1915

Mon ami,

J'ai bien reçu votre petit présent, et vous en remercie chaleureusement ! Je porte désormais ce très joli pendentif sur moi. Il me rappelle votre amitié et les souffrances que vous endurez quotidiennement avec vos camarades d'infortune.

La situation à Paris n'est pas aussi terrible qu'on le dit. Après les angoisses de l'année dernière – c'était il y a juste un an, que le temps passe vite ! – une vie nouvelle s'est organisée peu à peu autour de l'effort de guerre. Nous travaillons toutes à vous soutenir, et occupons des emplois que nous n'aurions pas imaginés voici quelques mois : J'ai vu hier une femme livrer du charbon ! Pour ma part, j'ai été affectée à un poste de poinçonneuse à la station de métro Sèvres-Babylone, toute proche de mon domicile. Je me trouve là où mon défunt mari travaillait avant d'être victime d'un accident avant la guerre. Cette situation si incongrue est devenue aujourd'hui notre quotidien et plus personne ne prend garde aux risques de bombardement.

J'attends avec impatience l'annonce d'une permission qui nous permettra de nous rencontrer.

Avec toute mon affection,
Élise Rimbert

4

Dans les ministères civils, les services sont placés sous les ordres d'un ou de plusieurs secrétaires généraux.

Les secrétaires généraux reçoivent les instructions des ministres dont ils dépendent.

Extrait du *Journal Officiel* du 15 juillet 1940

C'était une belle journée pour un enterrement. La température à Orcines était inférieure de deux ou trois degrés à celle de la plaine de Limagne. Une légère brise renforçait l'impression de fraîcheur, malgré un soleil étincelant.

Joseph attendait le début de la cérémonie sur la place de l'église, à l'écart de la foule des notables et des habitants du village. Un groupe d'hommes se tenait à l'écart. Il reconnut parmi eux Jean-Auguste Senèze et Aimé Coulaudon, membres de la loge des Enfants de Gergovie. Le commissaire Champeix discutait gravement avec eux. Jocelyn Cluzel était là aussi. Joseph l'avait croisé plusieurs fois au cours de ses enquêtes. Ils s'estimaient, mais se livraient peu l'un à l'autre. Joseph se méfiait des journalistes, et Jocelyn pensait que la police était un mal nécessaire.

L'assistance s'écarta à l'approche du corbillard. Le cheval noir qui le tirait fit demi-tour là où il le faisait toujours et s'arrêta. Les hommes des pompes funèbres retirèrent le cercueil, le posèrent sur des tréteaux et s'éloignèrent. Le cheval prit l'initiative de s'installer à l'ombre des pins à l'extrémité de la place.

Alors, la communauté des Enfants de Gergovie fit cercle autour du cercueil. Les hommes se prirent par la main dans une chaîne d'union maçonnique. Un silence solide s'était déposé sur la petite place, lorsqu'on entendit des bruits de moteurs en provenance de la Nationale. Deux motards casqués ouvraient la route à plusieurs voitures officielles. Le premier chauffeur s'arrêta à quelques mètres de l'assistance et descendit rapidement pour ouvrir la portière. Un petit homme moustachu et court sur pattes sortit du véhicule. Il ajusta son chapeau, assura sa canne dans sa main et avança d'un pas décidé vers l'église. Derrière lui, le préfet, reconnaissable à son uniforme à broderie d'argent. Les feuilles de chêne de sa casquette brillaient au soleil et rappelaient qu'il était encore au service de la République une semaine plus tôt. La foule s'ouvrit à l'arrivée de Pierre Laval, mais le cercle maçonnique, compact, restait hermétique. Laval hésitait à le contourner : il aurait bien voulu rompre cette démonstration de force, mais ne pouvait décemment pas entrer dans l'église avant la dépouille de son adversaire politique. Joseph sentait le Président du Conseil bouillir de rage. Il croyait entendre ses mâchoires grincer.

Le prêtre sortit de l'église et son arrivée entraîna l'ouverture immédiate du cercle. Les frères maçons se séparèrent et, quittant la proximité du cercueil se placèrent au premier rang de l'assistance.

— Nous sommes ici réunis pour accompagner Etienne Ferrand jusqu'à sa dernière demeure. Je m'adresse à toi Etienne. Puisses-tu, avec l'aide de Dieu trouver le chemin de la vie éternelle, et avec celle des penseurs, sortir du sein de la Terre.

Les frères maçons se regardaient, sidérés. Un sourire s'ouvrait sur leurs visages, et certains semblaient prêts à applaudir. L'un d'eux fit un pas en avant et dit simplement :

— Merci, Monsieur.

D'un geste de la main, le prêtre invita les fidèles à entrer dans l'église. La famille de Ferrand se détacha de l'assemblée, pendant que les pompes funèbres prenaient le cercueil sur leurs épaules. La foule suivit lentement, comme aspirée dans le goulot d'un entonnoir.

Les frères maçons s'éloignèrent et allumèrent des cigarettes en attendant la fin de l'office. Il était pour certains d'entre eux impossible d'entrer dans une église. Jocelyn Cluzel avait aperçu Joseph. Il lui fit signe et se dirigea vers lui. Il souriait.

— Vous avez vu ça ? Ce bonhomme est la preuve que les catholiques peuvent faire preuve de tolérance !

— Je pense que certains fidèles auront modérément apprécié…

— Sans parler de Laval ! J'ai cru qu'il allait avaler son chapeau !

Jocelyn se tourna vers l'église. Les autres frères maçons n'étaient plus visibles.

— Vous cherchez le meurtrier dans la foule, comme dans les romans policiers ?

Joseph sourit.

— Pas particulièrement. Mais il est toujours intéressant de voir qui vient, ou ne vient pas, où se placent les uns et les autres. On a une idée des relations de pouvoir en regardant l'assistance.

— Et le pouvoir est au centre de votre enquête, je suppose.

— J'ai lu votre nécrologie de Ferrand dans *La Montagne*, dit Joseph sans répondre, et j'ai l'impression qu'il n'en reste pas grand-chose…

— Quels abrutis, ces fonctionnaires de la censure ! J'ai eu le malheur d'écrire que Ferrand était républicain. Erreur fatale quand la République vient d'être mise à mort.

— Comment appellera-t-on le procureur de la République, maintenant, si le mot est banni ? demanda Joseph.

Jocelyn regarda l'inspecteur avec surprise. Il avait toujours pensé que c'était un bon petit soldat. Sa réflexion montrait un esprit critique qu'il n'imaginait pas dans la tête d'un fonctionnaire de police.

Les deux hommes restèrent silencieux, puis Joseph demanda :

— Lorsque vous assistiez à vos réunions, vous n'avez rien remarqué d'étonnant ?

— Entre nous, nous les appelons des « tenues. » Mais non. Je ne suis que compagnon, et je n'ai pas droit à la parole. La dernière a eu lieu le 4 mai. Les frères ont beaucoup débattu de la situation internationale.

— En tant que vénérable, il ne faisait d'ombre à personne ?

— Les loges ne fonctionnent pas ainsi. Nous reconnaissons l'autorité du maître, et s'il y a contestation, elle se fait toujours ouvertement, sans coups bas.

— La famille Ferrand est riche ; elle peut attirer des convoitises.

— Ce ne sont que des marchands de bois. Ferrand a donné les parts de l'exploitation à sa fille, et a vendu toutes ses plantations d'hévéa en Indochine.

— Je n'ai pas vu de veuve, dit Joseph. Elle a sans doute été interdite de voyage.

— Ça ne m'étonnerait pas. Les Allemands laissent rentrer les réfugiés chez eux, mais les autres déplacements sont systématiquement interdits.

— Quelle situation absurde ! Ne pas pouvoir circuler dans son propre pays… J'espère que le Maréchal aura la force de s'opposer à ce genre de décisions.

— La force, peut-être, mais la volonté ? demanda Jocelyn.

Le glas qui sonnait les incita à revenir vers la place de l'église. Espinasse les avait rejoints. Les enfants de Ferrand, leurs conjoints respectifs et leur descendance ouvraient le cortège, suivis d'un couple âgé. Les épaules de la vieille dame étaient secouées de sanglots. Son mari et le fils de Ferrand la soutenaient.

— Ce sont les domestiques, souffla Espinasse. Ils ont fait office de parents du sénateur.

Derrière eux, Pierre Laval, entouré des autorités municipales et départementales affichait une mine de circonstances. Il n'avait pas à se forcer. Sa moustache tombante lui donnait un air naturellement triste, et les poches sous les yeux pouvaient faire croire qu'il avait pleuré.

Joseph sentait Jocelyn bouillir intérieurement. Il se tourna vers lui et l'interrogea du regard.

— Je ne devrais pas vous le dire, murmura-t-il, mais quand on pense que c'est ce type à l'allure de paysan parvenu qui vient de tuer la République…

— Il ne l'a pas fait tout seul, répondit Joseph sur le même ton.

— Ce sera aux historiens de le dire dans cinquante ans…

Le regard noir d'un homme qui se retourna vers eux coupa Jocelyn dans son analyse historique.

Le cortège s'était approché de la tombe. Trois adolescents et une petite fille, une rose à la main, fixaient la fosse. Inquiets et terrorisés par ce contact avec la mort, ils ne retenaient pas leurs sanglots. L'un des garçons, le plus grand, reniflait sans pouvoir s'arrêter. Son père avait les yeux rouges et son visage reflétait une douleur intense. La fille d'Etienne Ferrand ne pleurait pas. Elle regardait le cercueil recouvert d'un drap noir. Aucune expression ne marquait son visage. Son mari, au contraire, pleurait à chaudes larmes et triturait son mouchoir dans ses mains énormes, ce qui avait l'air d'excéder sa femme au plus haut point. Leurs deux garçons, engoncés dans des costumes trop petits auraient sans doute donné cher pour être ailleurs.

Le préfet se tenait en léger retrait de Laval. Ses yeux se posaient sur chacun des membres de l'assemblée, comme s'il avait voulu garder tous les visages en mémoire. Entouré de deux enfants de chœur, le curé contourna le cercueil, le bénit du goupillon d'encens. Il ouvrit son missel et lut d'une voix grave et émue.

— *Absolve, quaesumus Domine, animam famuli* Etienne, *ut defunctis saeculo tibi vivat : et quae per fragilitatem carnis humana conversatione commisit, tu venia misericordissimae, pietatis absterge. Per Dominum nostrum Jesum Christum.*

— *Amen* , répondit l'assemblée.

Les employés des pompes funèbres sanglèrent le cercueil de leurs cordes et le firent descendre sans ménagement. Les enfants, puis les petits-enfants bénirent le cercueil. La fillette à la rose refusa le goupillon, lança la rose dans la fosse et fit un geste d'adieu en direction de son grand-père. Son frère la prit par la main et l'emmena en direction de Beauregard.

Laval s'avança à son tour. Il saisit le goupillon auquel il imprima un mouvement rapide qui pouvait ressembler à un signe de croix. Il se dirigea vers sa voiture, accompagné du préfet qui le suivait comme son ombre. « Saint Roch et son chien », pensa Joseph. Les deux hommes discutèrent un moment. Le préfet montra Joseph d'un geste de la main. Les grosses lèvres de Laval bougeaient sans qu'aucun son ne semble en sortir, donnant l'impression du mouvement réflexe des lèvres d'un poisson rouge.

Répondant à un ordre dudit poisson, le préfet se dirigea vers Joseph.

— Inspecteur Dumont ?

— Oui Monsieur, répondit Joseph en se raidissant.

— Le Président Laval souhaite vous rencontrer pour vous donner les instructions sur la conduite à tenir dans l'enquête concernant l'assassinat du sénateur Ferrand. Vous vous présenterez à son bureau à Vichy le 17 de ce mois au matin.

Il se tourna ensuite vers Jocelyn. Sa voix vibrait de rage contenue.

— Quant à vous… Votre tour viendra où vous ne jouerez plus les maîtres !

Un demi-tour impeccable, et il rejoignit les officiels à la sortie du cimetière. La voiture de Laval avait disparu. Les élus montaient dans leurs voitures, avec ou sans chauffeur. Ils se préparaient à rejoindre leurs fonctions ou un estaminet qui leur servirait un rafraîchissement bien mérité.

Jocelyn, Joseph et Espinasse étaient restés figés après l'avertissement lancé par le préfet. Joseph sortit du silence le premier.

— Au moins, on sait à quoi s'en tenir…

— La reprise en main n'a pas tardé, dites donc ! renchérit Jocelyn.

— Elle était nécessaire, commenta Espinasse.

— Vous pensez qu'il faut faire comme en Allemagne ? s'exclama Jocelyn. Fermer les loges et déporter les frères maçons ?

— Je n'ai pas dit ça, mais…

— Méfiez-vous ! Les événements ont montré que certains sont prêts à tout. Quand on brûlera les livres en France, il sera trop tard…

— Nous n'en sommes pas là, dit Joseph.

Il se tourna vers Espinasse.

— Tu as entendu le message du Président ? Il veut me donner des « instructions ». Et j'ai bien l'intention de m'en passer. On va donc essayer d'en savoir le maximum avant mercredi.

— Je vous laisse, dit Jocelyn qui regardait Espinasse avec suspicion.

Les deux policiers se dirigèrent vers Beauregard.

Un grand portail en fer forgé marquait la limite de la propriété. Une large allée bordée de tilleuls se dirigeait vers une grande maison de maître. L'air chaud était saturé du parfum subtil des dernières fleurs. En plaine, elles étaient fanées depuis longtemps. À gauche du portail, Joseph remarqua une petite maison, à laquelle on accédait par un étroit chemin tapi dans les charmilles. Une grande table circulaire était dressée sur la terrasse de la maison. La famille Ferrand était réunie autour de rafraîchissements. Les enfants jouaient dans le jardin, oublieux de la cérémonie qu'ils venaient de vivre. Le langage corporel des adultes assis autour de la table disait la tension qui régnait entre eux, et particulièrement entre le frère et la sœur. Le hasard avait voulu qu'ils soient face à face, à moins que ce ne soit leurs places habituelles, et la petite assemblée de cousins composait deux hémicycles dont chacun des enfants était le centre. Personne ne prêta attention à l'arrivée des policiers.

— La moindre des choses aurait été de me demander mon avis ! attaquait Yvonne Ferrand.

— Je n'ai pas eu le temps et tu aurais refusé, répondit calmement son frère.

— Ah ! La voilà la raison ! Tu as préféré passer derrière moi pour qu'ils puissent pratiquer leur rite bouffon et qu'on soit ridiculisés devant tout le monde.

— Personne n'a été ridiculisé, Yvonne. Papa n'a jamais caché son appartenance à la loge, même s'il ne l'étalait pas en public.

— Et bien maintenant, c'est fait ! Plus personne ne l'ignore ! Tu es content ?

— Je te l'ai déjà dit : c'est lui qui me l'avait demandé et l'un de ses frères a accepté de prendre en charge la céré…

— Un de ses « frères » ? Tu parles comme eux, maintenant ? Mon pauvre Grégoire. Tu te rendras compte du mal que font ces gens quand…

— Papa ne faisait de mal à personne.

Yvonne Ferrand se leva, suivie du regard par cinq paires d'yeux. Ses lèvres pâles et minces étaient serrées dans une attitude de réprobation qui se transmettait à tout son corps. Elle ramassa son châle posé sur la table et Joseph remarqua ses mains tâchées de peinture. Elle se tourna vers son mari.

— Je rentre à la maison. J'ai entendu assez d'imbécillités pour aujourd'hui.

L'homme hésita, puis se leva lentement, et suivit sa femme le long de l'allée. Les autres membres de la famille restèrent silencieux, perturbés par la violence de l'échange.

Joseph et Espinasse en profitèrent pour avancer.

— Mesdames, Messieurs. Inspecteur Dumont, et voici l'inspecteur Espinasse, de la sixième brigade mobile de Clermont. Les circonstances de la mort de Monsieur Ferrand n'ont pas encore été éclaircies, et nous souhaitons prendre vos témoignages et vos adresses.

Pendant qu'Espinasse sortait son carnet et s'apprêtait à prendre les noms des membres de la famille, Joseph s'approcha de Grégoire Ferrand qui s'était levé.

Âgé d'une trentaine d'années, il portait des lunettes carrées qui contrastaient avec un visage tout en rondeurs. Une calvitie bien entamée le vieillissait un peu. Il affichait un sourire tranquille et serein.

— Vous ne semblez pas avoir été touché par la discussion avec votre sœur, remarqua Joseph.

— J'ai l'habitude ! répondit-il en souriant de plus belle. Depuis que nous sommes tout petits, nous nous bagarrons comme chien et chat. Yvonne est persuadée d'avoir raison, ne comprend pas que le reste du monde ne partage pas son opinion et se met en rage quand on ne suit pas son avis.

— Elle avait aussi cette attitude avec votre père ?

— Vous la soupçonnez ? Elle ne ferait pas de mal à une mouche !

Pourquoi fallait-il que toute question au sujet d'un proche d'une victime soit aussitôt interprétée comme une marque de suspicion ? se demanda Joseph.

— Ma sœur n'est violente qu'en paroles, Monsieur l'Inspecteur. Je crois qu'il faut chercher ailleurs. Et si elle avait voulu tuer quelqu'un, elle s'en serait prise à sa femme plutôt qu'à lui.

— Pourquoi donc ?

— Quand notre mère est morte en 32, Papa, qui vivait de plus en plus à Paris, a décidé de s'y installer. Il avait un peu plus de temps et je lui ai proposé de m'accompagner à l'École Pratique des Hautes Études où j'organise des séminaires d'ethnologie. Il se prit d'intérêt pour le sujet... et aussi pour une de mes collègues et amie, Bérengère de Siorac. Au fil des mois, leurs conversations sont devenues plus personnelles. Ils ont fini par tomber amoureux l'un de l'autre. Elle avait 37 ans, mon père 15 de plus…

— C'est ce que votre sœur lui reproche ?

—Yvonne pense que Bérengère a cherché à mettre un homme politiquement influent dans son lit. Mais il y a – il y avait, corrigea-t-il avec tristesse – entre eux une réelle communauté de pensée. Après le 6 février 34, Bérengère a rejoint les rangs du Comité de Vigilance des Intellectuels Antifascistes, au musée de l'Homme. Papa l'a encouragée – il ne pouvait pas soutenir ce mouvement ouvertement, eu égard à sa fonction – et les a aidés, je crois à la rédaction du manifeste du 5 mars. Ils partageaient cette passion commune de la politique. Ils se sont mariés en juin 36, juste avant les grèves.

— Il n'y a rien d'immoral dans cette histoire, s'étonna Joseph. Madame de Siorac n'était pas la maîtresse de votre père.

— Certes, mais selon Yvonne, chacun doit rester à sa place. Une femme ne s'occupe ni de politique, ni d'ethnologie, mais entretient sa maison, et, si elle travaille, c'est pour aider son mari.

— Votre belle-mère est déjà venue ici ?

— Oui, plusieurs fois. Elle adore la maison et le paysage. Mon père l'a amenée pour leur voyage de noces.

— Votre sœur a donc mal pris ce mariage ?

— Elle n'était pas très contente, mais quand elle a vu que Marie-Louise s'entendait si bien avec la nouvelle maîtresse de maison, elle a capitulé et a essayé de renoncer à être désagréable.

Joseph cernait un peu mieux la personnalité de Ferrand et de son épouse, mais Grégoire n'apportait pas de révélations fracassantes.

— Votre père avait-il une chevalière à la main droite ?

— Bien sûr ! Il en était très fier. Elle représentait la marque du marteau forestier qui avait appartenu à un de nos aïeuls.

— « Marteau forestier » ? demanda Joseph qui n'avait pas la moindre idée de ce qu'était cet objet.

— Ce marteau était le monopole des gardes forestiers d'autrefois ; on les appelait les garde-marteau. Il servait à marquer les arbres destinés à l'abattage, ou ceux qui délimitaient une vente. Mon père avait fait reproduire la marque de la maîtrise de Beauregard : une feuille de hêtre avec un B à l'intérieur. Pourquoi me parlez-vous de cela ?

— Elle n'était plus au doigt de votre père. Si un signe maçonnique avait été gravé dessus, il y aurait peut-être eu une explication. D'ailleurs, comment se fait-il qu'il ait eu un enterrement religieux ? Les francs-maçons ne font pas tellement bon ménage avec l'Église…

— C'était un des sujets de discorde avec Marie-Louise. Elle n'aurait pas supporté qu'il se fasse enterrer sans cérémonie religieuse. Et je crois que pour lui, cela n'avait pas grande importance.

Un tintement de verres leur fit tourner la tête. La vieille domestique s'avançait sur le perron, un plateau de rafraîchissements dans les mains. Son inclinaison annonçait une catastrophe imminente et Grégoire se précipita pour le récupérer. Il s'adressa à Joseph :

— Inspecteur, je vous présente notre Marilou. La vraie maîtresse de maison, c'est elle ! Elle a été une mère pour Papa et une grand'mère pour nous. Sans elle, il ne serait jamais devenu sénateur.

— Tais-toi donc niquedouille ! dit-elle sans pouvoir retenir ses larmes. C'est vrai que j'ai aimé ton père comme un fils. Mais il a réussi parce qu'il était bien plus intelligent que tous les autres *bestiasses* du village et qu'il a pu faire ce qu'il a voulu !

— Peut-être, mais s'il n'avait pas répété ses conjugaisons avec toi tous les soirs, il n'aurait jamais aussi bien parlé à la Chambre puis au Sénat !

La vieille dame, minuscule dans sa robe noire sur laquelle elle avait enfilé une blouse aux fleurs délavées, semblait prête à s'effondrer.

— Mon pauvre petit Etienne, gémit-elle. Qui a pu lui faire une chose aussi affreuse ? C'était un garçon si gentil !

Grégoire, qui avait posé le plateau sur la table du jardin, était remonté jusqu'à elle et l'entourait de son bras pour l'aider à descendre l'escalier.

— Vous ne connaissez personne qui aurait pu lui en vouloir, au point de… esquissa Joseph.

— Et lui en vouloir de quoi, Monsieur, je vous prie ? répliqua-t-elle avec véhémence, comme s'il l'avait attaquée personnellement. C'était un homme bon, qui voulait aider les autres. Il écoutait toujours leur avis, sans les interrompre, ne coupait jamais la parole, et attendait d'être sûr qu'ils aient fini de parler.

Joseph reconnut la conduite des francs-maçons. La première marque de respect face à un interlocuteur, c'est de lui laisser terminer ses phrases.

— C'est vous qui l'avez encouragé à devenir sénateur ?

— Oh non ! J'aurais voulu qu'il soit botaniste ! J'adore les fleurs et les plantes et depuis qu'il est tout petit, je l'emmène sur les chemins pour ramasser des herbes. Mon mari lui avait fabriqué des petits herbiers dans lesquels on les fait sécher entre deux feuilles de carton. Etienne adore ça. Chaque fois qu'il vient, il part battre la campagne à la recherche de nouveaux plants. Il a fait faire par un ami de son gendre un grand meuble où il range ses découvertes dans des tiroirs, avec les noms latins. Il adore le tilleul. J'aurais voulu mettre des fleurs de tilleul sur sa tombe, mais c'est trop tard… Pauvre petit…

Se rendant compte qu'elle avait utilisé le présent, elle s'arrêta et murmura « enfin… il adorait… ». Elle tamponna ses yeux avec un mouchoir qu'elle sortit de sa manche.

— Comment est-il devenu sénateur ? demanda Joseph.

— C'est à cause de son instituteur, intervint Grégoire. Il était aussi le maire de la commune. Il a proposé à Etienne de se présenter sur sa liste au conseil municipal. Ce monsieur est décédé au cours de son dernier mandat – mais il avait 85 ans ! – et Etienne s'est présenté au fauteuil de maire.

De grosses larmes coulaient sur le visage fripé de Marilou, qui conservait la finesse de la belle femme qu'elle avait été. Elle se cacha le visage dans les mains. Grégoire s'approcha d'elle et se tourna vers Joseph.

— Excusez-moi, inspecteur, mais si vous pouvez remettre cet interrogatoire à plus tard, je crois que Marilou n'en peut plus.

— Une dernière question : quand avez-vous vu votre père pour la dernière fois ?

— A Paris, début juin.

— Et vous Madame ? demanda Joseph à Marilou.

Elle renifla.

— C'était... au printemps, je crois. Oui, il y avait du lilas en fleurs.

Joseph les laissa tous les deux et se dirigea vers la maison. L'imposante façade était tout entière recouverte d'un ampélopsis aux troncs centenaires. De chaque côté de l'escalier du perron, il développait des branches qui filaient à l'assaut du mur. Les feuilles réfléchissaint le soleil d'été. Les fenêtres de l'avant-dernier étage étaient en partie dissimulées par les jeunes lianes qui pendaient comme des guirlandes. Un toit mansardé chapeautait la construction. La rampe du perron était encore chaude. La double porte, ouverte, donnait sur un vestibule long et spacieux, qui traversait la maison. Il y faisait frais, à cause d'un léger courant d'air, entretenu par l'ouverture d'une porte à l'autre extrémité de la maison. On entendait des claquements secs et réguliers à l'extérieur. Joseph s'avança en jetant un regard dans les pièces ouvertes sur le vestibule. Une agréable harmonie de couleurs baignait l'ensemble. Les murs étaient tapissés de papiers peints clairs qui se reflétaient sur des meubles de bois nobles que Joseph n'aurait pu nommer. Des effluves d'encaustique flottaient dans l'air. La vieille Marilou devait frotter les armoires et les buffets tous les jours. Cette harmonie était relevée par des aquarelles, des compositions florales ou des paysages de l'école de Murol.

Un large escalier en pierre de Volvic montait aux étages. Il fallait passer à sa droite pour accéder à la porte donnant sur l'arrière de la maison. Joseph s'avança. Un grand espace rectangulaire, qu'il estima à plus de trois mille mètres carrés, était fermé par une futaie de hêtres et de sapins. Partagé en plusieurs parcelles, il accueillait quelques poules, un potager, un carré de fleurs d'ornement, un abri à bois devant lequel l'époux de Marie-Louise, armé d'un merlin, fendait des bûchettes après les avoir posées verticalement sur une souche qui faisait office de billot. Le vieil homme travaillait avec une régularité presque mécanique, sans aucun effort apparent. Il aperçut Joseph, s'appuya sur le manche du merlin et s'épongea le front avec un torchon qu'il avait glissé sous sa ceinture.

— Vous ne risquez pas de renverser le billot, dit Joseph en riant.

— En effet, Monsieur, et c'est bien pratique ! C'était un vieil orme qui menaçait de tomber sur la maison. C'est le père d'Etienne qui a eu l'idée de garder la souche. Comme elle est à côté de la réserve à bois… C'est bien pratique, répéta-t-il comme pour en convaincre Joseph.

— Vous avez bien connu le père du sénateur Ferrand, Monsieur ?

Le vieil homme prit un air gêné.

— M'appelez pas Monsieur, tout le monde m'appelle Antoine. Si je l'ai connu ? répondit-il avec fierté. J'ai commencé à travailler à la scierie avec mon propre père. J'avais quatorze ans. J'en ai soixante-seize. Comptez-vous-même : je travaille dans cette maison depuis 1878 !

— Comment êtes-vous devenu majordome ? Ce n'est pas tout à fait le même travail qu'en scierie…

— C'est certain, Monsieur, mais je n'aime pas beaucoup ce mot. C'est trop chic. Je suis plutôt un homme à tout faire. J'entretiens la maison, le jardin. Quand Madame est morte – la mère d'Etienne – nous étions jeunes mariés avec Marilou mais n'avions pas d'enfant. Monsieur nous a proposé de rentrer dans la maison. Nous nous sommes installés au dernier étage, et depuis, nous faisons tourner la boutique, si je peux dire.

— Vous avez donc élevé Etienne avec votre femme.

— Son père, Monsieur Frédéric, voyageait beaucoup pour acheter et vendre du bois aux quatre coins du monde. Pensez qu'il avait des clients au Japon ! Il partait des mois entiers. Alors, on s'occupait d'Etienne. Je lui ai fabriqué des jouets en bois, Marilou le surveillait pendant qu'il faisait ses devoirs. Il était sage comme une image et sérieux comme un pape. Heureusement. On ne pouvait pas beaucoup l'aider, vu qu'on n'est jamais allé à l'école. Mais on a fait ce qu'on a pu.

— Il est devenu maire très jeune.

— Il allait voir son instituteur toutes les semaines, le dimanche, à l'heure de la messe. Il ne supportait pas les histoires de religion. Alors il faisait un pied-de-nez au curé et s'installait à la terrasse en face de l'église. Marilou venait le chercher, mais il ne lui a jamais obéi sur ces affaires-là.

— Il a pourtant fait un mariage religieux. Et il repose au cimetière.

— C'était pour faire plaisir à Marilou : le jour de son premier mariage il est entré dans l'église, a attendu que ça se passe, et est ressorti avec sa femme à son bras. Pendant toute la cérémonie, je ne l'ai pas vu ouvrir la bouche. Sauf pour dire oui… Pour son enterrement, il avait écrit quelque chose dans son testament. À cause de Marilou, encore.

— Il avait repris les affaires de son père ?

— Ça ne l'a jamais beaucoup intéressé. Il a laissé le contremaître s'en occuper. Le pauvre Charles en a eu bien du tourment, mais il s'en est pas mal sorti. Et puis il y a eu cette putain de guerre.

— Ferrand a été mobilisé...

— Pardi, comme tous les autres pauvres gars ! Mais il a tenu les cinq ans. Marilou allait attendre devant la mairie qu'on donne la liste des morts. Dès septembre 14, le maire ne se déplaçait plus chez les familles. Il y avait trop de tués. Alors, on affichait la liste sur la porte, et on laissait les femmes pleurer. Saloperie.

Pour exprimer sa rage, Antoine prit une bûche qu'il plaça sur le billot. Il fit tourner sa hache en un ample mouvement circulaire. Les deux morceaux se séparèrent dans un claquement sec. Antoine fendit ainsi une dizaine de bûches, enchaînant ses mouvements avec souplesse. Il se tourna enfin vers Joseph.

— Que diriez-vous d'un petit rosé de Corent, Monsieur l'inspecteur ?

Joseph le suivit jusqu'à la cuisine, prolongée d'un garde-manger enterré sous le jardin. Un mur entier était recouvert de bouteilles soigneusement rangées dans des casiers de terre cuite. Antoine s'approcha d'un tonnelet sur lequel étaient posés quelques verres. Il en prit un qu'il plaça sous le robinet en bois. De l'autre côté du garde-manger, des étagères, protégées de grillage à poules supportaient légumes, fromages, et restes de plats. Sous une cloche, Joseph remarqua un pounti[1] bien entamé.

---

[1] Le pounti est une terrine de viande et légumes verts dans laquelle on incorpore souvent des pruneaux.

— Quand avez-vous vu Monsieur Ferrand pour la dernière fois ? demanda-t-il.

La main qui servait le deuxième verre trembla légèrement.

— Je crois que c'était au printemps, répondit Antoine qui ne se retourna pas, et vida son verre cul-sec.

— Vous en êtes sûr ?

— Évidemment que j'en suis sûr ! répondit Antoine un peu trop vite.

Joseph garda le silence. Il ne voulait pas brusquer Antoine, mais il savait maintenant où Ferrand avait passé sa dernière journée. Ils sortirent de la cuisine et se retrouvèrent sur le perron.

— Qu'y a-t-il dans cette petite maison ? demanda Joseph en désignant celle qu'il avait vue à l'entrée de la propriété.

— Étienne l'appelait son buron. C'était son jardin secret. Des fois il y prenait ses repas quand il devait travailler des discours ou des dossiers. C'est là aussi qu'il y a son herbier. Vous pouvez y aller, c'est ouvert.

Joseph traversa le jardin baigné de soleil. C'était une petite construction, sur deux niveaux, construite pour héberger un gardien. Joseph se retourna avant d'entrer. Elle était pratiquement invisible de la maison principale.

Il poussa la porte. L'odeur caractéristique des intérieurs rarement occupés envahit ses narines. Un mélange d'humidité et de cendres froides. Une solide table en chêne faisait office de bureau, face à la fenêtre qui donnait sur l'allée. Des rayonnages remplis de livres couvraient tous les murs, ce qui rétrécissait la pièce et lui donnait un aspect confortable et intime. Un poêle en fonte en occupait le centre. Le tuyau disparaissait dans le plafond. Un canapé en cuir aux accoudoirs usés lui faisait face. Une couverture en laine était jetée sur le dossier, sans avoir été pliée.

Une valise ouverte était posée par terre. Quelques vêtements froissés y avaient été placés sans ordre. Sous une chemise, Joseph trouva un exemplaire de *La Petite Gironde*, daté du 27 juin. Ferrand avait donc couché dans son buron lorsque le gouvernement avait fait étape à Clermont avant de partir pour Vichy. Et le pounti entamé dans le garde-manger expliquait la présence des pruneaux dans l'estomac du sénateur. Antoine était-il le seul à avoir vu Ferrand ce jour-là ?

Joseph monta un escalier de meunier jusqu'à l'étage. Trois murs étaient habillés d'un meuble qui en couvrait toute la surface. La partie basse était constituée de tiroirs de faible épaisseur et de dimensions variables. Au-dessus de chaque poignée en cuivre, une étiquette dactylographiée indiquait le nom des plantes en latin. Un plan de travail courait sur toute la longueur. Il était surplombé d'une autre rangée de placards, aux portes carrées. Apparemment, quand le sénateur se prenait de passion pour quelque chose, il allait jusqu'au bout. Joseph ouvrit quelques tiroirs. Les feuilles de chaque variété étaient délicatement posées à l'intérieur, accompagnées d'une petite fiche couverte d'une écriture fine et précise, sur laquelle était consignée la date de la découverte, le lieu, le nom latin et le nom en français.

Les étagères étaient couvertes de livres de botanique anciens. Avec respect, il sortit l'un des huit volumes de Pierre-Joseph Redouté sur les liliacées. D'après les planches à l'aquarelle qu'il feuilletait, cette espèce rassemblait le lys et le muguet. Les seuls titres de ces livres faisaient rêver, comme *La théorie et la pratique du jardinage où l'on traite à fond des beaux jardins, communément appelés jardins de propreté, comme sont les parterres, les bosquets, les boulingrins*, en édition de 1709. Sur l'étagère inférieure, cinq volumes du *Traité des forêts* de Duhamel du Monceau se partageaient l'espace avec des livres plus récents sur le cubage des bois, mais aussi avec une très ancienne édition du livret de *La flûte enchantée* de Mozart.

« Ils sont partout » sourit Joseph en pensant aux francs-maçons. « Même dans la musique » !

Une machine à écrire Remington attendait sur le côté gauche du plan de travail. Le sous-main était couvert de mots épars, en latin, en français, certains entourés d'un cercle. Joseph l'examina avec attention, mais ne vit rien qui aurait pu ressembler à un indice. Il se pencha vers les tiroirs qui constituaient le piètement du bureau. Des étiquettes, de l'encre, des pinces, des feuilles de buvard, de carton, des porte-plume. Des trombones dans une boîte de pastilles. Dans le deuxième tiroir, il trouva un calendrier des postes de l'année. Sur la marge, sans aucune référence à une date, trois lettres « PJB » étaient entourées.

Joseph sortit de la petite maison au moment où Espinasse remontait le chemin en voiture.

— Tu as trouvé quelque chose ? demanda Espinasse en s'arrêtant près de Joseph.

— Peut-être bien. Et toi ?

— Ces gens-là sont transparents ! Ce n'est pas dans la famille qu'il faut chercher, si tu veux mon avis. Ils ont tous un alibi pour la nuit du meurtre et la plupart ne pouvait matériellement pas faire un aller et retour entre chez eux et Clermont.

— Rentre. Je vais faire une visite au curé.

****

La porte du presbytère était ouverte. Après avoir tiré la cloche, Joseph pénétra dans un petit jardin clos de murs sur lesquels étaient adossés des espaliers. Légumes et fleurs foisonnaient dans cet espace, disposés au hasard des envies du jardinier. Courgettes, salades, pommes de terre, carottes, citrouilles, en pleine croissance se côtoyaient en bonne intelligence et sans empiéter sur les espaces des uns ou des autres. Une pergola avait été implantée au milieu de ce carré verdoyant. Un rosier s'y accrochait avec énergie et détermination, et lançait des ramures dans tous les sens. Un banc en bois semblait n'être là que pour recevoir des confidences. Le curé y était assis. Il s'épongeait le front avec un mouchoir de la taille d'un torchon.

— Entrez, mon fils ! dit-il aimablement. Je ne vous ai pas entendu sonner, concentré que j'étais sur mes haricots qui sont attaqués par des mouches blanches. Il me faudrait des capucines, qui sont connues pour éloigner ces bestioles. Il est trop tard pour en semer maintenant, et je vais essayer de les éliminer avec du purin de consoude. Mais vous ne venez sans doute pas pour parler horticulture avec moi !

Joseph se présenta. Le visage jovial et souriant du père Ploix s'assombrit.

— Venez avec moi. Nous allons marcher un peu et partir à la cueillette de la consoude salvatrice.

Dans un angle du potager, le prêtre prit un sac de jute, une faucille et des gants de toile. Devant l'air étonné de Joseph, il expliqua :

— Je vais aussi ramasser quelques pieds d'orties pour me faire une soupe.

Ils s'engagèrent dans un chemin qui longeait le presbytère.

— La cérémonie que vous avez autorisée aux francs-maçons était très surprenante sur le parvis d'une église.

— Etienne était un ami d'enfance. Je ne l'avais pas vu depuis des années, je lui devais bien ce dernier clin d'œil. Et sa vieille Marilou n'aurait pas supporté qu'il soit inhumé en terre non consacrée.

— Vous vous êtes connus très jeunes ?

— Nous sommes entrés la même année au collège, à Godefroy-de-Bouillon. Nous étions « voisins de dortoir », si je puis dire. Nous avions le projet de monter une pièce de théâtre sur la vie du croisé le plus célèbre de Clermont. Etienne écrivait les textes, je m'étais chargé du dessin des costumes. Pour que l'on ne nous vole pas nos idées, nous avions imaginé des codes secrets, qui étaient indéchiffrables.

— Et ce projet n'a pas abouti ?

Le prêtre eut un rire sonore.

— Pensez-vous ! Nous étions dans nos rêves et n'avions qu'une envie, nous échapper du quotidien du pensionnat, mais je crois que nous n'y avons jamais vraiment cru.

— Comment êtes-vous devenu prêtre ?

— Mes parents sont morts dans l'incendie de leur maison de Saint-Eloy-la-Glacière, dans le Livradois. Elle a été foudroyée. Mes parents n'ont pas pu sortir. Je me suis réfugié dans la prière, et j'ai rejoint le Grand Séminaire à 16 ans.

— Le parcours de votre ami a été bien différent.

— La mort de son père l'avait beaucoup affecté, et il refusait de se plier à la volonté de Dieu. Il a quitté Godefroy, et s'est inscrit en philosophie, au lycée Blaise-Pascal, avec Bergson.

— Vous avez continué à vous voir, malgré ces différences ?

— Nos vies se sont séparées, mais pas pour des raisons religieuses : après le Séminaire, je suis allé « évangéliser » certaines campagnes de France, et Etienne se lançait dans la politique. Nous nous écrivions de temps en temps, au moment des fêtes, notamment. Etienne commençait toujours ses lettres par « Mon vieux bigot » ! Et je lui répondais en écrivant « sale mécréant » !

— Et vous vous êtes retrouvés…

— À Péronne, en mars 1916. J'étais aumônier du régiment d'infanterie dont Etienne était capitaine. Nous avons partagé, je crois, les pires moments que l'on peut imaginer dans une vie d'homme. Etienne avait ordre d'envoyer ses soldats à l'abattoir et commandait des assauts inutiles. Je retrouvais plus tard des morceaux de ces pauvres gamins que je bénissais avant qu'on ne les enterre, ou qu'on les jette dans la fosse commune tant ils étaient impossibles à identifier. Nous nous retrouvions le soir dans sa casemate, ou profitions d'accalmies pour marcher en arrière des lignes, au milieu de paysages dévastés. Etienne était entré en maçonnerie et ne supportait pas que l'on promette à ses hommes une vie éternelle, alors que les membres de certains d'entre eux pendaient aux arbres et que les tripes des autres étaient bouffées par les rats dans le *no man's land*. Je parlais de foi. Nous débattions des nuits entières. Je brandissais les Évangiles devant Etienne qui assenait les grands principes du positivisme. Cela va vous paraître trivial, Inspecteur, mais nous avons connu pendant ces moments terribles nos plus grands fous rires lorsque nous attaquions le raisonnement de l'autre par l'absurde.

Le père Ploix se pencha vers une touffe d'orties et les coupa d'un geste précis avec sa faucille. De sa main gantée, il rassembla les tiges et les fourra dans le sac de jute.

— Marchons encore un peu, si vous voulez bien. Les pieds de consoude sont plus loin, et je voudrais commencer la fabrication de mon purin dès ce soir.

Joseph voulait bien. Le père Ploix était un compagnon agréable et son récit permettait de mieux cerner la personnalité d'Etienne Ferrand.

— Quel type, reprit Ploix avec admiration. Imaginez-vous que pour Noël de cette terrible année 16, Étienne s'est arrangé pour que chaque homme du régiment reçoive un missel ! Il avait fait aménager un abri un peu plus grand que les autres en chapelle et avait organisé les tours de garde pour que ceux qui le souhaitaient puissent aller à confesse.

— Est-il allé jusqu'à assister à la messe de minuit ? demanda Joseph avec un sourire.

Ploix éclata de rire

— Je vois que vous commencez à le connaître un peu mieux, Inspecteur ! Non, il n'est pas rentré dans cette chapelle, mais il attendait les hommes à la sortie et a distribué une double ration de pinard qu'il avait trouvé je ne sais où. C'est cette extraordinaire intelligence qui lui permettait d'être tolérant et s'il était convaincu que la vie éternelle était une invention de l'Église, destinée à recruter des fidèles, il l'était aussi que la vie quotidienne des soldats ne pouvait se satisfaire du discours positiviste selon lequel le progrès peut vaincre l'obscurantisme. Alors que là où nous étions, tout concourait à prouver que l'homme est capable de mettre en scène sa propre destruction.

****

90

Fanfan hésitait à quitter la chambre de Marthe. Il s'y sentait en sécurité, mais il n'y avait plus rien à bouffer, et même pas à boire, alors qu'un bon godet lui aurait remis la tête à l'endroit. Il pourrait peut-être se planquer chez son frère à Montferrand. Il y avait des caves que personne y allait jamais.

Fanfan en était là de ses gamberges quand on frappa à la porte. Marthe avait une clé. La poignée tourna lentement.

— Ouvre Fanfan. C'est moi.

Goigoux ! Comment qu'il avait fait pour le retrouver ? Fanfan lâcha un sonore pet de trouille. Il allait se faire dessus tellement il avait peur.

— Dépêche. Je sais que tu es là. Je vais pas te taper dessus. Ouvre vite, nom de Dieu.

C'était bien Goigoux, coiffé de son casque d'aviateur en cuir.

— Je t'avais pas dit de te barrer ?

— Si, mais…

— La ferme. Tu me fatigues. Mais d'un sens, c'est bien que tu sois là. Viens avec moi. Je t'emmène faire un tour en moto.

Fanfan hésita. On avait retrouvé une fois un des hommes de Goigoux dans la Tiretaine, les deux bras cassés. Goigoux le poussa sans ménagement.

La moto démarra en flèche. Goigoux fila jusqu'aux côtes de Clermont, d'où l'on voyait l'hôpital Sabourin, navire immobile au milieu d'un océan. L'endroit était désert. Fanfan s'apprêtait à passer un sale quart d'heure.

— Tu m'as désobéi et tu sais que j'aime pas ça. Je te laisse une chance de te rattraper.

Trop heureux de l'aubaine, Fanfan approuva.

— Oui, oui, M'sieur. Merci…

— Ta gueule. Bon chien. Écoute. Demain soir on ira faire un tour en moto tous les deux.

Goigoux s'était levé et s'était approché de lui, un objet enveloppé d'un torchon dans la main.

— Tu dois te racheter, t'es bien d'accord ?

— Euh… oui.

— Alors tu vas faire ce que je te demande,

— Tout ce que vous voulez, promis, s'empressa de dire Fanfan.

— Très bon chien, avait conclu Goigoux en lui balançant une tape affectueuse à assommer un bœuf.

Il défit le nœud du torchon et en sortit un revolver luisant de graisse.

Fanfan recula, effrayé.

— J'ai pas besoin d'un pétard pour te descendre si je voulais. Tu sais te servir de ce machin ?

— Oh oui, oui, confirma fièrement Fanfan.

— Bon, alors écoute-moi bien. Demain soir on partira avec ma moto. Tu seras à l'arrière, et tu tireras sur le gars que je te dirai. Capiche ?

— Euh, oui. C'est sûr. Il faut que je le tue aussi ?

— Mais que t'es con ! s'emporta Goigoux. C'est pas un distributeur de sucettes ! Tu viens avec moi, tu vises, tu tires, il tombe, on file.

— Mais j'ai jamais fait ça, moi !

— Eh ben justement. Tu vas commencer demain. Remonte. Tu vas rester dans mon hôtel particulier, j'ai pas envie que tu disparaisses de la circulation !

Goigoux rigola devant l'air effrayé de Fanfan.

— N'aie pas peur pour tes jolies fesses, gamin ! J'en ai trouvé de plus accueillantes qui n'ont jamais servi !

5

Est porté à 830 Fr. par kilogramme le taux du droit perçu en vertu de l'article 420 du code des contributions indirectes sur la saccharine et toutes autres substances édulcorantes ou produits chimiques assimilés.

Extrait du *Journal Officiel* du 16 juillet 1940

Joseph se rendait au commissariat à pied. La marche lui permettait de laisser flâner ses idées. Il avait fait un détour par la place de Jaude pour acheter des cigarettes. D'habitude animée, elle était envahie de silence, alors que, à l'image de la ville, elle était bondée. On aurait pu se croire un jour de foire, si les visages des réfugiés n'avaient pas été aussi tristes, les pas aussi lourds, les allures aussi pesantes. On les reconnaissait à la mine hagarde. Certains se déplaçaient avec un bout de papier dans la main, dérisoire appel au secours. Ils allaient le déposer sur la façade des églises, de la cathédrale ou de la préfecture, avec l'espoir qu'il serait lu, ou en demandaient la publication dans les journaux. Plus on s'éloignait de la date de l'armistice, plus nombreux étaient les messages de détresse de familles écartelées par l'exode. « Lecerf Gilbert attend sa famille chez les cousins d'Isserteaux, » « Jeanjean, retrouve-moi à Gerzat, » « Paul et Mauricette Grand sont à Lezoux. » Des foules d'exilés se relayaient ainsi le long des édifices clermontois, certains fixant les messages avec une telle intensité qu'ils semblaient vouloir en faire sortir le frère, la mère, l'oncle disparus ; certains attendaient les réponses assis par terre, près du billet qu'ils venaient de coller.

Au milieu de la place, Vercingétorix, sur son cheval immobile veillait sur la ville. Il rappelait que les Arvernes étaient un peuple fier, qui s'était, comme ses compatriotes français, fait étriller par une armée d'invasion que personne n'avait vu venir. Nul ne comprenait les raisons de cette déculottée insolente. L'armée hitlérienne avait surpris tout le monde par sa rapidité et son efficacité.

Sur la façade du Grand Hôtel de la place de Jaude, le drapeau à croix gammée avait été déposé. Il avait flotté en juin, pendant une folle semaine d'occupation, qui n'était déjà plus qu'un lointain souvenir.

Joseph arriva en haut de la place Sugny, dont la forte pente aurait essoufflé Jessie Owens. Au lieu de se diriger vers la rue du Port, qui l'aurait amené vers le commissariat, il préféra s'engager dans la rue de la Treille, encore protégée des rayons du soleil. Il s'approchait du numéro 25 quand il entendit des éclats de voix provenant d'une courette inondée de lumière. On y accédait par un passage sombre et puant. Trois personnes s'interpellaient violemment. Une grosse femme trapue et bouffie, vêtue d'une blouse crasseuse dirigeait un balai comme une lance de tournoi vers un couple d'une quarantaine d'années. L'homme était rouge de colère et tenait l'extrémité du manche à balai pour éviter les coups lancés rageusement par la virago. Deux enfants agrippaient les jambes de leur mère. Leurs visages étaient gonflés de larmes.

— Si vous payez pas, vous restez pas, braillait la rombière d'une voix suraiguë, qui contrastait avec sa corpulence. Je suis pas là pour faire la charité à des gens que je sais pas d'où qu'ils viennent !

— Je vous ai payé une quinzaine d'avance il y a dix jours ! répliqua l'homme avec rage.

—Peut-être, lança la vieille, mais les prix augmentent, alors vous m'avez pas donné assez.

— Vous avez doublé le loyer sans me prévenir ! Où voulez-vous que je trouve de l'argent tout de suite ?

— C'est pas mes oignons ! Vous payez ou vous décampez !

La mère tenta de s'approcher avec ses enfants.

— S'il vous plaît, Madame, laissez-nous jusqu'à ce soir, nous attendons un mandat.

—Ben voyons, ricana la propriétaire. Et ce soir, faudra que j'attende demain ! Vous croyez que j'ai pas compris vot'manège ? Voilà ce que c'est ! On veut aider, et on se retrouve avec des malhonnêtes.

L'homme raffermit sa prise sur le balai et tira d'un coup sec. La vieille dut avancer de trois pas pour ne pas tomber. Les deux visages congestionnés étaient à quelques centimètres l'un de l'autre.

— Vous osez dire que c'est par charité que vous proposez ce taudis plein de vermine ? Les enfants ont attrapé des poux et j'ai fait fuir un rat hier soir !

— Décampez, que je vous dis ! Y'en a d'autres qui attendent et qui feront pas les difficiles comme vous ! Elle leva la tête et s'adressa à un homme âgé, penché à une fenêtre du troisième étage, qui avait assisté silencieusement à l'affrontement.

— Envoie les bagages de ces messieurs-dames, Eugène, cria-t-elle avec un faux accent distingué. Ils s'en vont !

Une valise s'envola dans le ciel de la cour. Joseph réussit à l'attraper avant qu'elle ne s'écrase au sol. De l'étage, le vieux lançait en continu objets et vêtements. Une poupée de chiffons atterrit aux pieds de la petite fille. Sa mère ramassa son sac à main dont le contenu s'était éparpillé sur le sol. L'homme tendit la main et agrippa un foulard qui flottait doucement dans l'air.

Accroupie, la femme tentait de rassembler ses affaires d'une main tremblante. Ses yeux se posaient partout sur le sol, elle s'affolait.

— Chéri, dit-elle d'une toute petite voix, je ne trouve pas mon portefeuille.

Trois regards soupçonneux se tournèrent vers la mégère qui tenait toujours son balai à l'horizontale, comme une baïonnette. Elle attaqua de sa voix de fausset.

— Non mais dites donc ! Vous allez pas nous traiter de voleurs, en plus ! Elle se tourna vers Joseph qu'elle prit à témoin.

— Voyez ces étrangers qui viennent on sait pas d'où, qui veulent être logés comme des princes, sans payer, et qui vous accusent de…

Sans attendre la fin de la diatribe, Joseph la repoussa pour ouvrir la porte qui menait à l'escalier. Il n'écoutait pas les cris d'orfraie. Il sautait les marches quatre à quatre. L'escalier, faiblement éclairé, empestait la pisse de chat. Une épaisse couche de salpêtre recouvrait le bas des murs. La porte de la chambre qui donnait sur la cour était entrouverte. Il la rejeta d'un coup d'épaule. Le vieil homme était tourné dos à la porte. Il avait coincé un portefeuille sous son aisselle, libérant ses mains tavelées qui comptaient pièces et billets. Le bruit de la porte contre le mur le fit sursauter. Les pièces se répandirent dans la chambre. Il se tourna vers Joseph, l'air mauvais.

— Qui vous êtes, vous ? Pas le moment de m'emmerder.

— Police ! cria Joseph. Il vit de la panique dans le regard du vieux, qui se transforma rapidement en froid calcul.

— Ah ! Vous tombez bien pour une fois. Regardez : on est obligés de se payer nous-mêmes, parce que ces salauds de youtres veulent rien sortir. C'est voleur et compagnie, ces parasites !

Joseph était pris d'une rage froide. Il avait devant lui un exemplaire de propriétaire qui profitait de l'arrivée des réfugiés pour louer des galetas à des prix exorbitants. Certains d'entre eux détroussaient les familles, les délestaient de leur argent ou des quelques biens qu'ils avaient emportés. Le commissariat avait reçu plusieurs plaintes, mais n'avait jamais trouvé de preuve tangible. Joseph empoigna le vieux par le revers d'une chemise qui avait été blanche. Des remugles de vin et de soupe mal digérée jaillirent d'une bouche édentée. Il était mal rasé et avait une verrue au coin de la lèvre.

— Espèce de vieux salaud ! cria Joseph. Vous allez rendre cet argent immédiatement ! Vous avez de la chance que je sois pressé et que je ne vous embarque pas au poste tout de suite ! Dépêchez-vous ! Ramassez et qu'il ne manque rien !

Il projeta le vieux par terre. Pendant qu'il s'exécutait, Joseph parcourait le taudis du regard. Éclairé par un vasistas dont la crasse laissait à peine passer la lumière, il ne mesurait pas plus de dix mètres carrés. Deux matelas étaient jetés à même le sol. L'un d'eux vomissait une paille moisie. Un seau assailli de mouches était posé dans un coin, sans aucune séparation. Un confiturier dont la porte ne tenait que par une charnière faisait office de placard. Le vieux gémissait en se déplaçant à genoux. Il se releva péniblement et donna à Joseph pièces et portefeuille.

La famille de réfugiés n'avait pas bougé. Parents et enfants étaient figés, serrés les uns contre les autres. La matrone balayait la cour rageusement et son balai projetait des nuages de poussière qui montaient dans les rayons du soleil. Elle lança un regard noir à Joseph mais se garda prudemment de toute réflexion.

— Voici votre bien, dit-il à la mère de famille. J'espère que ces voleurs n'ont rien gardé.

Les parents le regardaient comme s'il était le Sauveur.

— Venez avec moi, leur proposa Joseph. Je vais vous conduire au camp de réfugiés, dans le quartier du Pré-la-Reine. Vous y serez certainement mieux nourris et mieux traités qu'ici.

Le vieux avait rejoint sa femme dans la cour. Ils regardaient le groupe d'un air mauvais. Joseph se tourna vers eux et sortit son carnet.

— Votre nom ?

— Labiche, répondit l'homme, les yeux fixés au sol. Eugène Labiche, Monsieur le commissaire. (Il prit une voix plaintive). Mais il faut nous comprendre : la vie est difficile pour nous aussi. Il faut bien qu'on vive. Tout ce qui arrive, c'est à cause d'eux. Tous ces juifs, ils nous ont fait perdre la guerre. Regardez Blum : il est pas fier, maintenant !

Joseph refusa de répondre et de se laisser entraîner dans une telle conversation. Il pensa que le « vrai » Eugène Labiche aurait pu se retourner dans sa tombe d'avoir un tel homonyme.

— Présentez-vous demain à huit heures au commissariat. Vous aurez à répondre d'extorsion et de tentative de vol. Et ne vous avisez pas d'oublier, sinon je viens vous chercher.

Il imaginait avec délices la réception que Champeix allait leur réserver... Le couple Labiche et ses escroqueries à la petite semaine lui feraient un plat de choix pour commencer la journée.

Joseph emmena la famille avec lui. Les nombreux magasins religieux de la rue du Port attirèrent l'attention des parents. Joseph en profita pour saluer le photographe Léon Jourde, et admirer les photos aériennes des environs de Clermont qu'il avait réalisées lui-même.

— Je ne sais pas quand je pourrai faire les prochaines... Plus un avion ne peut décoller depuis l'armistice.

— Les seuls qui peuvent nous tomber dessus désormais sont allemands ! répondit Joseph.

Le petit garçon, qui s'appelait Luc (« comme le Saint qui a écrit les Évangiles », récita-t-il) s'approcha pour lui demander son grade dans la police, et s'il portait un « revover ». À sa grande déception, Joseph lui expliqua que ce n'était que dans les films de gangsters. Le père s'approcha de Joseph. « Escoffier », dit-il simplement, comme si le nom expliquait tout. Il raconta rapidement l'injustice dont ils avaient été victimes, lorsque leur village près d'Arc-et-Senans avait été la cible des avions allemands. Madame Escoffier les rejoignit.

— Vous allez jeter ces bandits qui nous ont traités de Juifs en prison, n'est-ce pas ? attaqua-t-elle. Nous témoignerons contre eux pour qu'ils soient punis.

— Ils le seront, Madame. Je vais prévenir mon supérieur qui ouvrira rapidement une enquête.

— Pourquoi une enquête ? Vous avez vu comment ils se sont comportés avec nous ! Elle se tourna vers son mari. Voilà ce qu'est devenue l'administration depuis le Front Populaire ! Tous les moyens sont bons pour ne pas travailler.

Joseph croisa le regard amusé de Léon Jourde et accéléra le pas jusqu'au commissariat.

Joseph fit attendre la famille dans l'entrée, ce qui ne manqua pas de provoquer force démonstrations d'agacement. Champeix n'était pas dans son bureau. Joseph écrivit un rapide résumé de sa matinée et écrivit l'adresse des Labiche. Il rejoignit la famille Escoffier en grande conversation avec Jocelyn Cluzel qui s'approcha de l'inspecteur avec un sourire moqueur. — Vous avez fait une belle récolte, dit-il à mi-voix.

— Je regretterais presque de les avoir tirés des pattes de ces escrocs, répondit Joseph sur le même ton. Je m'apprêtais à les emmener au camp du Pré-la-Reine. Ce sera toujours mieux que ce qu'ils avaient.

— J'y allais, justement, pour un reportage. J'ai appris que mes confrères de *L'Illustration* y travaillent un peu, et je voulais les saluer. Si vous voulez, je fais le chemin restant avec eux.

Joseph accepta avec gratitude.

****

Accompagné de sa troupe, Jocelyn arriva au camp du Pré-la-Reine en fin de matinée. Les parents regardaient d'un air écœuré les baraquements dans lesquels logeaient ceux qui, comme eux, n'avaient plus ni feu ni lieu.

Composé d'une trentaine de bâtiments alignés au cordeau et protégés par une enceinte en béton, le camp offrait une vue désespérante et imprenable sur l'imposante usine Michelin d'Estaing. Le parallélépipède de plus de cent mètres de long et haut de huit étages dominait le millier de réfugiés qui attendaient un hypothétique retour en zone occupée.

Gisèle Escoffier marmonnait. L'état de quincailler de son mari l'avait sans doute habituée à loger dans des hôtels luxueux.

— Je ne pourrais pas vivre plus de quelques heures ici ! Georges. Fais tout pour que nous puissions rentrer dès ce soir à la maison.

— Je vais aller voir le responsable de cet endroit. Il comprendra sûrement que nous ne pouvons pas envisager de partager la vie de ces… de ces…

Il hésita. Jocelyn le regardait fixement.

— A quoi pensez-vous, Monsieur ? demanda-t-il aimablement.

— Eh bien je veux dire qu'il y a sûrement…

— Des Juifs ? Sans doute. Et peut-être aussi des communistes. Ou des francs-maçons.

— Georges ! Ce jeune homme se moque de toi ! intervint Madame Escoffier avec rage.

— Pas du tout, Madame, répondit doucement Jocelyn. Je présente une situation que vivent depuis plus d'un mois des milliers de Français, de Belges, de Hollandais. Peu importe leur religion, ou leur personnalité. Ils sont dans la même mouise que vous. Et ils s'adaptent. Maintenant, si vous me permettez, je vais exercer mon métier.

Jocelyn fit demi-tour, et partit, sans les saluer.

Le camp grouillait d'activité. Des hommes poussaient ou tiraient des charrettes à bras dans lesquelles étaient entassés des matelas, des fauteuils, des tables, qui les avaient suivis dans leur fuite éperdue. Les femmes portaient des sacs de linge d'où émergeaient des manches ou des cols de chemises.

Jocelyn parcourut le camp, sans rencontrer de journaliste de *L'Illustration*. Il interrogeait ces hommes et ces femmes qui portaient sur leur visage une profonde lassitude et qui racontaient tous la même histoire. Un récit terrifiant s'écrivait à mesure des témoignages. Bousculades, bombardements, fuites, cadavres sur le bord des routes. À mots couverts, ou avec un vocabulaire cru, on évoquait l'odeur qui s'en échappait, le spectacle des chevaux éventrés, les viscères visités par des rats gros comme des barriques. Certains donnaient des cours de stratégie rétrospective. Il aurait fallu repousser Guderian dès Sedan, par des attaques aériennes. Pourquoi Gamelin avait-il été soudainement remplacé le 19 mai ? Weygand avait commis une grossière erreur en ordonnant le repli vers Dunkerque le 24 juin.

D'autres ne disaient rien : la tristesse se lisait dans leurs yeux. Certains avaient laissé sur les routes de l'exode une fille, un frère, un mari, sans espoir d'aller un jour se recueillir sur sa tombe.

Jocelyn contournait le bâtiment des cuisines quand il entendit une voix cristalline chanter *Le Temps des Cerises*. C'était assez inhabituel pour qu'il s'approche de cette voix solitaire, qui chantait juste, et qui mettait beaucoup d'émotion dans les intonations. Il la distinguait de dos : une silhouette arrondie, pas très grande, et la nuque dégagée par une tresse rassemblée en chignon, qui laissait deviner une longue chevelure châtain. Elle empilait avec vigueur des sacs de pomme de terre qui avaient été déchargés devant la porte de l'abri. Machinalement, Jocelyn en prit un et le porta jusqu'à la jeune femme qui ne l'avait pas entendu.

— Oh ! Merci. C'est très gentil à vous, mais il ne fallait pas. Vous êtes trop bien habillé pour faire ce genre de travail.

Jocelyn avança la main :

— Bonjour, Jocelyn Cluzel, journaliste à *La Montagne*, « le quotidien de toutes les gauches, » comme dit mon patron !

Il ne prenait pas de risques, avec ce qu'elle chantait avant, il pouvait se déclarer.

Elle essuya sa main droite au revers de son tablier et serra vigoureusement celle du journaliste.

— Simone Kahn. Je viens d'Alençon et j'essaie de me rendre utile. Je ne peux pas rester sans rien faire. La ville a insisté pour donner une petite rétribution, mais ce n'était pas nécessaire. Tout le monde doit participer à l'effort de guerre, même si on nous dit qu'elle est finie !

Joignant le geste à la parole, elle reprit un sac. Jocelyn l'imita, pour l'aider et pour engager la conversation.

— Le travail ne doit pas manquer, remarqua-t-il en posant un sac, même si les réfugiés sont un peu moins nombreux. Vous êtes ici depuis longtemps ?

— Je suis partie d'Alençon le 10 juin, mais ne suis arrivée ici qu'à la fin du mois.

Jocelyn s'assit sur les sacs, attentif au récit qui allait venir. Elle s'appuya contre le mur du baraquement, les mains croisées derrière elle. Elle regardait au-delà de Jocelyn, comme si elle lisait ses souvenirs dans le ciel.

— J'ai voyagé avec des voisins jusqu'à Blois. Nous y sommes arrivés le 13, dans une cohue indescriptible. Des milliers de gens comme nous – nous commencions à nous appeler les *exodiens*, comme les habitants d'une autre planète ! – essayaient de passer la Loire. Nous avons mis sept heures pour traverser la ville ! Le soir du 14, la rumeur s'est répandue que les Allemands arrivaient. On entendait les bombardements se rapprocher, mais encore très lointains. Un torrent humain s'est jeté sur le pont. J'ai vu un homme en jeter un autre dans la Loire. Une femme s'est noyée en essayant de traverser à la nage. J'ai été emportée par le mouvement. Il était impossible de résister. Tout s'est arrêté le lendemain matin, en lisière d'une forêt. Certains continuaient d'avancer, les yeux fous, poussant, tirant leurs enfants qui n'en pouvaient plus. Sur le bord de la route, une vieille dame pleurait. Je suis allée vers elle. Sa fille et son gendre lui avaient dit qu'ils partaient chercher de la nourriture. Ils ne sont jamais revenus et elle n'avait rien mangé ni bu depuis la veille. Je n'avais rien à lui donner.

Simone Kahn se tut. La gorge nouée, les yeux rouges.

— Vous savez, reprit-elle, je crois que cette guerre a fait ressortir ce qu'il y a de plus sombre dans l'être humain. Je me suis fait insulter lorsque j'arrêtais des gens par le bras pour leur demander un peu d'eau ou un morceau de pain pour cette dame. Après des heures d'attente, alors que j'avais perdu tout espoir et que je ne pouvais me résoudre à la laisser toute seule, quatre soldats français se sont arrêtés. Ils étaient les seuls survivants de leur régiment. Ils ont partagé avec nous des rations qui leur restaient. L'un d'entre eux m'avoua qu'ils les avaient prises dans les besaces de leurs camarades morts. Nous sommes repartis tous les six. Les soldats portaient la vieille dame à tour de rôle. Elle ne se plaignait pas, mais je voyais ses forces et sa volonté de vivre diminuer peu à peu. Un matin, nous étions à proximité de Cheverny, elle ne s'est pas réveillée. Nous l'avons enterrée sur le bord de la route, sans que quiconque nous prête attention.

Des enfants jouaient quelque part dans le camp, peut-être avec les jouets donnés par le Secours national. Des odeurs de cuisine leur parvenaient de l'intérieur du baraquement. Jocelyn reconnut une alléchante odeur de bœuf aux carottes. Il prenait conscience des jours de terreur qu'avaient vécus ces milliers d'hommes et de femmes qui tentaient d'échapper à une violence inconnue jusqu'alors. Les récits de la Grande Guerre qu'il avait entendus avaient des soldats pour acteurs. La bataille de France engendrée par Hitler touchait des familles entières, confrontées à la nouvelle réalité des guerres du XXème siècle. Parmi ces migrants forcés, certains, avant d'être lancés sur les routes, pensaient qu'une « bonne guerre » aurait vivifié la jeunesse et l'économie.

Simone Kahn ne pleurait plus. Son beau visage s'était recomposé et elle réussissait à cacher son émotion.

Jocelyn reprit l'initiative pour détendre l'ambiance :

— Et vous voilà à Clermont-Ferrand, en train de charger des patates !

Elle sourit, chassant sa tristesse d'un geste, comme elle l'aurait fait d'une mèche de cheveux.

— J'aide aussi un peu à l'infirmerie. C'était mon métier avant… Les religieuses de l'hôpital de Verneuil-sur-Avre avaient refusé ma candidature. Elles considéraient que j'étais juive par mon mariage. Serge, mon mari, ne pratique pas mais son nom a suffi pour fermer certaines portes.

Jocelyn n'était pas surpris. Depuis la chute du Front Populaire de Blum, la haine des juifs revenait à la charge avec de plus en plus de vigueur.

— Comment s'est terminé votre voyage ?

— Les soldats ont retrouvé une unité à Vierzon, où j'ai rencontré un couple qui rejoignait l'Auvergne. Représentant de commerce aux Économats du Centre, le mari connaissait bien les routes et voulait éviter la Nationale. Malgré cela nous avons été attaqués par des stukas avant Issoudun.

Elle frissonna.

— Je n'oublierai jamais les sifflements de leurs sirènes et les détonations de leurs mitrailleuses ! Ils volaient si bas que l'on pouvait presque voir le visage des pilotes ! Nous nous sommes jetés dans les fossés, morts de peur. Ils sont repartis comme ils étaient venus, laissant quelques carcasses fumantes de véhicules.

— Vous n'avez pas été blessée ?

— Mes compagnons de route non plus, grâce au ciel ! Nous avons décidé alors de ne marcher que la nuit. Nous sommes arrivés à Clermont quelques jours après la signature de l'armistice. Depuis, j'attends mon mari.

— Mais pourquoi Clermont ?

— Serge travaille aux ateliers Citroën de la Ferté-Vidame. Depuis que la manufacture est propriétaire de Citroën, beaucoup d'ingénieurs travaillent ensemble. Il nous avait semblé logique de rejoindre la maison-mère.

— Vous n'avez pas pu partir ensemble ?

— Quand l'invasion allemande a été déclenchée, Serge devait cacher certaines pièces. Depuis que j'ai quitté Alençon, – il y a plus d'un mois ! – je n'ai aucune nouvelle de lui.

****

Joseph et Nestor s'étaient donné rendez-vous à la terrasse du café Américain rue du 11-Novembre. Joseph espérait avoir les premiers résultats des analyses. La ville était toujours silencieuse, matraquée par le soleil estival.

Seul le raclement des roues des tramways sur les rails apportait un semblant d'animation. Deux autres tables étaient occupées. Les clients regardaient tristement leur verre, sans échanger une parole.

Appuyé sur sa canne, Nestor arrivait par la rue du Cheval-Blanc. Coiffé de son éternel béret basque, l'imperméable façon Harpo Marx battant au vent, il affichait une mine réjouie.

— Toi, tu as la tête du type content de lui, dit Joseph.

— Ce que j'ai fait, répondit Nestor, aucune bête ne l'aurait fait !

— Raconte-moi.

— Attends un peu. D'abord, on va boire quelque chose. Si on a encore le droit de se faire plaisir dans cette moitié de pays.

— J'ai regardé la carte. Le blancs-cassis est encore autorisé. Tout n'est pas foutu !

Nestor fit signe au garçon qui connaissait leurs habitudes. Il devint sérieux.

— Pas encore, non… Tu as lu les nouvelles ?

— Oui. Les choses vont très vite. Comme si…

— Comme si tout avait été prévu ? C'est ce que tu veux dire ?

— Plus ou moins. Je n'imagine pas qu'on puisse créer un gouvernement sans y avoir réfléchi à l'avance. Et je pense que Laval y réfléchissait beaucoup.

— Tu penseras à lui demander demain ! Tu comptes aller à Paris ?

— Ça me paraît indispensable. Mais l'entrée en zone occupée est interdite depuis trois jours. Et on ne sait pas quand les Allemands vont à nouveau ouvrir la frontière.

Le garçon apporta les consommations

— Je ne sais pas pourquoi, dit Nestor, mais cette affaire pue… Un sénateur dans un hôtel, absent de l'endroit où il aurait dû être impérativement…

— Je n'arrête pas d'y penser. Il était habillé. Ce n'est pas une affaire de femme. Tu n'as rien trouvé de ce côté ?

— Non. À part les talons dans la salle de bains, mais rien qui indique qu'il sortait d'une partie de jambes en l'air.

— Ou alors, ils auraient refait le lit après ? Non. La courtepointe était tirée. Tu as trouvé d'autres choses ?

Nestor leva son verre pour trinquer. Joseph l'accompagna.

— Oui mon petit père. Ton assassin, c'est un gars de la campagne. Et même de la montagne.

Joseph allait répondre lorsqu'une moto s'arrêta à l'extrémité de la rue. Le pilote, casqué, faisait ronfler son moteur. Nestor dut se rapprocher de Joseph pour lui parler

— Il n'y a aucun doute. Le meurtrier avait la main couverte de pollen de…

Le bruit de la moto était tel que Joseph n'entendit pas. Il se rapprocha de Nestor et ne s'intéressa pas au passager, dont la main droite était cachée dans son blouson.

— Du pollen ? Du pollen de quoi ?

— Tu ne vas pas me croire, c'est du pollen de…

La moto s'était rapprochée sans que les deux hommes y prêtent attention. Elle s'arrêta à proximité de la table. Joseph leva les yeux. Le passager, un foulard sur le visage regardait fixement Nestor. Il sortit un pistolet à canon long, comme s'il hésitait. Joseph bondit de sa chaise pour l'arrêter mais l'homme avait ajusté son tir et appuyé sur la détente. Nestor fut renversé et emporta la table dans sa chute. La moto fila dans la rue du 11-Novembre en direction de la place Gaillard. Joseph se tourna vers Nestor. La chemise couverte de sang, il appuyait sa main sur la poitrine

— C'est rien, gémit-il. Ce con a visé trop à droite et trop haut. Putain, ça fait mal quand même.

— Ne parle pas, dit Joseph, tais-toi. Respire doucement. Ça va aller.

Il se tourna vers la foule qui regardait sans comprendre.

— Appelez une ambulance, nom de Dieu ! Au lieu de rester comme au spectacle.

— C'est déjà fait Monsieur, on a averti l'Hôtel-Dieu, elle arrive.

Joseph se penchait à nouveau sur Nestor. La blessure saignait moins. Nestor était livide, claquait des dents.

— Reste avec moi bonhomme, ne t'endors pas. Tu me parlais de pollen. Du pollen de quoi, Nestor ? Réveille-toi bon Dieu ! Nestor ! Écoute : l'ambulance arrive.

Deux infirmiers portant un brancard sautèrent du véhicule. Ils installèrent rapidement Nestor sur la civière.

— Priorité absolue, leur dit Joseph. C'est un officier de la police scientifique.

— Oui, Monsieur, je le connais. Il vient de temps en temps.

L'ambulance s'éloigna. Joseph se tourna vers les témoins.

— Police. Quelqu'un a-t-il vu quelque chose ? Le visage des agresseurs ? La marque de la moto ?

— Moi, M'sieur, dit un gamin d'une douzaine d'années. J'ai vu que c'était une Favor. Une 250 centimètres cube !

— C'est bien, répondit Joseph, en lui faisant signe d'approcher. Tu es sûr ?

— Certain, M'sieur. Même si y'avait pas la marque, parce qu'elle avait été arrachée.

— Tu t'y connais en motos ?

— Ben un peu… Et puis j'habite à côté de leurs ateliers, et un des apprentis, c'est mon voisin. Alors des fois, y me fait entrer et je peux regarder comment qu'ils travaillent.

— Comment t'appelles-tu ?

— Marcel, M'sieur, comme Cerdan.

— Tu n'as pas pu voir la plaque, par hasard, avec tes yeux de lynx ?

— Ah ben non, passque j'y regardais le moteur. Et je me disais qu'elle avait de la chance de pouvoir démarrer, tellement qu'il était sale. Même que le pot d'échappement était crevé.

— Personne n'a rien vu d'autre ? Les premiers témoignages sont les plus importants. Le moindre détail peut nous être utile.

Une femme s'avança.

— Quand j'ai vu qu'il avait un grand pistolet, j'ai eu bien peur et j'ai crié, mais personne ne m'a entendue.

— Pas étonnant avec le raffut du moteur, mais avez-vous vu d'où il venait, Madame ?

— C'est-à-dire… j'arrivais de l'avenue des États-Unis. Et j'entendais ce moteur qui ronflait. Alors j'ai regardé et j'ai vu ce monsieur avec ses lunettes et son casque d'aviateur et qui regardait vers moi. Enfin, c'était pas vers moi, mais vers l'endroit que vous étiez. Et puis il a démarré en faisant beaucoup de bruit ! J'ai eu bien peur, répéta-t-elle, et j'ai serré mon sac contre moi. Mais il ne m'a pas regardée.

— Vous pourriez me le décrire ?

— Ah, pardi, non. Parce qu'il avait un fichu devant sa bouche, et ses yeux étaient pas commodes.

— De quelle couleur les yeux ?

— Méchants. C'était des yeux méchants.

Le témoignage primordial qui fait basculer une enquête, pensa Joseph.

— Merci, Madame, vous m'aidez beaucoup.

La dame fit gonfler son opulente poitrine. Elle se sentait déjà auxiliaire de police.

— Venez au commissariat demain matin, pour donner votre déposition. Et toi aussi, Marcel.

— Oui, M'sieur, promis que j'y serai.

Le spectacle était terminé, il n'y avait plus rien à voir. Un garçon de café nettoyait à grande eau la tache de sang sur le trottoir. Joseph ne comprenait pas pourquoi on avait tiré sur Nestor. Il était rarement en avant sur une enquête, et si son témoignage avait pu parfois envoyer des hommes en prison, Joseph ne connaissait personne qui aurait pu lui en vouloir au point de le faire exécuter en pleine rue. Il décrocha le téléphone posé sur le comptoir, appela le commissariat et monta jusqu'à l'Hôtel-Dieu.

****

Une religieuse indiqua à Joseph la direction du service où Nestor avait été admis. L'odeur d'antiseptiques, de désinfectants lui faisait tourner la tête. À mesure qu'il s'en rapprochait, les effluves reconnaissables entre toutes du tabac de Champeix remplaçaient celles des produits médicaux. Joseph en aspira une grande goulée, comme si c'était de l'oxygène pur. Il aperçut Champeix qui tournait devant la porte de la chambre comme un sanglier creusant sa bauge. Le visage buriné du commissaire, encadré de cheveux blancs coupés courts montrait des signes évidents d'inquiétude. Sa bouffarde produisait d'abondants nuages de fumée, signe d'une activité intense.

— Ah, vous voilà, mon petit !

— Vous l'avez vu ? demanda Joseph immédiatement.

— On m'a laissé le voir deux minutes. Il est très faible, a perdu pas mal de sang, mais il semble hors de danger.

— Il vous a dit quelque chose ?

Champeix hésita un instant, expira un nuage de fumée et contempla sa pipe comme s'il devait y trouver la réponse.

— La situation est beaucoup plus grave qu'on ne le pensait, mon petit vieux. Venez. Allons discuter dehors. Cette odeur d'hôpital m'écœure et comme on le disait en 39, les murs ont des oreilles… Même ici !

Ils se dirigèrent vers le jardin des Plantes, où les cygnes nageaient sans bruit sous l'immense jet d'eau. Champeix avait sorti une nouvelle pipe pré-bourrée de sa poche. La main de Joseph tremblait quand il essaya d'allumer une Celtique.

— Le gouvernement a décidé d'aller vite, commença Champeix. La « remise en ordre » ne traîne pas. J'ai eu quelques informations de Vichy. Une loi sur les fonctionnaires est en préparation. Ils pourront être exclus de leurs fonctions sans autre forme de procès. Sa publication au Journal Officiel est imminente.

— Et vous pensez faire partie de la première charrette ?

— Il y a un moment que je suis dans le collimateur de certaines autorités. Ils ne vont pas me louper. Jamais siège n'aura été aussi éjectable que le mien !

— Vous avez fait vos preuves dans de sacrés coups durs.

— Ça ne les intéresse pas. Je représente le passé, la France jouisseuse, la France Républicaine, la France anarchiste ! Oui, oui ! Je l'ai lu dans le dernier éditorial de Vallet[1].

— Mais qui vous remplacerait ?

— Je suis sûr qu'on se bouscule déjà au portillon ! Les candidats sont nombreux. Vous ne voyez pas quelques noms ?

— Si, bien sûr… Mais…

— Laissons tomber pour le moment. Le monde continuera de tourner et je serais peut-être plus utile ailleurs qu'à mon bureau.

Les deux hommes arpentaient le jardin dans un silence pesant. Joseph demanda doucement à Champeix.

— Vous pensez que l'agression contre Nestor est liée à tout cela ?

— J'en suis plus que sûr, répondit Champeix, la voix tremblante. Écoutez Joseph, notre amitié est solide, et j'ai toute confiance en vous, mais il y a un mois, je ne vous aurais jamais confié ce que je vais vous dire. Depuis plusieurs années, Nestor et moi cherchions à infiltrer les réunions clermontoises de la Cagoule.

— Vous voulez dire, celle de Méténier ?

— Celle-là même. Nestor avait réussi à participer à une ou deux réunions secrètes. Il avait posé sa candidature pour en être membre.

— Et ils l'ont accepté ? Malgré son infirmité ? Alors qu'ils recherchent des athlètes et des forts des Halles ?

— Ne sous-estimez pas notre Trésor, répondit Champeix, attendri. Il a fait croire qu'il avait été blessé

---

[1] Maurice Vallet, rédacteur en chef du quotidien *L'Avenir du Plateau Central*, soutient le gouvernement de Vichy dès le lendemain de la prise de pouvoir.

pendant la guerre, et qu'il était une authentique gueule cassée !

— Et ça a marché ?

— Jusqu'à présent, oui… Mais pour une raison ou pour une autre, sa couverture a été déchirée.

— Il avait identifié des membres du réseau de Clermont ?

— Difficilement, parce qu'ils sont extrêmement cloisonnés, et leur chaîne de commandement est difficile à suivre. Il a toutefois entendu un des types qui l'accompagnait mentionner le nom de Lulu Cotignac – vous savez qu'ils adorent se donner des surnoms idiots ! – et on soupçonnait déjà Lucien Thévenet d'avoir des liens étroits avec ces gens-là…

— Thévenet serait impliqué dans les attentats de 37 ?

— Il n'y a pas participé, mais nous sommes certains que c'est lui qui a fourni les armes et les explosifs. Son réseau lui a permis de détourner des cargaisons destinées aux Républicains espagnols. Il cache ce matériel quelque part à Clermont, ou Chamalières. Je suis allé visiter sa « Fabrique » une nuit. Il n'y a rien. C'est donc ailleurs…

— Mais pourquoi attaquer Nestor maintenant ?

— Parce que l'ordre nouveau prôné par notre nouveau Président du Conseil a besoin d'hommes de paille pour faire le sale boulot. Ils ont un peu grillé les étapes, mais l'idée générale est là, je pense.

— Je ne cherche pas à le défendre, mais Laval n'a pas donné l'ordre d'exécuter Nestor.

— Certainement pas. La décision vient de cette organisation parallèle qui a œuvré en sous-main pour affaiblir la République.

— Et vous seriez le prochain sur la liste ?

— Ça ne serait pas impossible. Mais tant qu'on ne sait pas d'où vient la fuite…

— Je vais…

—Vous n'allez rien du tout… pour l'instant, coupa Champeix. Tant qu'ils croiront Nestor mal en point, ou mort, les choses devraient se tasser. Quand partez-vous à Paris ?

— Les Allemands ont fermé la ligne de démarcation. Il faut des ausweis longs comme le bras pour passer.

— Vous voyez Laval demain ? Il sera trop heureux de montrer son amitié avec Abetz et il vous fournira ce qu'il faut. Lui aussi a intérêt à savoir qui a abattu Ferrand. S'il veut montrer un minimum d'autorité dans son gouvernement…

— Vous pensez qu'il y a un rapport entre Ferrand et la Cagoule ?

— Un lien, certainement ténu, mais pour l'instant, je ne vois pas lequel. Mais j'y pense : quand vous irez à Paris, allez voir le sénateur Vendroux. Il était responsable du groupe qui a conduit au démantèlement de la Cagoule après les attentats de 37. Il travaillait avec Marx Dormoy. Il pourra vous expliquer les tenants et les aboutissants de l'affaire.

— J'irai le voir en arrivant.

— Faites ce que vous pouvez, mon petit vieux, mais soyez très, très prudent.

13 avril 1916

Mon pauvre ami,

Qui aurait pensé que cette guerre apporterait autant d'horreurs ! Je viens de recevoir votre lettre du 3 mars, et je comprends à demi-mot les souffrances que vous endurez tous ! J'espérais tant de la permission dont vous m'aviez parlé, et, comme vous, je me suis inclinée devant la décision de l'État-Major... Je suis certaine que cette bataille que vous livrez contre l'envahisseur sera la dernière et qu'elle nous mènera à la victoire ! Je crois en vous, en vous tous, et mon cœur bat à l'unisson du vôtre.

La situation n'est plus aussi souriante à Paris qu'elle ne l'était... nous avons eu l'impression que l'hiver n'en finissait pas et la lutte contre le froid a été plus difficile cette année. Le charbon est sévèrement rationné. Beaucoup de magasins n'ouvrent que le matin, pour compenser les restrictions imposées par cette situation si difficile.

Ne perdez pas espoir !

Avec toute mon affection,

Élise Rimbert

6

L'étranger devenu Français sur sa demande
ou celle de ses représentants légaux peut être
déchu de cette nationalité par décret rendu sur
avis conforme du conseil d'État après que la
mesure envisagée aura été publiée au Journal
officiel ou notifiée par voie administrative à la
personne de l'intéressé ou à son domicile.

Extrait du *Journal Officiel* du 17 juillet 1940

Le mercredi midi était traditionnellement consacré à un repas au restaurant Cluzel en compagnie de quelques privilégiés. Champeix y emmenait régulièrement Joseph depuis la mort de Sabine. Il espérait lui changer les idées et, comme il le disait avec affection, « faire votre éducation politique, fort négligée depuis votre enfance » !

Lorsqu'ils arrivèrent rue Savaron, le père de Jocelyn affichait une mine désespérée.

— Eh bien, aubergiste, attaqua Champeix. On dirait que tu viens d'enterrer père et mère !

— Si ce n'était que ça… je ne sais pas ce que je vais pouvoir vous proposer ! Le rationnement devient de plus en plus contraignant. Regardez.

Il présentait un extrait d'arrêté préfectoral, qui stipulait clairement que les menus proposés dans les restaurants devaient se limiter à un plat de hors d'œuvre sous forme de crudités, un plat de légumes ou de pâtes ou un plat de viande garni, suivis d'un fromage et de fruits cuits ou crus.

— Et c'est bien écrit : « sous peine de fermeture » !

— Je t'interdis de fermer ! gronda Champeix. Tu es la meilleure cantine de Clermont. Ton papier, là, il ne dit pas les quantités ; toi et ta Rolande, vous faites des miracles en cuisine, alors, soyez inventifs ! Et porte-nous un pichet de rosé de Corent, puisque c'est un jour « avec ! »

Jocelyn Cluzel et Alexandre Varenne, le directeur de La *Montagne,* étaient installés à la table habituelle. Ils étaient accompagnés d'un homme rondouillard, portant des lunettes au bout du nez et tenant à la main un cigare de la taille d'une saucisse de Strasbourg moyenne. Son front était dégarni et ses yeux reflétaient la tristesse du monde.

— Je vous présente Jean-Michel Charlier. Il est journaliste à *La Petite Gironde* et a suivi le gouvernement depuis Bordeaux.

Charlier se leva.

— Bonjour Messieurs. Jocelyn m'a appris la mort du sénateur Ferrand. Il se trouve que j'ai eu l'occasion de le rencontrer lors du passage du gouvernement dans ma ville. Nous avons pensé avec Jocelyn et Monsieur Varenne que mon témoignage pourrait vous être utile.

Les cinq hommes s'installèrent autour de la table. Le père de Jocelyn apporta deux bouteilles de rosé couvertes d'humidité. Charlier alluma son cigare et inspira une longue bouffée. Il avait des choses à dire, mais savait ménager ses effets.

Joseph précipita le mouvement.

— Comment l'avez-vous rencontré ? demanda-t-il.

— Il m'a été présenté par un sénateur de la Gironde. Ils partageaient l'amour des bons vins et le respect de la République.

— Vous vous souvenez de la date ?

— La situation était telle que j'ai tout noté dans mon carnet.

Charlier consulta les dates. Joseph se retenait de ne pas le secouer pour qu'il accélère son récit.

— Le 16 juin, au lendemain du Conseil des ministres, affirma-t-il.

— Le jour où Pétain est devenu Président du Conseil.

— Oui. Et ça ne plaisait pas à Ferrand.

— Il était contre le Maréchal ? dit Joseph offusqué.

— Il lui reprochait de n'avoir aucune idée politique, parce que ce n'était pas son métier. Mais Pétain n'a pas agi tout seul. La dissolution des ligues en 36 n'a pas mis fin aux complots, aux oppositions cachées, aux fanatismes, aux rancœurs. La situation créée par la guerre a permis à tous ceux qui détestaient la République et voulaient l'abattre de se trouver réunis au même endroit, au même moment. Il ne leur a pas fallu longtemps pour se retrouver et agir. Sans doute au jour le jour. Ils n'avaient pas un plan d'attaque fermé dans des coffres ; mais ils ont su parfaitement, et avec brio, sortir leurs atouts au bon moment. Etienne Ferrand en était bien conscient. Il avait remarqué que la municipalité de Bordeaux avait installé les ministres favorables à la poursuite des combats dans des hôtels proches de la gare !

— Une cible potentielle des bombardements allemands, remarqua Varenne, consterné.

— Et le maire de Bordeaux Adrien Marquet est ministre de l'Intérieur depuis une semaine ! ajouta Jocelyn en se passant les mains sur le visage.

Les cinq hommes ne s'étaient pas rendu compte que le repas avait été servi. Des carottes râpées étaient disposées sur une petite assiette, les couleurs d'un œuf dur haché tranchaient avec l'orange, et quelques feuilles de persil parsemaient le tout. Ils regardaient sans la voir cette artistique présentation, assommés par les révélations du journaliste.

— Comment pouvait-on poursuivre les combats alors que les Allemands étaient aux portes de Bordeaux ? demanda Alexandre Varenne, la fourchette à la main.

— En se réfugiant en Afrique du Nord.

— Le gouvernement avait décidé de continuer la guerre en exil ? On ne l'a jamais su !

— Parce que personne ne devait le savoir. Le jeudi 20, le Président Lebrun décidait que le gouvernement quitterait la métropole et embarquerait sur un bateau réquisitionné, le *Massilia*. Le soir même, Darlan rédigeait une note de service demandant aux parlementaires de rejoindre le port du Verdon, à une centaine de kilomètres de Bordeaux au débouché de la Gironde, où ils devaient embarquer. Pendant ce temps, le gouvernement devait gagner Port-Vendres.

— Et Ferrand devait embarquer lui aussi ?

— Les sénateurs étaient réunis dans la salle des fêtes de l'hôtel de ville, et commentaient la nouvelle que le Président Jeanneney avait présentée[1]. Je me trouvais près de Ferrand, un peu à l'écart des autres. « Vous

---

[1] Jules Jeanneney, Président du Sénat.

n'approuvez pas l'idée d'un gouvernement en exil » lui demandais-je. Il ne m'a pas répondu tout de suite, m'a longuement regardé. « Si j'étais persuadé que cette proposition repose sur l'honnêteté et la volonté de résister, je partirais à la nage. » Je ne connaissais pas cet homme, mais il y avait en lui une force et une détermination qui semblait invincible. « Monsieur le sénateur, lui répondis-je, vous ne pouvez pas soupçonner le Président de la République de vouloir la défaite de son pays. – Lebrun est une marionnette aux mains de forces sournoises qu'il ne peut soupçonner, me répondit Ferrand. C'est un honnête homme. Il a en face de lui des loups prêts à tout pour faire tomber la République. Par tous les moyens, quitte à embarquer le Sénat et la Chambre dans un piège dont ils ne se relèveront pas. » Il me quitta pour rejoindre les autres sénateurs, et il leur tint en substance le même discours. Quand je quittai le cinéma, il me sembla que Ferrand était seul face à des hommes qui ne voulaient pas l'entendre.

Un sauté de veau odorant avait été posé sur la table. Le père de Jocelyn regardait d'un air désespéré ses convives, trop absorbés par le récit de Charlier pour profiter de sa cuisine.

— Ils sont partis quand même ? demanda Joseph, pris par cette histoire rocambolesque.

— Le désordre était tel que vingt-cinq parlementaires seulement ont reçu la note de Darlan. Ils sont arrivés au Verdon le samedi soir. Certains, comme Jean Zay, avec leur famille. Sa femme était enceinte, elle avait peur d'accoucher pendant la traversée. Il y avait aussi le Président Daladier, Georges Mandel, qui venait d'être relâché après une arrestation ridicule, et un jeune officier avec sa famille, Pierre Mendès-France, je crois, mais je ne le connaissais pas.

— Ferrand était avec eux ?

— Il avait voulu rester à Bordeaux afin d'en savoir plus sur les éventuelles manipulations et devait rejoindre ses collègues plus tard, avant l'appareillage.

Charlier s'interrompit pour récupérer la moindre goutte de sauce sur son assiette. Il se tourna vers le père de Jocelyn.

— Je n'ai rien mangé d'aussi bon depuis le début de la guerre !

Le sourire de Cluzel ressembla à celui de Raimu qui aurait gagné une partie de cartes.

Joseph s'était régalé aussi, mais voulait en savoir plus.

— Vous nous disiez que Ferrand voulait empêcher ses collègues d'embarquer…

— Je l'ai rencontré le dimanche vers midi, et nous sommes partis ensemble au Verdon. Il avait la preuve que cette traversée était un piège, et il voulait arrêter ses collègues.

— Comment l'a-t-il appris ?

— Il discutait avec Lebrun dans son bureau quand Laval et Raphaël Alibert sont entrés, sans s'excuser. Alibert annonçait que l'armée française contenait les Allemands au Nord de la Loire, que le départ pouvait être suspendu, et qu'il avait demandé aux ministres de ne pas partir. Laval se fit menaçant, agressif, accusant le pauvre Lebrun de trahison, affirmant que s'il quittait la France, il n'y remettrait jamais les pieds. Et pendant cette conversation surréaliste, les autres embarquaient sur le *Massilia*.

— Quel talent d'acteur… et quel toupet ! Insulter de la sorte le Président de la République ! s'exclama Jocelyn.

— On aurait pu appeler ce samedi la Journée des Dupes, poursuivit Charlier. En poussant les députés « républicains » à quitter le territoire national, Laval et

Alibert les éloignaient des négociations futures avec l'Allemagne, se réservaient la possibilité de les dénoncer comme planqués, trouillards, peureux, traîtres, même, mais ils retenaient le Président Lebrun, qui conservait ainsi un semblant de légitimité, et pouvait être éjecté sans difficulté.

— Cela explique la dépêche qui nous a beaucoup surpris fin juin, se rappela Jocelyn. Elle annonçait que les passagers du *Massilia* – dont bien peu avaient entendu parler – étaient exclus de la communauté nationale !

— Mais oui ! C'est Prouvost, parfaite caricature de ministre de l'information, qui en avait fait l'annonce à la radio. Ferrand écumait de rage. Quand nous sommes arrivés au port du Verdon, on distinguait les fumées du navire qui s'éloignait. Ces hommes avaient été envoyés sciemment au large pour être accusés ensuite de la responsabilité de la défaite.

— Ce qui fait que ceux qui sont partis en Afrique du Nord pour continuer la lutte ont pu être dénoncés comme des lâches, favorables à la capitulation, alors que c'était l'inverse ! remarqua Joseph.

— Exactement, confirma Charlier. Et le lendemain, l'armistice était signé sans eux. N'est-ce pas d'une habileté redoutable ?

— Qu'avez-vous fait ensuite ? demanda Joseph.

— Nous sommes arrivés à Bordeaux juste avant le couvre-feu. Pendant notre absence, des rumeurs avaient circulé que la ville allait être encerclée dès le lendemain par l'armée allemande. Quand j'entrais dans l'hôtel, personne ne dormait. On s'affairait à boucler les valises, persuadés que l'ordre d'évacuation serait lancé au petit matin. Je crois que personne n'a beaucoup dormi cette nuit-là.

— Et il a fallu une semaine pour quitter Bordeaux…
dit Varenne.

— Paradoxalement, ce fut une semaine plus calme :
l'armistice avait été signé, les Allemands s'installaient
un peu partout, la République était en train de mourir,
sous le soleil d'Aquitaine. *« Ite missa est »*, me dit
Ferrand le lendemain de l'armistice. Il n'avait aucune
nouvelle des passagers du *Massilia*, Lebrun était prostré
dans son bureau et se demandait quelle erreur il avait pu
commettre. Je crois qu'un lâche soulagement s'était
emparé de nous tous. Il n'y avait plus qu'à se laisser
porter par les événements. Nous avons attendu jusqu'au
28 au soir où on nous apprit que le départ pour Clermont
était fixé le lendemain à 5 heures, place des Girondins.
Ferrand m'avait invité dans sa voiture avec d'autres
sénateurs.

— L'ambiance devait être sérieusement plombée ?

— J'ai vu des enterrements plus gais, oui. Quel terrible
sentiment de honte, d'échec nous a saisis alors que les
voitures s'engageaient l'une derrière l'autre sur la
Nationale, encadrées par des soldats allemands qui
prenaient ce triste cortège en photo. Nous n'avons pas
échangé dix phrases jusqu'à notre arrivée à la
Bourboule.

— Vous êtes toujours restés ensemble ?

— Non. Nous avions besoin de nous retrouver un peu
seuls, après ces heures partagées dans un silence
morbide. Les quelques restaurants de la ville ont vu leur
chiffre d'affaire sérieusement augmenter ce soir-là ! Et
le bruit des conversations n'a pas dérangé les curistes !
On se serait cru dans un mausolée. Nous reprîmes la
route le lendemain matin vers Clermont, où comme vous
le savez, aurait dû s'installer le gouvernement.

— Ferrand vous a à nouveau proposé sa voiture ? demanda Joseph.

— Non. Il était déjà parti quand je suis descendu de ma chambre. Je ne m'en suis pas particulièrement inquiété, je le regrette. Mais nous étions tous dans une grande confusion.

— Vous n'y êtes pour rien, le rassura Joseph. Mais Ferrand semble avoir disparu entre le départ de la Bourboule et son assassinat.

Varenne leva sa fourchette pour demander la parole.

— Il n'avait pas totalement disparu : j'ai vu Étienne à Vichy quelques jours plus tard.

Tous les regards se tournèrent vers le directeur de *La Montagne*. Le père de Jocelyn débarrassa rapidement la table et posa un pudding fait avec des restes de pain rassis et un peu de kirsch qu'il conservait dans sa cave.

— C'est vrai, rappela Joseph. Vous étiez à Vichy avant le vote. Vous avez donc parlé avec Ferrand.

— Parlé, pas vraiment, mais je l'ai croisé, je m'en souviens bien, le matin du 6 juillet. Il était en conversation avec le Président Jeanneney. Ferrand avait l'air de porter le poids du monde sur les épaules. Nous nous sommes arrêtés pour discuter un peu, et comme nous en avions l'habitude, je plaçais une citation de Tacite, m'attendant à une réponse *: In servitutem ruunt.* Je n'ai pas besoin de traduire, je pense ?

— Fais comme si nous avions perdu notre latin, intervint Champeix en faisant un clin d'œil à Joseph.

— « Ils se ruent dans la servitude. » Je trouvais que c'était bien adapté à la situation.

— Et ?

— Et rien. Jeanneney a levé un sourcil de connivence, mais il m'a semblé que Ferrand ne m'avait pas entendu.

— Vous ne l'avez plus revu ensuite ?

— Non, et j'aurais bien voulu discuter de la situation extraordinaire que nous vivions.

— Vous aviez remarqué que Ferrand n'était pas présent au vote ? demanda Joseph.

— Bien entendu ! Et nous en étions désolés : sMaa force de caractère aurait peut-être convaincu d'autres parlementaires de s'opposer à Laval, mais ils étaient tous frappés de léthargie, et personne n'a pu les en sortir.

Joseph regarda l'heure. La conversation s'était avérée passionnante, mais avait duré plus longtemps que prévu. Il était temps de se mettre en route pour sa rencontre avec Pierre Laval.

****

Pendant qu'il roulait jusqu'à Vichy, Joseph réfléchissait aux révélations de Charlier. La personnalité de Ferrand montrait un homme déterminé, qui avait pu se faire une palanquée d'ennemis potentiels. Tous n'étaient pas des assassins, et certains seraient vite éliminés de la liste des suspects. Mais la plupart des élus étaient retournés dans leur circonscription, et la zone Nord était difficilement accessible.

Joseph arriva par Bellerive et traversa l'Allier sur le même pont qui avait servi au gouvernement en exode pour rentrer dans la nouvelle capitale. Jocelyn lui avait raconté que la voiture de Laval était tombée en panne à son arrivée, et que le Président du Conseil avait dû franchir les derniers mètres à pied, sous les regards d'une foule incrédule.

La foule avait disparu. Les curistes étaient retournés dans leurs foyers, remplacés dans les hôtels par les fonctionnaires de l'État.

Les vichyssois étaient les seuls Français à ne pas avoir été informés de l'actualité. La vie quotidienne avait repris son cours et on aurait pu penser que la guerre n'avait jamais eu lieu. Joseph croisait d'élégantes jeunes femmes, habillées de robes légères et ondulantes, tandis que les hommes, jeunes et vieux, se promenaient en bras de chemise.

Arrivé à l'hôtel du Parc, Joseph s'attarda devant la façade. C'est là, dans ce luxueux bâtiment que les deux têtes de l'État étaient installées, ainsi que leurs conseillers. Deux gardes, casqués et bottés, indiquaient son changement de fonction. Joseph entra dans le hall, qui ressemblait encore malgré tout à celui d'un hôtel. Le réceptionniste faisait celui qui ne s'étonne de rien, et rangeait des fiches, comme si de nouveaux clients venaient d'arriver.

Le magasin Vuitton était ouvert, les affaires sont les affaires. Une dame qui tenait en laisse un bichon de Poméranie essayait de faire baisser le prix d'un sac à main.

Sans être arrêté ou inquiété, Joseph monta le grand escalier. Arrivé au deuxième étage, celui de Laval, il eut l'impression d'être dans la réserve d'un grand magasin. Des cartons empilés les uns sur les autres rétrécissaient le couloir, constituant une muraille aussi haute que lui, crénelée au passage des portes des chambres. Des hommes et des femmes se croisaient en tous sens, criaient, pestaient. Un jeune secrétaire, juché sur une chaise sans avoir ôté ses chaussures était plongé à mi-corps dans un de ces étranges amoncellements. Il tenait une liasse de documents dans la main gauche et, de la droite, balançait ceux restés dans la boîte qui ne présentaient pas d'intérêt pour lui. Ayant trouvé ce qu'il cherchait, il tendit à Joseph un paquet de feuilles, descendit de son perchoir, reprit les feuilles et le regarda avec fureur :

— Vous vous rendez compte ? Leger[1] a brûlé tous les dossiers sur l'Italie avant de quitter le Quai d'Orsay !

Et il tourna le dos à Joseph.

La porte d'une vaste chambre donnant sur le Parc était ouverte. Joseph entendit le bruit surréaliste d'une machine à écrire qui sortait de la salle de bains. Intrigué, il s'approcha. Une secrétaire était assise sur une planche posée en travers d'un bidet. Devant elle, un guéridon Louis XV oscillait dangereusement à chaque retour du chariot de sa machine. Joseph avança la tête à l'intérieur de la pièce. On avait placé sur la baignoire une porte de placard qui soutenait des piles de dossiers éventrés. Certaines feuilles avaient glissé dans le fond. L'eau qui gouttait du robinet avec la régularité d'un métronome envoyait l'encre dans la bonde. Tout cela avait des airs de théâtre burlesque.

— Pardon, Mademoiselle…

— Ah vous voilà ! C'est pas trop tôt ! J'espère que vous m'avez trouvé quelque chose de solide. J'ai l'impression que cette fichue table va s'effondrer à chaque lettre que je tape !

Elle était assez mignonne, un visage tout rond constellé de taches de rousseur, et des cheveux roux partant en mèches folles, lui faisant une espèce de casque mobile.

— Je suis désolé, répondit Joseph, je cherche le bureau du Président Laval.

— Vous n'êtes pas le magasinier, alors ?

---

[1] Alexis Leger, plus connu sous le nom de Saint-John Perse a été secrétaire général du ministère des affaires étrangères jusqu'au 19 mai 1940.

Devant la tête chagrinée de Joseph, elle fondit en larmes.

— Je n'en peux plus ! Depuis trois jours, je suis coincée dans ce gourbi ! Les robinets fuient, cette planche me fait mal aux fesses. Pas moyen de trouver un coussin. Il faut faire le tour de l'hôtel pour trouver une feuille de papier. Je ne sais jamais où je vais dormir le soir ! Et puis Laval, il n'en pas de bureau, il est comme tout le monde ! C'est la chambre au fond à gauche ! On a punaisé une étiquette, en attendant mieux...

Joseph la remercia, mais elle était déjà repartie sur sa machine, retenant les pieds du guéridon avec ses genoux écartés, et reniflant entre chaque mot. Éclairé par une porte-fenêtre à son extrémité, le couloir s'élargissait. Le mur de cartons s'arrêtait net, comme la ligne Maginot à la frontière belge. Avant de frapper, Joseph colla son oreille contre le chambranle et perçut des voix masculines. Il frappa un coup léger qui n'eût aucun effet de l'autre côté. Il frappa plus fort ; les voix s'interrompirent pour reprendre aussitôt. Mais la porte s'ouvrit en silence. Le secrétaire qui cherchait des documents le regarda sans le reconnaître.

Joseph se présenta et le jeune homme se dirigea vers une porte recouverte d'un miroir. Il l'ouvrit, dit quelques mots et se tourna vers Joseph :

— Le Président Laval vous attend, Inspecteur.

Joseph entendit une voix rauque :

— Merci Bélicart, vous pouvez nous laisser.

Joseph entra dans une chambre spacieuse. Une grande table faisait office de bureau. Le lit avait été poussé contre un mur. Laval était debout occupé à rechercher des documents sur un rayonnage de fortune. Il ne semblait pas avoir remarqué la présence de Joseph, Il émanait du personnage une fermeté et une autorité naturelles. Elles étaient renforcées par une tenue irréprochable. Sa cravate en soie blanche, artistiquement nouée en un simple nœud lui faisait un jabot immaculé, décoré d'une épingle surmontée d'une perle. Un costume pied-de-poule, réalisé sur mesure à n'en pas douter et des chaussures étincelantes de cirage.

Pourtant, Pierre Laval ressemblait à un maquignon déguisé. Le pantalon faisait des plis à partir du genou, les manches étaient trop longues et couvraient tout le poignet. Joseph imaginait ce qu'Irène aurait pu dire d'un tel accoutrement.

Laval leva enfin les yeux sur son visiteur. On aurait dit des billes de verre, très sombres, noires ou marron, que les paupières lourdes dissimulaient en partie, comme s'il ne voulait pas qu'on en distingue le mouvement. Il fit un signe vague, qui pouvait être une invitation à s'asseoir. Quand il ouvrit la bouche, Joseph distingua des dents noires bizarrement enchâssées.

— Le Maréchal et moi-même accordons une grande importance à la résolution rapide de l'enquête qui vous a été confiée. L'œuvre de reconstruction nationale que veut mener le Maréchal, ne peut être menacée par des assassinats politiques comme celui dont a été victime le sénateur Ferrand.

Joseph ne réagissant pas, il l'apostropha.

— Vous comprenez, n'est-ce pas ?

— Oui, Monsieur le Président, bien sûr.

— La menace, Inspecteur, c'est l'anti-France. Pour mener à bien la Révolution Nationale, nous avons besoin de fonctionnaires zélés, comme vous semblez l'être. Vous devez trouver l'assassin du sénateur dans les plus brefs délais.

Sa voix était chaude, agréable. Il roulait un peu les « R », et parlait comme s'il avait appris un texte par cœur. À travers les lunettes rondes en écaille, ses yeux fixaient Joseph, qui se sentait hypnotisé. Laval alluma une cigarette. Le cendrier de son bureau était jonché de mégots.

— L'absence du sénateur Ferrand au vote du 10 juillet est un indice que vous devez prendre en compte. Seul un ennemi du Maréchal – et de moi-même – pouvait s'absenter de cette séance exceptionnelle. À part les parlementaires qui ne pouvaient physiquement se trouver à Vichy, bien entendu.

— Bien entendu, répéta Joseph avec un sourire.

— Attention, Inspecteur. La tâche entreprise depuis une semaine est immense, et je ne tolèrerai pas qu'un petit commis comme vous n'apporte pas son application à en consolider les bases. Je vous demande des résultats rapides. Ceux-ci doivent être conformes aux exigences du nouveau régime.

— Dans ce cas, Monsieur le Président, une enquête est-elle nécessaire ?

Laval regarda Joseph comme s'il avait affaire à un demeuré. Prenant sa cigarette de la main droite, il alla chercher sur sa langue un petit morceau de tabac avec le pouce et l'index gauches. Il reprit :

— Votre enquête doit apporter les preuves, et j'insiste sur ce mot, que Ferrand faisait partie de ces adversaires sournois prêts à saper l'autorité de l'État.

— Cependant, Monsieur le Président…

— Cependant, quoi ?

— Au cas où ces preuves ne seraient pas assez convaincantes ?

— Vous me communiquerez les résultats de votre enquête et je déciderai de la suite à donner à sa publication avec le ministre Marquet. À ce propos, il travaille avec le ministre de la justice Alibert à rédiger une loi sur les sociétés secrètes, dont Ferrand était membre influent. Je vous enjoins de mettre toute votre énergie à rassembler des informations sur ses activités.

Laval se tut et alluma une nouvelle cigarette. Joseph l'observait. C'est ce petit homme-là, pensait-il, qui a réussi le plus gros coup d'État du siècle. Par la menace, les cajoleries, l'intimidation. Il n'y serait jamais arrivé sans l'aide indirecte de l'invasion allemande, mais il était là, à tenir sa vengeance contre ceux qui l'avaient exclu du pouvoir. Bien que son bureau ne soit qu'une chambre d'hôtel, même luxueux, il était arrivé à ses fins.

— Vous recevrez prochainement un ausweis spécial pour vous rendre à Paris, malgré l'interdiction de circulation interzones, reprit Laval dans un nuage de fumée. Je dois voir prochainement mon ami Otto Abetz, qui m'a accordé un ausweis permanent (*Comme l'avait prévu Champeix, il n'a pas pu s'en empêcher !* pensa Joseph). Il est le seul à pouvoir délivrer de tels sauf-conduits. Et surtout, tenez le préfet informé des progrès de votre enquête une fois par semaine.

— Bien entendu Monsieur le Président, opina Joseph qui n'avait aucune intention de suivre la requête.

— Vous pouvez disposer.

Laval ôta un nouveau brin de tabac de sa bouche, ajusta ses lunettes et prit un dossier sur son bureau

Joseph se leva, salua brièvement le Président du Conseil qui ne s'intéressait plus à lui, et sortit sans bruit de la chambre. Il se dirigea vers l'escalier, troublé. Il avait confirmation de ce qu'il craignait : l'État Français se contrefichait éperdument de savoir par qui et pourquoi Étienne Ferrand avait été assassiné. La recherche du meurtrier passait au second plan. Comme en Russie soviétique, l'essentiel n'était pas d'arrêter un meurtrier, mais de faire coïncider le résultat de l'enquête à la demande de l'État. « Nous avons déjà les coupables, assemblez les preuves contre eux pour les traduire devant une justice qui les a déjà condamnés. » L'Allemagne d'Hitler pratiquait aussi ce genre de procédure, disait-on, et l'arrestation de l'incendiaire du Reichstag, en moins d'une heure, avait permis à lui tout seul de démanteler le parti communiste allemand.

En outre, rien ne permettait d'affirmer que Ferrand n'avait pas été assommé par un « frère ». Si c'était le cas, Joseph l'arrêterait comme n'importe quel meurtrier. Ce qui permettrait de dénoncer les pratiques sanguinaires des loges maçonniques. La conversation de la veille avec Champeix se confirmait. Laval souhaitait une enquête de police *politique*, et pas la recherche d'un criminel.

Aurait-il fallu se draper dans une dignité outragée ou fallait-il accéder aux suggestions de Laval ? Dans le premier cas, Joseph pouvait être assimilé à un « mauvais » fonctionnaire comme les définissait la loi à venir et risquait d'être viré séance tenante. Dans le second, il renonçait aux principes de Justice et d'équité auxquels il croyait.

Pouvait-il choisir une troisième voie ?

Personne ne connaissait vraiment les buts poursuivis par le nouveau pouvoir. Cette « Révolution Nationale » dont on murmurait qu'elle allait reconstruire le pays redonnerait peut-être confiance aux Français dans leurs dirigeants. Les semaines qui s'étaient écoulées depuis le 10 mai avaient montré comment l'indécision des politiques pouvait mener un pays à la ruine et à la défaite. Et si les pratiques de Laval ne correspondaient pas vraiment à ce qu'on attendait d'une enquête policière, sa volonté d'un certain redressement était manifeste.

Perdu dans ses pensées, Joseph descendait l'escalier lentement lorsqu'il heurta un homme qui semblait prendre son temps et tenait la rampe. Il allait s'excuser distraitement lorsque ses yeux se figèrent sur la moustache du Maréchal taillée au cordeau. Un courant glacé lui parcourut l'échine et il se sentit couvert de sueur. Pétain le fixait de ses yeux bleus bienveillants et immobiles. Alors qu'il était une marche plus bas que Joseph, il pouvait le regarder droit dans les yeux. Il lui tendit la main, et, machinalement, Joseph la serra.

— Vous êtes bien pressé, me semble-t-il, mon jeune ami ! La voix contrastait avec l'allure du personnage. Elle tremblait un peu, semblait mal assurée, prête à se casser soudainement.

— Oui, euh, je dois aller au travail, bredouilla Joseph.

— Alors ne vous mettez pas en retard. On a trop longtemps négligé la vertu de l'effort, qu'en penses-tu, mon petit Bernard ? demanda Pétain à un homme d'une trentaine d'années, au visage ovale, et au sourire crispé

— Vous avez raison, Monsieur le Maréchal.

— Je vous présente mon médecin personnel, le docteur Ménétrel, dit Pétain à Joseph.

Les deux hommes se dévisagèrent. Le regard de Ménétrel était inexpressif. Il affichait une expression ennuyée.

— Il faut penser à rejoindre votre chambre, disait-il à Pétain d'une voix geignarde.

Pétain se tourna vers Joseph.

— Tais-toi, tu n'es qu'un gamin ! répondit Pétain d'une voix qui démentait le propos. Méfiez-vous des médecins, mon jeune ami... Ils ont parfois un rôle insoupçonné. Allons, Bernard ! Reprenons notre ascension.

Joseph regarda ce couple étonnant monter les escaliers. On aurait pu les prendre pour un grand-père et son petit-fils...

****

Madeleine Thévenet terminait un morceau de cake accompagné d'une tasse de thé. Elle avait passé l'après-midi avec sa mère pour compléter la tenue qu'elle porterait pour son mariage et était épuisée. Elle avait enlevé ses chaussures sous la table. Ses orteils reprenaient peu à peu une forme normale. Son petit instant de bonheur fut interrompu par le retour de sa mère qui lui parlait avant d'entrer dans la cuisine.

— … que je dois aller essayer ma robe chez la couturière. Tu la connais, la petite Irène Dumont. Quelle gentille fille ! Elle a des doigts de fée, et ses tarifs sont bien plus intéressants que certains, qui profitent honteusement de la situation ! Heureusement que cette affreuse guerre s'est vite terminée ! Je ne comprends pas d'ailleurs, pourquoi cette situation s'éternise… Les Allemands sont partis, non ? J'ai eu tellement peur quand ils sont arrivés en juin ! J'ai pensé qu'ils refuseraient sûrement que tu te maries. Quelle est la religion de ces gens-là ? J'espère qu'on ne les reverra plus. Les gens de guerre ont toujours eu de sales manières, tu sais, et je suis bien contente qu'Édouard ait préféré faire carrière dans la magistrature et ne suive pas les traces de son père. Ne crois pas que je n'aime pas le général Mougin. Les officiers ont toujours su se tenir, on doit leur apprendre comment bien se conduire dans leurs écoles de soldat… Qu'est-ce que je disais ? Ah oui, Irène. Tu ne crois pas qu'avec les économies qu'elle nous fait réaliser nous pourrions commander une plus grande pièce montée ? Celle des Hébrard était ridicule pour le mariage de leur fils ! Ne crois pas que je veuille faire des économies sur ton mariage, ma chérie, mais enfin, ton père a une place à tenir. Et bien qu'il ne le dise pas, je crois qu'il se fait beaucoup de soucis pour ton frère. J'espère qu'il va mieux travailler l'année prochaine ; quand il aura eu son bachot, il pourra envisager de prendre la succession de ton père. Tu crois que...

— Je vous prie de m'excuser, Madame, mais le père Pignon vous attend, annonça la femme de chambre après avoir vainement frappé à la porte.

— Il est donc si tard ? Que je suis distraite ! Je n'ai pas vu le temps passer ! Dites-lui que j'arrive ! Le temps de passer une robe un peu convenable pour aller au Secours National !

Angèle Thévenet se transforma en courant d'air et la salle à manger s'emplit d'un silence apaisant. Madeleine se versa une nouvelle tasse de thé et grappilla quelques morceaux de cake.

La porte de la cuisine s'ouvrit silencieusement. Son frère entrait comme un conspirateur. Il était blanc comme un linge. Décoiffé. Son œil droit s'ouvrait à peine. Son blouson était couvert de taches de graisse. Une manche pendait lamentablement.

— Henri ! Qu'y a-t-il ? Tu as eu un accident? Que s'est-il passé ? s'écria Madeleine avec inquiétude.

— Fous-moi la paix ! grogna-t-il.

— Ton blouson est déchiré ! Si Maman le voit...

— Elle ne le verra pas parce que je vais le jeter ! Et tu as intérêt à la fermer !

— Mais que s'est-il...

Elle n'eut pas le temps de finir. La porte claqua derrière Henri. Sa chambre était au deuxième étage. Il avait envie de pleurer, de hurler. Il se sentait sale. Puant. Mort.

Comment tout cela avait-il pu arriver ? Il était incapable d'aligner deux pensées cohérentes. Il aurait voulu vomir tout ce qui était arrivé, surtout la nuit dernière, ne plus avoir à y penser, comme après une bonne biture ; on se rince la bouche, on dégueule et on oublie. Mais jamais il ne pourrait enlever ce goût de, non il ne voulait même pas penser à ce que c'était. Ça ne le quitterait plus.

Goigoux l'avait frappé quand il avait refusé de se mettre à genoux. Il avait rappelé sa promesse de lui rendre des services en échange de son silence. S'il avait su de quels services il s'agissait, ils se seraient débarrassés de la voiture tous seuls. Arrivé à sa chambre, il ferma la porte à clé, et versa dans sa bouche une boîte entière de dentifrice Bi-Oxyne. Puis il vomit tout ce qu'il avait dans le ventre et dans la tête.

****

Joseph avait fait prévenir sa sœur qu'il passerait la voir à son retour de Vichy. Irène Dumont avait installé son atelier de couture dans une pièce attenante à la chambre qu'elle occupait au premier étage d'un immeuble de la rue Bonnabaud. Arrivé en haut, il entendit des rires d'enfant qui se mêlaient à la voix de sa sœur. Un sourire éclaira le visage fatigué de Joseph. Il frappa à la porte. Elle s'ouvrit rapidement. Un petit garçon de 4 ans, les cheveux et les yeux d'un noir de jais se précipita dans ses jambes. « Onc'Jo ! » s'écria-t-il avec force. Joseph se baissa et le prit dans ses bras. Il le lança en hauteur, déchaînant des hurlements de terreur feinte, démentis par des rires hystériques.

— Fais attention, quand même, il vient de manger ! dit Irène.

Elle s'approcha de son frère qui reposait le petit garçon et l'entoura de ses bras.

— Salut, frangin. Je ne peux pas tenir ton neveu depuis que je lui ai dit que tu venais manger. Si tu pouvais l'emmener promener au jardin des plantes, il dormirait peut-être mieux cette nuit. Il fait tellement chaud !

— Bonjour, tite sœur.

Il lui rendit son étreinte. Elle était la seule qui pouvait l'apaiser. Depuis la mort de Sabine, elle l'avait porté à bout de bras et l'avait aidé à survivre.

— Tu sais quoi ? En revenant de Vichy, je me disais qu'on pourrait peut-être aller au cinéma un soir. On demanderait à la fille de ta voisine de garder ton petit bonhomme.

Le doux visage d'Irène s'éclaira. Aller au cinéma sans Sabine était pour Joseph un nouveau cap. Son frère sortait lentement de son chagrin et rien ne pouvait faire plus plaisir à Irène

— Oh oui ! Ça nous fera du bien de nous retrouver !

Elle le prit par la taille et le conduisit jusqu'à la cuisine. Une odeur de plat mijoté flottait dans l'air, malgré la fenêtre ouverte.

Je t'ai fait du chou farci. Il y a plus de chou que de farce, mais on fera passer avec du fromage. Ça ira ? Et en prenant un verre de vin, tu vas me raconter ta rencontre avec le deuxième homme de l'État !

— Si ce n'était que ça, dit Joseph. J'ai discuté avec le Maréchal !

Irène se retourna vers lui, les yeux comme des soucoupes.

— Oui, Madame, confirma Joseph, en prenant l'air important. Nous sommes presque intimes !

Joseph raconta son entrevue surréaliste avec Pétain.

— Si ça m'était arrivé, je serais tombée morte ! Rencontrer un héros…

— Et pourtant, il n'en n'a pas l'air. C'est un vieux monsieur, qui porte bien, au regard très doux. Mais…

— Mais ?

— Je ne sais pas. Il était accompagné par son médecin personnel, un jeune type, qui m'a laissé une impression curieuse… Comme s'il le surveillait

Le dialogue fut interrompu par Sebastian chevauchant un manche à balai et armé d'un morceau de bois qui figurait un revolver.

— Il se prend pour un cow-boy, maintenant, soupira sa mère. Hier c'était un chevalier, et ce matin je crois qu'il était Geronimo !... Sebastian, fais un peu moins de bruit, s'il te plait, dit-elle sans élever la voix.

— Nimooooo ! cria le gamin qui fit volter sa monture et repartit au grand galop vers sa chambre.

— Et si on l'enfermait pour un moment ? suggéra Joseph.

Irène pouffa.

— Tu n'oserais pas faire ça à ton neveu, non ? Mets la table, au lieu de dire des atrocités !

Joseph prit deux assiettes et deux verres dans le placard, tandis qu'Irène étalait un torchon immaculé sur la table. Ils se rappelaient ainsi leurs dinettes sur un ensemble de jardin pour enfants. Ils avaient arrêté d'un accord tacite lorsqu'Irène avait pêché des têtards et qu'il s'était avéré difficile de les découper sur les assiettes quand ils étaient encore vivants.

Joseph retira d'une chaise de vieux exemplaires de *La Montagne*. Irène les conservait systématiquement et les jetait l'année écoulée. Elle y prenait des adresses de futures clientes qui cherchaient des services de couture, et vérifiait que les réclames qu'elle y insérait étaient publiées régulièrement. Irène apporta les parts de chou fumant dans une petite cocotte en fonte. Elle servit Joseph et s'assit.

Ils levèrent leurs verres en se regardant dans les yeux.

— À nous !

— À Sebastian, répondit Joseph. Et aux espoirs qu'il porte.

Il attaqua le chou. Le couteau traversait des couches alternées de légume et de farce. Chaque morceau fondait dans la bouche, apportant un délicat mélange des saveurs.

Irène regardait son frère avec appréhension.

— Alors ?

— C'est un régal. Quand tu retourneras à la maison, tu donneras des leçons à Maman.

Elle rit. Leur mère ne savait pas cuire un œuf sur le plat sans le calciner.

— Si tu es allé à La Garde, je pense que tu ne t'es pas arrêté à la maison ?

Joseph acquiesça.

— Oui, je suis allé au cimetière dimanche. J'ai tellement peur de les oublier.

Irène prit la main de son frère.

— Tu ne les oublieras jamais. Tu vas apprendre à vivre sans elles. Et ce sera toujours dur…

— Je t'admire… Comment as-tu fait quand tu t'es retrouvée toute seule ?

— J'ai à peine eu le temps de comprendre que j'étais enceinte et comment ça m'était arrivé que Sebastian était arrêté par les gendarmes. Il n'a pas fallu une semaine pour qu'il soit envoyé en Espagne et exécuté.

— Il devait être sacrément gênant…

— Je n'ai jamais su. Il ne m'a pas beaucoup expliqué son rôle chez les Républicains. Et puis, il ne parlait pas bien Français.

— Je me demande toujours par qui il a été dénoncé. Et parfois, je me dis que ce pourrait bien être dans les façons de qui tu sais.

Irène regarda son frère, horrifiée.

— Non ! Ce n'est pas possible. Jamais il n'aurait…

— À part eux, et nous, qui savait pour Sebastian et toi ?

— C'est vrai... Mais je n'arrive pas à y croire.

— Je n'ai que des soupçons, mais je me dis depuis longtemps que nous devons savoir, quelle que soit la réponse.

Sebastian Junior s'était calmé et revenait vers son oncle accompagné d'un lapin en peluche qui avait connu des jours meilleurs. Il entreprit d'escalader les genoux de Joseph.

— Nous formons une drôle de famille pour ce petit bonhomme, dit Joseph en lui caressant les cheveux. Il ne connaîtra pas son père, ne verra sans doute jamais ses grands-parents et a un oncle alcolo à ses heures…

— Il vaut mieux un oncle qui l'aime que des grands-parents qui méprisent sa mère, tu ne crois pas ?

— On a oublié comme ils pouvaient être violents…

— Heureusement que tu étais là le jour où ils m'ont mise à la porte. J'ai cru que Maman allait me casser son balai sur le dos.

— On n'imaginait pas que tu viendrais si vite t'installer en ville ! dit Joseph avec un sourire.

— Vous avez été chics de m'héberger avec Sabine, en attendant que je trouve ce logement. Elle a été une vraie sœur.

Sebastian s'était endormi. Joseph le prit dans ses bras et le porta jusqu'à son lit.

Quand il revint dans la cuisine, Irène avait débarrassé, et servi un café translucide.

— C'est la troisième fois que je le fais passer ! Il n'a plus grand goût.

— Ne t'inquiète pas.il y a des choses plus graves. Je ne sais pas si Pétain pourra être à la hauteur de la tâche qui l'attend.

— Il nous a sauvés deux fois du désastre, pourtant.

Joseph repensa à la conversation qu'il avait eue le jour même.

— Ce sera plus difficile cette fois-ci… Ses ministres n'obéiront peut-être pas aussi bien que l'armée en 16.

— C'est vrai que Laval est aussi laid qu'on le voit sur les photos ?

— Pire ! Et habillé comme l'as de pique !

Irène prit un air consterné à la description de Laval.

— Tu crois qu'il roule pour lui, comme on le dit ?

— Je pense qu'il suivra le maréchal tant que sa politique lui conviendra, reprit Joseph sérieusement. C'est un calculateur. Prêt à tout pour arriver à ce qu'il veut. Quitte à accepter toutes les exigences de l'Allemagne…

— Il l'a bien montré depuis un mois.

— Il veut se venger. Quand on a le pouvoir, vivre avec une pareille soif de vengeance, ça peut faire du dégât.

— Il voulait se venger de Ferrand, tu crois ?

— Non, mais il va profiter de la situation pour mettre de l'ordre dans ses anciennes rancunes. Ce qui l'intéresse, ce n'est pas que je découvre l'assassin, mais que je lui donne les moyens d'éliminer certains obstacles.

— Et si tu n'y arrives pas ?

— J'y arriverai, tite sœur. Crois-moi que j'y arriverai ! Mais j'ai de moins en moins envie de rouler pour lui.

7

*Sont considérés comme souteneurs ceux qui,
de manière quelconque, aident, assistent ou
protègent sciemment le racolage public en vue
de la prostitution d'autrui.*

Extrait du *Journal Officiel* du 21 juillet 1940

Il se sentait beaucoup mieux depuis quelques jours. Le vieil homme – « Laurent pour les intimes » – avait déposé l'attelle, et si certains mouvements étaient douloureux, son bras avait retrouvé une amplitude satisfaisante. Son appétit était revenu et il engloutissait ragoûts et plats en sauce que Germaine, épouse de Laurent lui préparait. La ferme fournissait tous les produits nécessaires et le vieux couple poussait l'homme à avaler tout ce qu'il pouvait. Des bruits circulaient qu'on ne pouvait plus manger ce qu'on voulait, que certains produits commençaient à manquer. Le facteur avait entendu dire qu'à quelques kilomètres du petit hameau d'Aubigny, en zone occupée, les bouchers ne trouvaient plus de bœuf et qu'on devait acheter le sucre avec des tickets.

Il s'appelait Serge, et travaillait aux ateliers Citroën à la Ferté-Vidame, en Normandie. Comme il ne pouvait aider ses sauveurs aux travaux des champs, il s'était livré à la remise en état d'une Ford T 1927, échouée dans la grange qui hébergeait une bonne partie de la basse-cour et qui refusait obstinément de démarrer depuis la signature du pacte germano-soviétique, sans que l'on puisse établir de relation directe entre les deux événements. Laurent affirmait n'y avoir jamais touché, parce que ces engins risquaient de partir sans prévenir, et que c'était beaucoup trop compliqué. Toutes ces pédales et ces manettes et ces manivelles ne servaient qu'à embrouiller, quand c'était si facile de faire avancer son cheval, qui s'arrêtait quand on lui demandait, et qui n'empestait pas l'atmosphère quand il démarrait.

En revenant du potager, Laurent se dirigea vers des bruits mécaniques en provenance de la grange. Sur une vieille couverture, Serge avait soigneusement placé toutes les pièces d'allumage et de carburation de la voiture. Il l'avait posée sur cales et démonté les roues. Les axes avaient été graissés, les poules renvoyées dans leurs foyers et les sièges époussetés. La voiture brillait comme si elle sortait du magasin.

— C'est donc pour ça qu'on t'entendait te lever dès potron-minet ! s'écria le vieil homme. Mais t'es sûr que tu pourras tout remettre sans laisser des pièces sur le tapis ?

— Ne vous inquiétez pas, répondit Serge en riant. Les yeux fermés, je remonte le carburateur, le remets en place et vous pouvez rouler.

— Il faudra remonter les roues, aussi ! Et trouver de l'essence…

****

Joseph arrivait chez lui quand une ombre se détacha de l'immeuble à l'angle de la rue des Chaussetiers. Il reconnut la silhouette de Kowalski. C'était la première fois qu'il le voyait loin du commissariat ou en dehors d'une opération de police. Kowalski triturait son chapeau entre ses mains comme des battoirs.

— Je vouloir te dire...

Il regardait autour de lui, et montrait clairement qu'il ne voulait pas s'éterniser dans la rue. Joseph fit passer Kowalski devant lui dans la montée de l'escalier. Arrivé sur le palier, il gardait les yeux baissés.

Ils s'assirent à la table et pendant que Kowalski cherchait ses mots, Joseph prépara du café. Kowalski but lentement, sans se décider à parler. Joseph prit l'initiative.

— C'est Champeix qui t'envoie ?

— Non. Je décidais tout seul venir et... Je... J'ai vu Fanfan ! Oui !

Il était doublement content d'avoir donné l'information, et d'avoir pu conjuguer au passé. Il parla lentement, pour bien se faire comprendre, malgré sa diction souvent hachée.

L'allumage de l'une des tractions de la brigade donnait des signes de faiblesses, et Kowalski voulait remplacer la tête de delco. Il n'avait pas voulu en commander une neuve, parce qu'il bricolait lui-même un montage spécial qui assurait une circulation électrique parfaite. Il avait donc fait le tour des ferrailleurs et était arrivé chez Goigoux qui, de l'avis de tout le monde, était le pire des rats, mais avait le choix le plus intéressant.

— Les chiens de Goigoux ont un flair particulier pour reconnaître un flic, remarqua Joseph.

— Pas habillé en flic ! s'exclama Kowalski. Je portais salopette avec cambouis !

Il partit dans un rire sonore et Joseph se rendit compte que son visage habituellement fermé était expressif et sympathique.

— Alors, tu l'as trouvée, cette tête de delco ?

Non seulement il l'avait trouvée, mais pendant qu'il cherchait un modèle adaptable sur une étagère de l'atelier, il avait entendu Goigoux parler à quelqu'un dans son wagon. Il s'était approché (« *flic un jour, flic toujours, tu dis, non ?* ») et à travers les carreaux encrassés, avait aperçu Ferdinand Loiseau, tassé sur la banquette.

— Goigoux gueulait : « pas foutu bien viser » !

— Tu es sûr ?

— Tak. Oui. « Pas foutu bien viser ». Il l'a dit.

— Tu as entendu autre chose ?

Un bruit avait arrêté Goigoux pendant qu'il commençait à dire « la prochaine fois... » Kowalski avait à peine eu le temps de retourner dans l'atelier d'où il avait crié qu'il laissait un billet sur l'établi.

— Bon. On sait qui a tiré sur Nestor, et dans quelles conditions. Et surtout que Goigoux a une autre cible en vue.

Joseph pensa immédiatement à Champeix.

— Écoute, on ne se connaît pas beaucoup, mais tu as une bonne tête. Champeix est en danger. Il risque lui aussi de se faire descendre. Tu pourrais t'arranger pour être son chauffeur particulier pendant quelques temps ?

— Pas problème. Toujours armé.

— Et sois prudent toi aussi. J'irai arrêter Loiseau demain avec Espinasse.

Resté seul, Joseph alluma une cigarette et se demanda s'il avait eu raison de se confier à Kowalski. Son histoire tenait la route, et la complicité entre Goigoux et Fanfan n'était pas une surprise. Fanfan était une petite frappe pas fine pour deux sous, mais ce n'était pas un assassin. Jusqu'à présent, il avait vécu de rapines, de vols à l'étalage et de quelques intrusions dans les demeures bourgeoises de Chamalières. Comment Goigoux avait-il pu le convaincre de tirer sur Nestor ?

8

*À partir du 1ᵉʳ août 1940 est interdite la
distillation à domicile par les bouilleurs de
cru.*

Extrait du *Journal Officiel* du 22 juillet 1940

Joseph avait passé une nuit à réfléchir au moyen de
faire sortir Fanfan de la tanière de Goigoux. Il ouvrit les
fenêtres avant de partir pour chasser l'odeur de tabac
froid. Sabine détestait l'odeur de tabac froid. Joseph
traversa la ville qui s'éveillait et passa à son bureau où il
sortit son pistolet de service du placard, en vérifia le
mécanisme et le chargeur. Il le glissa dans l'étui d'épaule
en cuir dont il était très fier. Seul de la brigade à en
posséder un, il l'avait réalisé lui-même avec l'aide du
sellier de La Garde. Le vieil homme s'ennuyait de ne
plus avoir de commandes, et Joseph en avait fait le
dessin. Bien ajusté à sa morphologie, l'étui était
insoupçonnable sous une veste ou un manteau.

Quand Espinasse arriva, Joseph l'emmena au café de
la gare, de l'autre côté de l'avenue du Château-Rouge. Il
lui expliqua qu'il avait logé Fanfan, sans raconter
comment il avait eu l'information. Espinasse était de

ceux pour qui Kowalski était un agent du Guépéou[1] et refusait de lui adresser la parole.

Il fallait faire en sorte que Fanfan sorte du wagon et du périmètre de la casse, pour éviter de se coltiner les dobermans. L'opération n'était possible que si Goigoux s'éloignait de quelques heures. Il n'était pas du genre à rester enfermé toute une journée. Ses affaires louches et ses trafics l'appelaient sûrement à l'extérieur.

Ils dissimulèrent la voiture dans une rue perpendiculaire à l'enceinte de la casse, sous le silo des pâtes alimentaires « L'Étincelle, » et suffisamment éloignée pour que Goigoux ne la voie pas, ce qui allumerait tous ses signaux d'alarme. Joseph avait obtenu le numéro de téléphone de Goigoux, alors qu'il n'était pas répertorié sur les listes d'abonnés. La possession de cette ligne était suspecte en elle-même. Il avait fallu de sérieux appuis pour que l'on installe le téléphone dans ce wagon pourri.

À dix heures, les aboiements des chiens signalèrent du mouvement de l'autre côté de la palissade. Joseph et Espinasse se redressèrent sur leurs sièges, totalement concentrés. Le portail grinça et quelques instants plus tard, une camionnette Berliet équipée comme une bétaillère, s'éloignait en direction de Thiers.

— On attend cinq minutes, au cas où il aurait oublié quelque chose, et tu y vas, dit Joseph.

Espinasse sortit de la voiture et marcha jusqu'au café « À l'étincelle. » Il s'empara du téléphone, tout en présentant sa carte au patron, qui ne s'intéressa plus qu'à polir le verre qu'il avait dans la main. Pendant que le

---

[1] Office de renseignement de l'Union Soviétique, le « GPU » est remplacé en 1934 par le NKVD.

téléphone sonnait, Espinasse répéta son rôle encore une fois. On décrocha.

— A... Allo ?

— Je suis le docteur Godonnèche, de Tauves, expliqua Espinasse en prenant un accent auvergnat incontestable. Est-ce que Monsieur Loiseau est ici, je vous prie ?

— Un... un docteur ? De Tauves ?

— Monsieur Loiseau ? Je vous appelle au sujet de votre Maman.

— Qu'est-ce qu'elle a ma mère ?

— Elle m'a donné ce numéro où je pourrais vous joindre, et m'a demandé de vous appeler. Elle se sent très mal, et j'ai peur que... vous voyez. Elle souhaite vous voir une dernière fois.

— Putain ! s'exclama Fanfan. Faut qu'elle m'emmerde aujourd'hui !

Espinasse ferma les yeux. Ça allait être plus difficile que prévu...

— Ce n'est pas son intention, Monsieur, mais elle m'a dit qu'elle n'avait plus que vous à qui... À qui confier ses économies.

Fanfan réagit immédiatement.

— Elle vous a dit combien qu'elle avait ?

— Madame Loiseau ne me confierait pas ce genre d'information, mais après toute une vie de travail, n'est-ce pas...

Fanfan hésita encore un instant. Espinasse sentait la sueur descendre le long de sa colonne vertébrale.

— Je vais venir, mais c'est que j'ai pas de voiture. Il faut que je prenne le train. Ça va être un peu long... Elle va pas mourir tout de suite ?

— Je crois qu'elle pourra vous attendre aujourd'hui, rassura Espinasse. Vous ...

Fanfan avait déjà raccroché. Il n'y avait plus qu'à espérer.

Espinasse raccrocha à son tour, paya la communication, et retourna à la voiture.

— Alors ? demanda Joseph.

— Je crois que j'ai été très bon !

— Il ne s'est pas méfié ?

— Pas une seconde, mais il n'avait pas du tout envie de se déplacer pour sa vieille mère, même mourante. Y'a plus de jeunesse... Il s'est motivé quand je lui ai parlé d'héritage ! S'il avait pu, il aurait volé jusqu'à Tauves !

— Espérons que... commença Joseph, quand il fut interrompu par les chiens. Tu as vraiment été très bon ! dit-il à Espinasse.

Fanfan sortit en courant. Il ne regarda ni à gauche ni à droite et fonça vers la gare.

— On va lui proposer de faire un bout de chemin ensemble, dit Joseph en démarrant. Mais on va le laisser se fatiguer un peu. Il sera moins résistant.

Joseph suivit Fanfan de loin, puis Espinasse descendit derrière le jeune homme, et Joseph le dépassa de quelques mètres. Il gara la voiture en travers de la route, de manière à ce que sa portière soit du bon côté. Comme un animal traqué, Fanfan avait senti le danger. Il se retourna pour tomber nez à nez avec Espinasse qui ouvrit les bras pour lui couper la route, offrant son ventre au direct que Fanfan lui envoya avec énergie. Espinasse se plia en deux et Fanfan se retourna, face à Joseph qui étendit le jeune homme d'un uppercut au menton. Il lui mit les menottes et le traîna jusqu'à la voiture. Espinasse se relevait lentement, soufflant comme un bœuf

— Ça va ? demanda Joseph.

— Quel con ! Je me suis fait avoir comme un bleu. Il a du jus, le gamin. Je vais monter à côté de lui. S'il bouge un cil, je lui rends la monnaie de sa pièce.

Le trajet jusqu'au commissariat se fit sans encombre. Fanfan s'appuya contre la vitre, muré dans le silence.

Ils s'installèrent dans le bureau de Joseph. Espinasse debout derrière Fanfan, et Joseph assis sur le bord de la table.

Fanfan regardait dans le vide. Joseph attaqua immédiatement.

— Je suppose que tu sais pourquoi tu es ici ?

— J'en sais rien. Je dois aller voir ma Maman. Elle est malade. Son « toubi » m'a appelé de Tauves.

— Ta mère se porte comme un charme. Ne t'inquiète pas pour elle.

— Et comment que vous le savez ? Vous êtes pas docteur !

— On n'a trouvé que ce moyen pour te faire sortir de ton trou.

Fanfan essaya de se lever.

— Bande de salauds ! Je …

Espinasse s'approcha et mit ses mains sur les épaules de Fanfan, en appuyant de plus en plus fort.

— Tu ne vas rien du tout, dit Joseph calmement. Simplement répondre à nos questions. Quand tu nous auras dit ce qu'on veut entendre, on t'enverra devant le juge.

— J'ai rien fait.

— Que faisais-tu dans la chambre 27 de l'hôtel Carlton le 11 juillet au soir ?

— J'y étais pas. Je sais pas où c'est.

— Ton pied-de-biche y est arrivé tout seul. C'est bien connu, ça voyage beaucoup ces objets !

— Je sais pas pourquoi qu'il y était.

— Bon. On va procéder autrement. Pourquoi as-tu assassiné le sénateur Ferrand ?

— C'est pas moi ! cria Fanfan, effrayé.

— Pourquoi te croirais-je ? Tu me mens pour la pince-monseigneur, tu peux aussi me raconter des craques pour ça.

— J'y ai rien fait au bonhomme. C'est vrai. Il était déjà rétamé.

Joseph fit un clin d'œil à Espinasse.

— Alors qu'est-ce que ton outil faisait là ? C'est bien toi qui l'a amené ?

— Ben… oui. Mais pas pour le cogner.

— Fanfan... Je n'ai pas envie de passer la journée à te cuisiner. Alors, tu me dis vite ce qu'il s'est passé dans la chambre, et après on est tranquille. On demandera au juge d'en tenir compte.

Et Fanfan expliqua comment il s'était trouvé dans une chambre qu'il comptait cambrioler, dont la porte était ouverte, occupée par un macchabée encore tiède.

— Tu n'as pas touché au corps ? C'est sûr et certain ?

— C… Cer… Certain.

— Ton nez s'allonge, Pinocchio ! Tu l'as fouillé ?

— Ah non ! ça je peux pas ! J'ai juste…

— Juste… regardé la chevalière ?

— Ben oui, dit Fanfan avec un grand sourire, comme s'il félicitait Joseph d'avoir trouvé la bonne réponse.

— Et comme tu la trouvais belle, tu l'as emportée avec toi. Tu sais que ça s'appelle du vol, ça ?

— Oui, mais c'est pas moi qui l'a tué !

Espinasse et Joseph échangèrent un regard presque attendri.

— Mais c'est bien toi qui a tiré sur le flic de la scientifique la semaine dernière, lança brusquement Espinasse, obligeant Fanfan à se retourner.

— Non ! Non ! ça jamais !

Espinasse s'approcha, menaçant.

— Déconne pas avec nous, petit. Un témoin t'a formellement reconnu en train de dégainer, de viser et de tirer, pendant que tu étais sur la moto de Goigoux.

Des gouttes de sueur apparaissaient sur le front de Fanfan.

— On n'avait pas grand 'chose contre toi, dans l'histoire de Ferrand, dit Joseph.

Fanfan se tourna vers lui. Sa lèvre inférieure tremblait.

— Le vol de la chevalière, on aurait pu s'en accommoder, poursuivit Joseph. C'est pas joli, joli, mais tu aurais pu t'en tirer avec quelques mois. Mais là… tu sais qu'il y a une guillotine à la prison de Riom ?

Fanfan déglutit douloureusement. Espinasse se pencha à nouveau vers lui.

— C'est Goigoux qui conduisait la moto ?

— Je sais plus.

Espinasse se recula et asséna une gifle à tomber un bœuf. Fanfan partit en arrière, entraînant la chaise avec lui.

— On commence à perdre patience, dit Joseph calmement. Arrête de te foutre de nous, et on sera peut-être plus gentils.

Devant l'air buté de Fanfan, Joseph lui signifia son inculpation pour tentative d'assassinat et l'emmena en cellule.

Il savait que Fanfan n'était qu'une pièce de la mécanique activée par la mort du sénateur, mais il ferait un témoin très acceptable devant un tribunal.

****

La journée s'était déroulée dans une béatitude totale. Lorsque Valérie avait trouvé la lettre de l'Inspection Académique dans sa boîte, elle avait dû s'asseoir sur les marches de l'escalier de son immeuble, impasse Ste Philomène. Inquiet de ne pas la voir remonter, Jocelyn l'avait trouvée dans un état catatonique, trempée de sueur, les yeux fixes, l'enveloppe face à elle tenue des deux mains. Il avait dû lui donner une petite tape sur la joue pour la réveiller (« *Pourvu qu'elle ne s'en souvienne pas !* »).

— Tu as vu… lui dit-elle en reprenant ses esprits.

— Oui, j'ai vu, c'est Monsieur le Recteur, locataire de l'hôtel Plazza à Vichy qui t'envoie de ses nouvelles. Pas besoin de se mettre dans un tel état !

— Mais que tu es bête ! Elle voulait se fâcher, mais le sourire de Jocelyn désarma l'attaque. Arrête de me faire marcher ! Je suis recalée, c'est certain ! Les résultats ne peuvent pas arriver si vite quand on est reçu…

Les larmes lui montaient aux yeux.

Jocelyn la prit dans ses bras, elle frissonnait, elle pleurait. Il salua Madame Bergougnoux, qui montait les escaliers et regardait le jeune couple sans aménité, considérant toute personne de moins de soixante ans comme potentiellement fauteuse de trouble.

— Mes hommages, chère Madame, je vous souhaite une excellente journée, pleine de bonheurs et de petits plaisirs, dit Jocelyn en exagérant le ton. Il leva un chapeau imaginaire et entreprit une courbette d'obséquiosité.

La mère Bergou, comme ils l'appelaient entre eux, se drapa dans sa dignité. Ils entendirent la porte du deuxième étage claquer avec force. Valérie se cachait le visage dans la chemise de Jocelyn pour dissimuler son fou-rire. Il en profita pour lui prendre l'enveloppe des mains de Valérie, et l'entoura de son bras pour monter l'escalier.

Essoufflée, Valérie s'assit sur une chaise dans la cuisine. Puis le courrier lui revint à l'esprit.

— Jocelyn ! La lettre ! où est-elle ?

— Quelle lettre ? Ah… la lettre. Je ne sais pas. C'est toi qui l'avais tout à l'heure.

— Mais non ! je ne l'ai plus ! Elle sera tombée dans l'escalier. Chéri, tu ne veux pas aller voir, s'il te plait… J'ai trop peur.

Jocelyn avait discrètement ouvert l'enveloppe et vu le résultat. Un sourire illuminait son visage quand il s'approcha de Valérie, un bras derrière le dos. Il se mit à genoux devant elle et lui tendit une vieille fleur qui trainait dans un vase de l'entrée

— Madame Cluzel, j'ai l'infini plaisir de vous informer que M. le Recteur a bien voulu satisfaire à votre demande d'accéder à un poste au ministère de l'Instruction Publique en tant que major de promotion !

Valérie écarquilla les yeux, incapable d'articuler le moindre son. La bouche ouverte, elle semblait paralysée. Puis le message se fraya un chemin à travers sa conscience.

— Tu es sûr ? Fais voir !

Jocelyn lui montra le courrier. Il était toujours à genoux. Elle lui prit la tête dans ses mains et l'embrassa à en perdre le souffle.

— Il faut aller le dire à mes parents ! Tu te rends compte... Notre fille va avoir une maman institutrice !

— On va faire beaucoup mieux : on ne dit rien ce soir. Je t'emmène au restaurant et au cinéma pour fêter ça. Demain, on cherche une bonne bouteille qu'on apporte à tes parents en récupérant Colette.

****

La vie s'organisait peu à peu au camp du Pré-la-Reine et la densité avait baissé de quelques dizaines de familles. Les repas servis par le secours national ou la municipalité arrivaient plus régulièrement, et plusieurs médecins prêtaient leur concours pour soigner les nombreux malades.

Bien que des lavabos et des toilettes aient été installés, le manque d'hygiène aggravait la situation sanitaire. Les enfants étaient particulièrement touchés et on craignait, malgré la saison, que des cas de pneumonie se déclarent.

Simone Kahn secondait efficacement l'équipe médicale qui fonctionnait tant bien que mal autour du Docteur Morel. Le manque de médicaments était le plus problématique, et il fallait développer des trésors d'imagination pour fabriquer du désinfectant avec de l'eau de Javel diluée, ou fabriquer des pansements avec des chiffons que l'on avait fait bouillir et découpés en lanières. Les souvenirs de la Grande Guerre revenaient en mémoire, lorsque l'arrière participait à l'effort national et que chaque famille apportait de la charpie aux hôpitaux.

Simone examinait un jeune garçon dont le dos était attaqué par un violent impétigo. Un liquide jaunâtre suintait des plaies. Simone appliquait une pommade avec délicatesse. Elle lui racontait une histoire d'une voix douce et calme, lui posait des questions sur son école et ses jeux pour le distraire, sous les yeux attentifs et excédés de sa mère. Celle-ci tournait comme un derviche autour de la table de soins, et regardait son enfant comme s'il avait été transformé en un insecte repoussant. Lorsque Simone s'arrêtait pour changer le tampon ou se concentrait sur sa tâche, la mère l'assaillait de questions sur la durée de la maladie, si elle risquait de s'étendre au reste de la famille, si elle en avait pour longtemps, s'ils allaient pouvoir enfin rentrer chez eux, s'il n'y avait pas un autre moyen pour supprimer ces horribles croûtes. La plupart du temps, Simone ne répondait pas, ou simplement par monosyllabes.

Le docteur Morel souleva le rideau qui séparait des autres la cellule de fortune, ne jeta pas un regard à la mère de l'enfant, et s'adressa à Simone

— Pouvez-vous me rejoindre dans la chambre du blessé, Madame Kahn ? il faut le retourner.

Simone caressa la tête du petit garçon, lui dit un mot gentil et sortit de sous la table un livre illustré qui racontait l'histoire d'un journaliste et de son chien s'attaquant au crime organisé à Chicago. Elle se leva, sous les yeux effarés de la mère.

— Ne vous inquiétez pas, Madame, j'en ai pour une minute, et je reviens tout de suite terminer les soins de Luc.

— Vous… vous appelez Kahn ? demanda la mère en se reculant vers la cloison de tissu.

— Mais oui, répondit Simone avec un délicieux sourire. Depuis mon mariage. Excusez-moi, je dois y aller, mais je reviens vite.

Simone se rendit rapidement dans la chambre, où elle aida Morel à mettre sur le dos un homme dont la jambe blessée s'infectait rapidement. Ils n'échangèrent pas un mot, mais lorsque leur regard se croisa, il était éloquent. La gangrène commençait à s'étendre, comme en témoignait la couleur de la peau et l'odeur qui s'échappait des plaies.

Simone retourna vers la cellule où se trouvait le petit garçon. Sa mère, le regard fixe, les lèvres pincées, se dirigeait vers Morel à la vitesse d'un projectile. Dans la salle de soins de fortune, le gamin était plongé dans son histoire dessinée, et n'avait pas pensé à se gratter. Quelques minutes après, des voix s'élevaient dans le couloir. Simone reconnut la voix de la mère qui criait au scandale. Le rideau s'ouvrit sur les parents de Luc. Derrière eux, Morel, la mâchoire serrée, avait le regard fermé des mauvais jours.

Le père s'adressa à Simone :

— Ma femme me dit que vous vous appelez Kahn ? »

— Bonjour Monsieur, répondit aimablement Simone. Mais oui, comme je lui ai répondu tout à l'heure, depuis mon mariage. Vous voulez bien m'excuser, mais je dois soigner votre fils.

— N'y touchez plus ! Il n'est pas question qu'une juive pose une seconde de plus ses sales pattes sur son dos ! (Il se tourna vers Morel.) Je ne comprends pas que vous tolériez ce genre de présence ici.

Simone était blême. Ses mains tremblaient. Elle regardait dans la direction de Morel, dont le visage prenait une teinte grenat, signe d'une profonde irritation.

L'homme continuait :

— Depuis des semaines, nous vivons dans des conditions inhumaines après avoir été chassés de chez nous parce que les Allemands ont commencé le nettoyage de cette population qui sape les fondements de notre société ! Ce n'est pas pour nous retrouver dans cet endroit nauséabond avec un exemplaire de cette sous-race qui ose lever les mains sur notre fils !

Morel s'approcha d'Escoffier qui recula jusqu'à un montant métallique du bâtiment. La voix tremblante de colère, il le fixait sans ciller.

— Écoutez-moi pauvre imbécile. Madame Kahn travaille depuis un mois à mes côtés. Ses compétences et son dévouement font honneur à notre pays et à notre patrie. J'aimerais que ceux qui se disent Français comme vous marquent leur reconnaissance envers elle au lieu de proférer des conneries dont vous n'êtes même pas conscient. Que savez-vous des races, petit Monsieur ? Vous pensez être supérieur parce que vous vendez des vis et des clous, bien sanglé dans votre tablier gris ? À quoi servez-vous ? Depuis que vous êtes arrivé, nous n'avons entendu que récriminations et jérémiades, et ni vous ni votre potiche de bonne femme avez proposé de porter de l'aide aux malades. Vous n'arrivez pas à la cheville de madame Kahn qui se conduit de manière admirable. Faites-lui des excuses immédiatement ou disparaissez de ce camp.

Il n'avait pas élevé la voix, et seuls les témoins les plus proches de l'altercation avaient pu entendre ses propos. La femme Escoffier gardait la bouche ouverte, sidérée que l'on puisse parler ainsi à son seigneur et maître. Simone pleurait de reconnaissance et de douleur à la fois. Escoffier était blême.

— Des excuses ? Vous voulez que je présente des excuses ? Mais il aurait fallu que j'aie offensé quelqu'un, alors que je n'ai dit que la vérité ! Vous voulez que je m'en aille ? Très bien, Monsieur, nous partons, mais sachez que nous allons nous rendre immédiatement à la préfecture, et nous demanderons en urgence un entretien avec le préfet. Nous verrons s'il trouve normal que vous employez une… ce genre de… Croyez bien que le nouvel État Français reconnaîtra les siens et que les youpins et ceux qui les soutiennent devront en rendre compte devant la justice ! Viens chérie, nous partons.

Il prit sa femme par le bras et commença à s'éloigner. Elle le ralentit et lui murmura quelque chose à l'oreille.

Escoffier fit demi-tour, d'une manière qu'il supposait digne et se dirigea vers son fils.

— Viens Luc.

— J'ai mal, Papa.

— Tu n'as pas mal aux jambes, que je sache ; tu peux te déplacer. Ta mère saura très bien te soigner, nous irons chercher ce qu'il faut dans une pharmacie. Mets ta chemise.

L'enfant se leva ; il grimaçait de douleur. Morel intervint.

— Votre fils est gravement atteint. Il a besoin de soins constants, réguliers et professionnels. En partant, vous risquez d'aggraver son mal.

— Vous m'avez intimé l'ordre de quitter ce camp et je ne souhaite pas rester une seconde de plus.

****

Il y avait moins de pièces sur le drap. Peu à peu, Serge avait réussi à reconstituer le puzzle que constituait le moteur de la bagnole pourrie de Laurent et de sa femme. Il ne restait que quelques morceaux indéfinissables que Laurent n'aurait jamais imaginé se trouver dans une automobile. Les mains pleines de cambouis, Serge prenait un plaisir total. Il parlait tout seul. Il s'agitait sans cesse et oubliait la plupart du temps de garder son bras en écharpe.

Assis sur un tabouret à traire à trois pieds, Laurent faisait la conversation, pendant que Serge, La moitié du corps enfouie dans le moteur, tentait de fixer une durite.

— Alors comme ça, tu dessines des voitures ?

Laurent avait appris la veille que les voitures ne naissaient pas dans les usines, mais dans les esprits d'ingénieurs et de techniciens qui, crayon à la main et règle à calcul sous les yeux, créaient ces véhicules parfois miraculeux.

Il lui paraissait étonnant de rencontrer ainsi, perdu dans la forêt de Loches, un homme qui affirmait avoir ses entrées chez André Citroën. Laurent avait l'impression de discuter en direct avec ce personnage mythique qui avait fait écrire son nom sur la tour Eiffel. Il avait vu dans les journaux des images de la Croisière Jaune et imaginait le grand patron comme un éternel aventurier. Les voitures étaient rares à Aubigny et il fallait être au bord de la route pour voir passer de temps en temps des Delage ou des Vivaquatre.

— Mais tu l'as vu souvent ? Parce que c'est pas n'importe qui, quand même !

Serge émergea du capot. Une balafre noire courait le long de sa joue gauche. Il avait l'air heureux du gars qui a bien fait son travail.

— Mon vrai patron, répondit Serge en s'essuyant les mains avec un chiffon graisseux, c'est Pierre Boulanger. C'est lui qui prend les grandes décisions et nous donne les consignes de travail.

— Il est derrière vous tout le temps, alors?

— Des jours oui, des jours non. Mais rien ne lui échappe. il est capable de nous faire travailler deux jours de suite quand on est proches du résultat ! Mais ça en vaut souvent la peine : il sait nous encourager quand il voit que nous sommes dans la bonne voie.

— Et les voitures que tu dessines, on les voit sur la route ?

Serge brûlait d'envie de parler de son travail.

— Pour l'instant, elles ne roulent pas du tout, et nous avons même caché les prototypes dans une grange à côté de notre bureau d'études ! Une demi-journée avant que les Allemands n'arrivent à la Ferté-Vidame !

— Un prototype ! Tu dessines des prototypes ?

— Celui que nous sommes en train de concevoir sera fait pour vous, les paysans : Boulanger nous a demandé qu'il puisse être conduit en sabots et passer dans les champs sans casser un panier d'œufs !

— Oh, mais c'est pas moi qui le conduira ! Je sais juste conduire Corsaire ! Et souvent, c'est lui qui me conduit ! Mais comment qu'une voiture peut rouler dans les champs ?

Serge ramassa un morceau de bois dans la cour et entreprit de balayer une petite surface avec la main.

— Regardez : la voiture du paysan de demain sera comme ceci.

Il traça au sol une forme qui rappelait vaguement celle d'un œuf que l'on aurait coupé dans la longueur, affublé d'un seul phare à sa petite extrémité. La forme était juchée sur des roues et semblait si haute qu'il aurait fallu un escabeau pour y monter. Serge regarda Laurent et dit fièrement : « voilà ! »

— C'est tout ? dit Laurent

— Comment c'est tout ?

— Mon gars, c'est pas parce que je suis paysan et pas souvent sorti de mon trou que je sais pas reconnaître une voiture d'un topinambour à roulettes ! Ce que tu me fais là, mon petit-fils il aurait même pas osé le dessiner à la petite école. Et ces rayures sur les portes, c'est un zèbre, ta bagnole !

Lorsque Boulanger avait donné le cahier des charges aux ingénieurs et aux chercheurs du centre de la Ferté-Vidame en Normandie, chargés du projet ultrasecret de la « Toute Petite Voiture », il avait mis ses hommes en garde sur le rejet que pourrait provoquer à sa sortie un tel véhicule. La réaction de Laurent doucha sérieusement l'enthousiasme de Serge, qui était persuadé que le dessin audacieux du véhicule remporterait l'adhésion de tous.

— Ce n'est qu'une ébauche, expliqua-t-il. Je vais vous la dessiner plus précisément.

Il alla chercher une feuille de papier, et exécuta un dessin qui montrait la voiture de trois-quarts.

— Ah ben, comme ça je comprends mieux… Mais c'est qu'un dessin. Une voiture, c'est pas fait comme ça.

— Boulanger l'a appelée « une bicyclette à quatre places, étanche à la pluie. »

— Une bicyclette à moteur, tout de même…

— Elle ne roulera pas à plus de 60 kilomètres à l'heure : C'est bien suffisant pour aller jusqu'à Loches, non ?

— Soixante à l'heure… On serait vite rendu au marché… Et tu crois que ça roulera ton bazar ?

— Mais oui ! Nous l'avons essayée sur le circuit de la Ferté-Vidame !

— Eh ben mon gars, conclut Laurent, j'espère que je vivrai assez vieux pour voir ton panier à œufs traverser mes champs !

18 Octobre 1916

Très cher Étienne,
Quelle joie j'ai ressentie lors de votre trop court séjour à Paris ! Votre culture, votre gentillesse, vos attentions m'ont comblée, et j'aurais voulu vous rendre au centuple toutes les marques de votre bonté. La lumière de ce mois d'octobre nous a accompagnés pendant trois jours, et a illuminé votre passage. Je ne vous remercierai jamais assez de m'avoir fait découvrir cette capitale, où je vis depuis toujours, et qui m'est inconnue ! Quelle tristesse que de vous voir repartir dans les ténèbres des tranchées !
Prenez soin de vous, je marque les jours qui nous séparent de votre prochaine permission.
Je vous embrasse avec tendresse
Élise

Deuxième Partie

AOÛT 1940

Dès l'entrée en vigueur de l'armistice, mon gouvernement s'est efforcé d'obtenir du gouvernement allemand la possibilité de rentrer à Paris et à Versailles.

Or, le 7 août, le gouvernement allemand m'a fait connaître que tout en maintenant son acceptation de principe déjà inscrite dans la convention d'armistice, il ne pouvait, pour des raisons d'ordre technique et tant que certaines conditions matérielles ne seraient pas réalisées, autoriser ce transfert.

Extrait du message du Maréchal Pétain du 13 août 1940

9

Sont interdites pendant trois jours par semaine, la vente, la mise en vente et la consommation dans les lieux publics de la confiserie, de la biscuiterie et de la pâtisserie sous toutes ses formes.

Extrait du *Journal Officiel* du 2 août 1940

Prévu pour 8h01, le départ avait été sifflé à dix heures. Le passage de la ligne de démarcation à Moulins s'était éternisé. Les Allemands examinaient chaque document avec l'application d'un archiviste-paléographe devant un manuscrit mérovingien, regardaient sous le nez les passagers transpirants d'affolement. Ils rendaient l'ausweis avec un claquement de bottes à briser une noix. La chaleur irradiait des tôles surchauffées.

Les conversations, animées au départ, s'étaient calmées depuis l'arrivée en zone occupée. Les passagers regardaient le paysage comme des étrangers découvrant un nouveau pays. C'était encore la France, mais plus tout à fait. Cette France-là avait subi la fureur de l'invasion. Elles dépassaient des carcasses calcinées de voitures jetées dans les fossés, qui s'alignaient parfois sur plusieurs centaines de mètres. Au loin, on apercevait des maisons sans façade, éventrées par les bombardements de juin. Quelques charrettes circulaient sur les routes, vidées de toute circulation automobile. Dans les gares, des soldats allemands arpentaient les quais, se postaient face au train à l'arrêt. La peur se lisait sur les visages. Les passagers qui devaient descendre hésitaient, détournaient le regard pour ne pas croiser celui des cerbères vert-de-gris. Vers midi, après le passage de la ligne, on avait sorti des valises pain, saucisson, pâtés et bouteilles, et chacun s'était tristement penché sur son repas, se demandant s'il ne risquait pas d'être confisqué au motif de frais d'occupation.

Joseph faisait face à un bourgeois grassouillet et satisfait qui avait épluché de fond en comble les deux numéros du *Moniteur du Puy-de-Dôme*, périodique de Pierre Laval, et *Au Pilori*, « *Hebdomadaire de combat pour la défense des intérêts français* » qui venait d'être remis en vente en juillet. Lorsque Joseph était monté, un couple d'une cinquantaine d'années attendait le départ du train. Ils se faisaient face, côté fenêtre, et se tenaient les mains. Une indicible tristesse émanait d'eux. Leur regard traversait la vitre du compartiment et ne voyait rien au-delà. Une larme coulait de temps en temps des yeux de la femme, mais elle ne la sentait pas. Son mari sortait de son gilet un mouchoir, qu'il portait délicatement sur la joue de son épouse. Le train à peine ébranlé, le bourgeois avait sorti ses lunettes, déplié les journaux, et marquait son accord à la lecture des articles par des petits grognements sourds. Il levait les yeux par-dessus ses lunettes, cherchant la conversation de ses voisins. Après le départ de la gare de Riom, il lança :

— Ah, voilà ! Au moins les Allemands ont mis les Parisiens au pas ! Ça leur manquait, une bonne guerre !

La femme tourna vers lui un regard désespéré.

— Mon fils est mort sous les balles ennemies, le 17 juin dernier, Monsieur.

Pris au dépourvu, le gros homme poussa un soupir, comme pour prendre du courage.

— Alors, Madame, vous pouvez être fière de lui : il a donné sa vie pour la France, comme l'a fait le Maréchal quand il a rappelé, le jour où votre fils est mort, qu'il faisait à la France le don de sa personne pour atténuer ses malheurs.

— Nous remercions le Maréchal Pétain d'être si généreux, répondit le mari d'une voix tremblante, mais notre fils avait vingt et un ans, il ne voulait que son bonheur et celui de sa fiancée et souhaitait libérer la France des envahisseurs.

Le gros homme n'avait aucune compassion pour le sort du malheureux garçon et se foutait royalement de la tristesse de ses parents. Il se sentait en position de force dans ce compartiment étroit, confirmé dans ses certitudes par les journaux qu'il avait sur les genoux.

— Pardonnez-moi, cher Monsieur, mais vous ne pouvez qualifier d'envahisseurs ceux qui vont libérer le pays du complot judéo-maçonnique. Un redressement moral est nécessaire, et indispensable, si nous ne voulons pas tomber dans les griffes des socialo-communistes !

La voix du mari vibrait d'indignation, et il essayait de parler à travers ses larmes.

— La jeunesse française ne s'intéresse pas à votre soi-disant redressement moral, Monsieur. Elle veut vivre, sans avoir à supporter la présence d'occupants étrangers qui lui dictent sa conduite.

— Votre fils faisait sans doute partie de cette jeunesse qui fait passer le plaisir avant le devoir, et l'oisiveté avant le travail. Avec l'Allemagne à nos côtés, notre éducation fera rentrer les Français dans le droit chemin et les libèrera du communisme

Le ménage se leva lentement et se dirigea vers la porte coulissante.

— Je ne crois pas qu'il soit dans les principes républicains de tuer son prochain pour le libérer. Serviteur, Monsieur.

Il ferma la porte derrière lui, laissant Joseph avec le spécimen de ce que l'Action Française avait produit depuis l'affaire Dreyfus. Il se tourna vers Joseph.

— Bizarre, ces deux-là, non ? Ils seraient communistes, que ça ne m'étonnerait pas ! Comme si la République avait des principes !

Après s'être traîné depuis Villeneuve-Saint-Georges, le train arriva enfin gare de Lyon. Il était 23 heures passées. Des haut-parleurs interdisaient en français et en allemand de descendre du train jusqu'au lendemain matin. Le bourgeois bedonnant avait tiré sa montre de gousset, et constaté que le couvre-feu était commencé depuis quelques minutes. Il se tourna vers Joseph à qui il n'avait pas adressé la parole depuis l'altercation avec le couple.

— Vous voyez ? Les trains français n'arrivent jamais à l'heure ! Quand nous serons complètement allemands, cela n'arrivera plus.

Il prit sa valise et s'engagea dans le couloir. Les autres passagers, habitués aux complications horaires, se préparaient à passer la nuit dans les compartiments. Joseph s'allongeait sur la banquette quand des exclamations montèrent du quai. Joseph baissa la fenêtre. Le gros homme tentait de descendre du wagon. Deux soldats le repoussaient de leurs fusils placés devant eux

— Laissez-moi passer ! Je veux descendre !

— *Aussteigen verboten. Ausgangssperre! Steigen Sie hinauf! Schnell!* [1]

— Vous n'avez pas le droit ! hurlait le bonhomme.

Alerté par l'agitation, un officier aux bottes étincelantes s'approchait du train.

— Monsieur l'officier, laissez-moi descendre. Ce train est en retard et je dois me rendre à Paris pour mes affaires.

Les deux soldats s'étaient reculés et mis au garde-à-vous et il avait profité de la situation pour poser le pied sur le quai.

— Vous devez obéir aux ordres du *Militärbefehlshaber in Frankreich* ! Le couvre-feu est obligatoire en zone occupée à partir de 23 heures. Vous vous soumettez à ses ordres !

—Monsieur l'officier, je ne demande que cela. Ce train est en retard et je n'y suis pour rien. Je n'ai donc pas à me soumettre à cette injonction.

— Retournez dans votre wagon, Monsieur, et attendez demain.

Le vieux s'accrocha à l'officier.

— Vous ne pouvez p…

Un soldat se précipita, le fusil en avant tenu à deux mains. Il l'abattit sur la tempe du bonhomme. Pour faire bonne mesure, il enfonça la crosse dans sa bedaine.

---

[1] *Interdit de descendre ! C'est le couvre-feu ! Remontez ! Vite !*

L'homme s'écroula. L'officier fit un geste. Deux soldats agrippèrent leur victime inanimée et la traînèrent le long du quai. Le trio disparut du champ de vision de Joseph.

****

Le couvre-feu fut levé à 7 heures. Les passagers descendirent du train sans être inquiétés et se dirigèrent vers la sortie. À l'extrémité du quai, quatre soldats allemands et un officier vérifiaient les papiers, escortés de chiens qui grognaient de manière peu amène. La locomotive étincelait sous les rayons du soleil matinal, filtrés par les hautes verrières, sous lesquelles des pigeons vaquaient à leurs occupations, indifférents aux événements qui se déroulaient sous leurs yeux. Des militaires déambulaient dans la salle des pas perdus. Ils étaient les seuls à donner l'impression de flâner. Les voyageurs quittaient la gare sans traîner, s'engouffraient dans les couloirs du métro.

Joseph se retrouva seul sur la cour, sa petite valise à la main. Son père lui avait décrit Paris comme une ville bruyante, agitée, animée, vivante. Il regardait devant lui la perspective de la rue de Lyon, déserte, à part un char à bras tiré par un livreur, un vélo-taxi, et un chien qui traversait. Le silence était irréel. Une voiture portant fanion à croix gammée déboucha du boulevard Diderot et prit la direction de la Bastille. Elle roulait au milieu de la chaussée. Paris lui appartenait.

Joseph se dirigea vers le pont d'Austerlitz. Un poteau indicateur, planté au milieu du carrefour dirigeait en allemand les troupes d'occupations vers des destinations à elles seules nécessaires : « General Luftwaffe Paris », « KD 513 Vincennes », « OKW », « Sanitätspark 541. »

Joseph déplia sur le parapet le plan qu'il avait emporté. Il avait réservé une chambre dans un hôtel du quartier latin, à proximité du domicile parisien de Ferrand. Son doigt suivait l'itinéraire qu'il avait tracé au crayon. Traversant le jardin des Plantes, il rejoindrait la montagne Saint-Geneviève par la rue Mouffetard, et arriverait rapidement à sa destination rue Amyot. Il essayait de se retrouver dans l'enchevêtrement des rues du quartier lorsqu'il sentit une présence derrière lui. Il se retourna prudemment. Un jovial soldat allemand, vêtu de l'uniforme de la Luftwaffe coiffé d'un calot lui souriait, détendu.

— Vous êtes perdu ? Je peux renseigner ? demanda-t-il avec un fort accent germanique.

Il insistait sur toutes les consonnes, ce qui lui donnait un ton guttural qui contredisait son sourire sympathique.

Jamais Joseph n'avait vu un allemand d'aussi près.

— Non, je vous remercie, je vérifiais mon chemin vers la Contrescarpe.

— Ach, la Contrescarpe ! Je connais. Venez avec moi, je vais aussi là !

Joseph n'avait pas envisagé de découvrir Paris avec pareille escorte. Avant même qu'il ait accepté, l'Allemand lui entourait l'épaule comme s'ils avaient gagné la bataille d'Angleterre ensemble. En quelques heures, Joseph découvrait deux facettes de l'occupant. L'homme qui devisait aimablement à son côté n'avait rien d'une brute. Joseph craignait cependant que la réelle nature des envahisseurs ne se rapproche de ce qu'il avait vu la veille.

Le soldat s'appelait Manfred. Il parlait de la beauté de Paris. Hauptmann dans la Luftwaffe, il profitait d'une permission bien méritée. Il était marié, avait deux enfants. Professeur de littérature française dans le civil,

Manfred se passionnait pour les classiques. Quand la guerre serait finie, il serait heureux d'accueillir Jo chez lui, en Bavière.

— La guerre est finie pour la France, répondit Joseph sèchement.

Manfred s'arrêta net.

— Je suis désolé. Je sais que c'est pour vous désagréable. Vous, comme moi, n'avons pas voulu cette guerre. J'espère vraiment que la France ne va pas souffrir trop.

Joseph le regarda. Il était la caricature de l'Aryen voulu par Hitler. À ceci près que ses yeux exprimaient une infinie gentillesse et une tristesse profonde.

— Elle souffre déjà, répondit Joseph avec moins d'agressivité. La France a été ravagée. Les forces d'occupation font payer le prix fort aux Français qui n'ont jamais souhaité cette guerre.

— Je connais l'occupation. Ma famille habitait dans la Sarre en 22. Mon frère est mort de faim.

— Vous pourriez prendre cette victoire comme une revanche personnelle.

— J'aime beaucoup Voltaire. Il m'a appris la tolérance. Et je sais que vous n'êtes pas responsable de la mort d'Helmut.

— Il n'empêche que dans les faits, nous sommes ennemis.

— Ce sont nos pays qui le sont. Je serais très heureux de vous connaître mieux. Un jour, la France ne sera plus occupée.

— Je l'espère, mais à quel prix sera-t-elle libérée ?

La conversation avait tant absorbé les deux hommes qu'ils étaient arrivés place de la Contrescarpe sans en prendre conscience.

Manfred tendit la main à Joseph qui la serra. Le sourire était franc et sincère.

— Je vous souhaite bonne chance. J'espère que nous nous reverrons dans la paix entre les peuples.

Ils partirent chacun de leur côté. Manfred vers la rue du Cardinal-Lemoine, Joseph prit la rue Blainville en direction de la résidence parisienne de la veuve d'Étienne Ferrand.

La maison était ceinturée d'un mur qui la rendait invisible. De la rue, on distinguait un toit en zinc percé de deux petites fenêtres mansardées. Une voiture était arrêtée à l'angle de la rue Tournefort. Un superbe cabriolet Delage, au capot long comme un jour sans pain. Un chauffeur à l'allure inquiétante astiquait les chromes de la main gauche. Sa main droite restait à proximité de la hanche pour saisir un pistolet que Joseph aperçut sous la veste. L'homme le suivit du regard avec méfiance, et se redressa lorsque Joseph alla sonner à la porte de la maison. Il tira une chaînette. Au fond de la cour, un grelot retentit, semblable à celui des attelages. Une porte s'ouvrait, des pas firent crisser le gravier.

Une domestique ouvrit la porte.

— Monsieur ?

— Inspecteur Dumont. J'ai prévenu Madame Ferrand de ma visite.

— Je vais chercher Madame.

Elle s'effaça pour le laisser entrer dans un petit jardin, protégé du monde extérieur. Au centre, un marronnier filtrait les rayons du soleil et diffusait une ombre mouvante sur le gravier. Des boules d'hortensias captaient la lumière et illuminaient le mur mitoyen. La maison était de taille modeste, en brique et pierre de taille. Bérengère de Siorac, veuve Ferrand, s'approcha de Joseph. Un sourire crispé éclairait un visage allongé et expressif. Des yeux verts montraient une détermination inflexible. Elle était habillée avec recherche, mais sans affectation, d'une robe légère en soie tilleul sur un corsage assorti. Coupée juste au-dessous du genou, la robe laissait dépasser des jambes nues un peu fortes. Un rouge à lèvres discret rehaussait un teint hâlé. Bérangère Ferrand tendit une main fine et sèche à Joseph.

— Je vous présente mes condoléances, Madame, dit Joseph, étonné qu'elle ne portât pas le deuil.

— Merci, Inspecteur, répondit-elle un peu tendue. Suivez-moi. Je vais vous présenter un compatriote.

Elle conduisit Joseph vers une bibliothèque, occupée par un homme qui se leva à leur approche. Une masse de cheveux poivre et sel couronnait un visage plutôt rond, et d'aspect débonnaire. Mais les yeux gris et froids sous d'épais sourcils démentaient la première impression. Il s'approcha de Joseph, la main tendue.

— Lucien Thévenet. Je viens, comme vous d'Auvergne, et je présentais mes condoléances à Madame Ferrand. J'étais en relation avec son époux…

— Quel genre de relations ? coupa Joseph, qui n'imaginait pas se trouver si rapidement en face de « Lulu Cotignac » dont Champeix lui avait parlé.

— Des relations… d'affaires, esquiva Thévenet. Je serais ravi d'en parler plus avant avec vous, Inspecteur. Venez donc au restaurant que je possède rue de Buci. *Les Grands Jours d'Auvergne*, vous ne pourrez pas le rater.

— Vous avez choisi de garder le nom de la ligue qui a été dissoute en 36 ? Cela pourrait passer pour de la provocation, demanda Joseph en attendant la réaction de Thévenet.

Elle fut rapide. Thévenet rougit jusqu'à la racine des cheveux. Ce type-là n'aimait pas être contrarié.

— Cette dissolution a été un scandaleux abus de pouvoir d'un gouvernement vendu au complot judéo-maçonnique ! J'ai conservé ce nom parce que je suis persuadé que notre mouvement pourra à nouveau voir le jour. Et les événements récents semblent me donner raison. Méfiez-vous, jeune homme, certains retours de manivelle peuvent être dangereux.

Il se détourna de Joseph comme s'il n'existait plus, s'approcha de Bérengère Ferrand et lui prit la main

— Je suis désolé d'avoir dû faire cette mise au point chez vous, chère amie. Je prends donc congé. Un rendez-vous important pour l'approvisionnement du commandement militaire allemand à Paris. N'hésitez pas à me joindre si vous avez besoin d'appuis particuliers. Mes relations seront heureuses de vous apporter leur soutien.

Thévenet se pencha légèrement en avant pour faire le baisemain.

— Je crois que je m'en tiendrai à mes propres amitiés, répondit Bérengère Ferrand. Certaines causes ne sont pas bonnes à épouser.

Thévenet termina son mouvement un peu plus lentement et se redressa sans la regarder. Bérengère l'accompagna jusqu'à la cour dans un silence tendu pendant que Joseph s'interrogeait. Si les francs-maçons étaient responsables de la disparition du « mouvement » de Thévenet, quelles « relations » pouvait-il entretenir avec Ferrand ? Thévenet aurait-il eu un intérêt à sa disparition ? La visite du confiseur pouvait-elle passer pour de la provocation ou était-ce un prétexte pour... Pour quoi ?

Bérengère Ferrand était revenue dans le salon sans que Joseph s'en aperçoive.

— Vous semblez soucieux, inspecteur, dit-elle doucement.

— La présence de Lucien Thévenet chez vous m'interroge. Vous le connaissez ?

— Je ne l'ai jamais vu !

— Il venait vraiment vous présenter ses condoléances ?

— Un prétexte. Il m'a posé beaucoup de questions sur les activités de mon mari, les commissions dans lesquelles il siégeait.

— Votre mari ne vous en a jamais parlé ?

Elle hésita un instant.

— Son nom est peut-être apparu dans une conversation, mais ce n'était pas une préoccupation majeure d'Étienne.

— Vous ne semblez pas l'apprécier, cependant.

— En effet, et pour deux raisons. Je trouve qu'il a bien vite pris des contrats avec les Allemands. Et son attitude me dérange. J'ai l'impression qu'il est venu chercher quelque chose.

— Les relations d'affaires qu'il a évoquées pourraient-elles être politiques ?

— C'est possible, bien sûr… Mais quel genre de politique cet homme peut-il mener ?

— Un genre assez dangereux, Madame.

Devant l'air étonné de Bérengère Ferrand, Joseph lui expliqua les forts soupçons qui pesaient sur les activités clandestines de Thévenet.

— Vous n'étiez pas au courant ? lui demanda-t-il.

— La politique était une de nos passions communes, mais Etienne me parlait très rarement des dossiers sur lesquels il travaillait. Je pense que vous avez d'autres questions à me poser. Je vais aller nous chercher un rafraîchissement. Ou préférez-vous un café ?

Joseph opta pour le café. Il retrouvait dans ce salon l'ambiance qu'il avait ressentie à Beauregard. Les murs de la pièce étaient entièrement couverts d'étagères débordant de livres. Joseph s'approcha. Les titres étaient peu évocateurs pour lui : *La paternité dans la psychologie primitive, Les Argonautes du Pacifique occidental,* d'un certain Malinowski. Il ignorait totalement ce qu'ils pouvaient signifier.

Au centre, un bureau était encombré de documents et dossiers. Plusieurs exemplaires de *L'année sociologique* étaient posés sur le côté. Sur une table basse, la manchette de *Paris-Soir* annonçait la condamnation à mort par contumace d'un certain général de Gaulle. Bérengère Ferrand arriva derrière lui, un plateau dans les mains. Elle marqua un temps d'arrêt quand elle le vit parcourir la Une du journal.

— Qu'en pensez-vous ?

— Que le gouvernement a peut-être d'autres choses à faire que de poursuivre des généraux enfuis à l'étranger. Il me semble que la situation est assez difficile au quotidien pour les Français.

— Vous n'avez jamais entendu parler de Charles de Gaulle ?

— Jamais, Madame. Ce n'est pas un de vos proches, j'espère ?

Elle eut l'air choquée, comme s'il avait dit un gros mot.

— Non, non… Suivez-moi. Nous allons nous installer sur la terrasse.

Un silence irréel entourait la maison. Joseph s'arrêta. Bérengère Ferrand surprit son attitude.

— Le quartier est calme, en général, mais depuis un mois, Paris ressemble à une ville morte. Les Allemands l'ont étouffée plus vite que n'importe quelle épidémie.

— Vous n'avez pas suivi les Parisiens pendant l'exode ? Vous auriez pu partir avec votre mari.

— Etienne a suivi le gouvernement en juin, parce qu'il pensait être utile. S'il n'avait tenu qu'à lui, il serait resté ici. La fuite n'a jamais été une solution.

— Pourtant, il paraissait difficile de s'opposer à l'avancée allemande…

— Il y a d'autres moyens de lutte, inspecteur. « Les Allemands ont gagné une bataille, mais ils n'ont pas gagné la guerre… » C'est une des phrases de Charles de Gaulle dans un message à la radio de Londres.

— S'il parle à la BBC, je comprends que le gouvernement conçoive une certaine irritation à son égard !

— Et je pense que ce n'est pas fini. De Gaulle se battra autant qu'il le faudra contre le gouvernement qu'il considère illégitime. Il est le seul à l'avoir dit si haut et si fort. Pour l'instant.

Si certains aspects du caractère de Ferrand restaient encore dans l'ombre, celui de sa veuve apparaissait avec clarté. Elle n'était pas du genre à courber l'échine.

Joseph sortit son carnet.

— Vous me dites que votre mari a quitté Paris en même temps que le gouvernement. C'est-à-dire le…

— Le 10 juin. Nous avons reçu vers 17 heures un appel angoissé de Paul de Villelume, le conseiller militaire de Reynaud. Il avait appris par hasard – Par hasard ! – que la décision de quitter Paris venait d'être prise. Le gouvernement suivait le plan d'évacuation et gagnait les châteaux de la Loire. Étienne était dans une rage folle. « Ils ont peur d'être emmenés dans les geôles allemandes ! Jusqu'où iront-ils ? Jusqu'à la mer ? Et après ? Quand ils seront acculés, ils demanderont l'armistice, et la défaite sera totale. Jamais la machine du pouvoir n'a tourné dans une telle confusion ». Il n'avait pas tort une fois de plus.

— Qu'avez-vous fait après son départ ?

— Des voitures équipées de haut-parleurs avaient interdit de sortir de chez soi pendant les premières quarante-huit heures. J'ai ensuite rejoint mes collègues du Musée de l'Homme. Nous avons mis quelques pièces et documents à l'abri. Nous avons surtout beaucoup discuté. Nous étions persuadés que la défaite n'était que provisoire.

— Quand avez-vous parlé avec votre mari pour la dernière fois ?

— Je n'ai plus la date en tête, mais c'était la veille du départ de Bordeaux pour l'Auvergne.

— Dans quel état d'esprit vous a-t-il semblé ?

— Il était tellement triste d'avoir eu raison... Le gouvernement était allé jusqu'à la mer, et ne pouvant plus reculer, il a accepté l'humiliation. L'armistice avait été signé quelques jours plus tôt et on commençait à prendre conscience de ses conséquences.

— Comment avez-vous appris que votre mari n'était pas à Vichy le 10 juillet ?

— Lorsque la police m'a annoncé qu'il était mort...

Joseph ne dit pas à Bérengère Ferrand que son mari avait sans doute passé une nuit à Beauregard avant son assassinat. Un séjour dont Antoine avait été le témoin mais qui l'avait caché à Joseph.

— Je pense que vous n'allez pas me dire que votre mari n'avait pas d'ennemi ?

—Vous pensez bien ! Elle sourit. Quand on fait de la politique, on a forcément des ennemis. Parfois là où on les attend le moins.

— Sa, euh… gouvernante l'a présenté comme un homme bon.

— Adorable Marilou, sourit Madame Ferrand. Elle refuse de voir le mal. C'est vrai qu'il était bon, mais cela n'empêche pas les jalousies, ou les rancœurs.

— Quelqu'un aurait-il eu des raisons d'être jaloux ?

— Qui peut savoir, soupira-t-elle. Il n'avait pas établi de fortune sur le dos de quelqu'un, et ne s'était pas bâti un empire industriel qui aurait pu faire de l'ombre à qui que ce soit.

— Son appartenance à la loge des Enfants de Gergovie aurait-elle pu jouer un rôle ?

— On dit beaucoup de choses sur les francs-maçons et certaines rumeurs laissent penser que le gouvernement en a après eux. Ce n'est pas une raison pour les assassiner.

— Quelqu'un au Sénat pouvait-il savoir que Monsieur Ferrand était franc-maçon ?

— Tout le monde, ou presque, contrairement à d'autres frères, Étienne refusait de se cacher. Mais, j'y pense… Vous pourriez essayer de joindre Robert Ploix. C'est le meilleur ami d'enfance d'Étienne. Il…

Joseph l'interrompit. Il lui raconta l'enterrement si particulier et l'attitude peu protocolaire de ce curé qui ne devait pas souvent recevoir de félicitations de sa hiérarchie.

— Ça ne m'étonne pas de lui ! Il est très tolérant pour un prêtre. Il a interprété le message de l'Évangile avec des valeurs humanistes qui ne font pas l'unanimité dans le diocèse.

— Avec qui votre époux travaillait-il le plus souvent ?
Un directeur de cabinet ? Une secrétaire ?

Le visage de Bérengère Ferrand s'éclaira.

— J'allais l'oublier ! Il faut que vous rencontriez sa
secrétaire particulière Albertine Rossignol. Etienne
m'en parlait souvent. Elle tenait son agenda d'une main
de fer, et organisait ses rendez-vous avec une rigueur
militaire. Il la surnommait son « dragon personnel » !
Elle a été avec lui jusqu'au départ de Tours. Je crois
qu'elle a été affectée au ministère du ravitaillement. Il
travaillait aussi avec un autre sénateur, Jacques
Vendroux. Il habite dans le quartier du Marais.

Champeix avait fait allusion à Vendroux que Joseph
espérait rencontrer après sa visite à Madame Ferrand. Il
nota le nom et les références de la secrétaire, puis posa
la question qui le taraudait depuis le début.

— Avez-vous une idée de la raison pour laquelle votre
mari se trouvait dans une chambre d'hôtel ?

— Je sais à quoi vous pensez. Mon mari n'était certes
pas un saint, et il a vécu avant de me connaître. Mais je
ne pense pas que les circonstances étaient propices à un
rendez-vous galant.

Elle s'arrêta un instant et fixa Joseph intensément.

— Je vous serais reconnaissante, Inspecteur, de me dire
la vérité, lorsque vous la découvrirez. Quelle qu'elle soit.

— Je vous le promets, Madame.

Elle allait répondre lorsque la cloche de l'entrée sonna.
Bérengère Ferrand se leva.

— Je vais ouvrir. Ma domestique est partie faire
quelques courses.

Joseph reprit attentivement ses notes. Une voix
féminine qui parlait avec excitation le sortit de sa lecture

— Je t'assure, Georges a trouvé une ronéo ! Nous
allons pouvoir imprimer des tracts ! Germaine a rédigé

un premier texte d'appel aux Parisiens ! Il faut les faire bouger avant qu'il ne soit trop tard !

La voix de Bérengère Ferrand était tendue.

— Nous en parlerons plus tard. Viens.

Elle entra dans la bibliothèque avec une jeune femme dont les yeux en amande brillaient d'une excitation mal contenue.

— Inspecteur Dumont. Je vous présente une collègue et amie ; Agnès Humbert. Nous travaillons ensemble sur de nombreux projets… éditoriaux.

Ladite Agnès Humbert piqua un fard, apeurée.

— Oh ! Un inspecteur… Je... Je suis désolée…

Pour couper court à son embarras, Joseph se leva. Bérengère le raccompagna jusqu'à la porte.

— Au revoir, Madame. Je vous promets de vous avertir de mes découvertes. (Il s'interrompit et la regarda dans les yeux). Et de ne divulguer à personne vos projets éditoriaux.

Elle lui serra la main. Son sourire reflétait une immense gratitude.

— Merci, Inspecteur. Adieu.

La rue Lhomond était déserte. Les bâtiments de l'École Normale Supérieure silencieux. Joseph ne croisa pas âme qui vive jusqu'à la place du Panthéon, où la mairie du Vème arrondissement s'ornait d'un gigantesque drapeau à croix gammée. À l'angle de la rue Saint-Jacques et de la rue Soufflot, il aperçut dans un renfoncement du côté des numéros pairs une vitrine qui attira son regard : « Maison Thévenet. Fruits confits et confiseries d'Auvergne ». Il traversa la rue. La maison Thévenet n'avait pas perdu de temps : les présentoirs débordaient de boîtes de sucreries, le sucre des pâtes de fruits lançait des reflets argentés, les fruits confits semblaient avoir été cirés et des étiquettes en allemand décrivaient les différents produits ainsi que le prix en Francs et en Marks.

La Delage de Thévenet était stationnée devant le magasin. Joseph s'en approcha et regarda à l'intérieur. Une serviette en cuir était posée sur la banquette arrière. On distinguait nettement sur le rabat un motif gravé représentant une feuille de hêtre qui entourait un B.

****

Henri Thévenet ne supportait pas l'ambiance de sa famille. Ils étaient tous confits comme les fruits de son père ! Son père qui se croyait le roi du monde parce qu'il vendait très cher des oranges dans du sucre et de la pâte de coing en bocaux ! C'était à la portée de n'importe qui et ça ne méritait pas qu'on se pavane en ville avec la bourgeoisie bien-pensante. Sa mère qui donnait l'impression de délivrer un message divin chaque fois qu'elle ouvrait la bouche, comme si elle était la réincarnation de Bernadette Soubirous ! Entre les œuvres de charité, les séjours à l'église pour se confesser de péchés imaginaires, la préparation du mariage qu'elle voulait princier, ses conseils pour réussir son lycée, elle virevoltait dans toute la maison, laissant des effluves de son parfum à tous les étages, et ne comprenait rien au monde qui l'entourait. Quant à Madeleine, c'était une gentille fille, mais tellement conformiste ! Son mariage avec cet abruti d'avocat lui montait à la tête, et il n'était plus possible de discuter avec elle, comme quand ils étaient enfants. Elle était déjà dans son rôle de petite bourgeoise de Chamalières. Il ne pouvait plus rien lui dire. Il lui arrivait des choses dont elle ne pouvait soupçonner l'existence.

Et sa mère qui lui serinait tous les jours qu'il fallait qu'il ait son bachot rapidement, et qu'ensuite il pourrait travailler avec son père qui avait tant fait pour ses enfants et… Merde ! Il n'en pouvait plus de l'entendre répéter tout le temps la même chose. Ce qu'il voulait, c'était devenir pilote automobile, faire des rallyes, comme Raymond Sommer, Jean-Pierre Wimille ou René Le Bègue. Ils n'avaient pas besoin du bachot, eux ! Henri suivait dans *Match* tous les résultats de leurs exploits et rêvait de participer au rallye de Monte-Carlo.

Goigoux ne l'avait pas appelé depuis deux semaines. Il l'avait peut-être oublié. Peut-être que le service qu'il lui avait fait faire était unique et que c'était juste pour montrer son pouvoir. Entretemps, Henri était allé au Palais de Cristal rue des Trois-raisins, où il avait demandé à une fille de lui faire la même chose que Goigoux. Il avait oublié son dégoût lorsque la fille l'avait pris dans sa bouche. Et sentir ses seins contre ses cuisses l'avait encore plus excité. que des putes qu'on payait pour ça se mettent à genoux, c'était normal. Mais jamais il ne recommencerait à s'abaisser devant ce vieux vicelard. S'il l'appelait encore une fois, il prendrait un revolver, ou une matraque, et le vieux comprendrait qu'Henri était quelqu'un qui savait se défendre.

Il remonta le ressort de son Vivatonal et plaça délicatement la pointe sur un disque de Johnny Hess. Il reprit le refrain en grattant une guitare imaginaire.

Je suis swing, je suis swing
Za zou za zou
C'est gentil comme tout.

C'était autre chose que les roucoulades de Tino Rossi ou André Dassary que sa mère écoutait de temps en temps. Cette manie que ces vieux avaient de rouler les R comme s'ils avaient des cailloux dans la bouche ! Au moins Johnny parlait comme tout le monde. Et quel rythme ! Henri choisit dans son placard une cravate étroite, blouson aviateur, pantalon large et chaussures épaisses. Il prit une bonne quantité de Brillantine 111 qu'il étendit largement sur ses cheveux pour leur donner du mouvement, apprécia le résultat dans la glace et sortit de sa chambre en évitant tout membre de la famille. Le rallye de ce soir avec Alban allait être mémorable !

****

Troublé par la présence de la serviette qui était sans aucun doute celle de Ferrand, Joseph fit quelques pas rue Saint-Jacques quand une délicieuse odeur de cuisine lui rappela qu'il n'avait guère mangé depuis la veille.

Le restaurant Perraudin lui sembla tout indiqué pour réfléchir à ce qu'il venait de voir. Il poussa la porte vitrée décorée d'un discret voilage. Quelques tables étaient occupées par des hommes seuls ou des couples qui regardaient tristement dans leurs assiettes. Une pancarte annonçait « Jour sans alcool ». Un serveur s'approcha et proposa une table à Joseph, qui choisit de s'installer près de la fenêtre. Il pourrait vérifier si Thévenet quittait la confiserie. Le menu était d'une grande simplicité et Joseph choisit un potage de légumes. Il sentait bon. Habitué aux repas de campagne, Joseph fit quelques morceaux de pain, attendit qu'ils gonflent et se régala. Le serveur posa devant lui une assiette sur laquelle un morceau de collier d'agneau semblait perdu, encerclé par quatre moitiés de pommes de terre à l'eau. Une sauce odorante recouvrait le tout, qui aurait semblé bien minable sans cela. Avec un peu d'imagination, cela pouvait ressembler à du navarin de mouton.

Pendant qu'il mâchouillait mécaniquement un morceau de pomme de terre, Joseph reprenait les différents éléments qu'il avait appris pendant sa visite. Lucien Thévenet semblait être au centre de l'affaire. La présence de la serviette frappée de la marque du marteau forestier dans sa voiture prouvait qu'il avait un lien fort avec le meurtre du sénateur. Pouvait-il en être le commanditaire ? Quel intérêt pouvait-il y trouver, alors que l'Ordre nouveau assurait les membres des ligues d'une totale impunité ? Y cherchait-il des documents compromettants ? Qui auraient impliqué des hommes politiques ? Du chantage ? Quant à Bérengère Ferrand, elle ne lui avait pas apporté beaucoup d'informations… Il pouvait seulement déduire de ses fréquentations qu'elle entendait s'opposer au nouveau régime par des procédés clandestins. Mais ce n'était pas son affaire, et il n'était pas sûr d'avoir envie de défendre la position de Pétain et Laval.

— Terminé, Monsieur ?

Le serveur le sortit de ses pensées. Il débarrassa la table, et porta un ramequin en verre dans lequel trois pruneaux cuits se battaient en duel. Joseph demanda un café pour terminer ce festin à la mode occupation. L'arôme qui se dégageait de la tasse était caractéristique. Miracle : c'était du vrai ! Il manqua s'étrangler en regardant le montant de l'addition qui représentait une semaine de son budget d'alimentation

La voiture de Thévenet était partie. Joseph eut envie de donner ses impressions à Champeix. Le serveur lui indiqua un bureau de poste rue Cujas.

Lorsque Joseph demanda le 5-62 à Clermont-Ferrand, le préposé répondit d'un air revêche qu'on ne passait de communication privée en zone libre. Joseph lui fourra sa carte sous le nez. « Bon, bon, si vous le prenez comme ça… Clermont-Ferrand, cabine 2. » Joseph attendit plusieurs minutes en fumant une cigarette.

— Sixième brigade mobile, annonça le standardiste du commissariat.

— C'est Dumont. Tu peux me passer le patron ? demanda Joseph.

Il y eut un tel silence que Joseph crut avoir été coupé.

— Allo ?

— Ne quittez pas, Inspecteur, mais je ne peux pas vous passer le commissaire.

— Quelle surprise ! lâcha Brouyard sans avoir besoin de se présenter.

— Qu'est-ce que tu fais au commissariat ? s'étonna Joseph. Tu t'es fait serrer après avoir foutu des preuves en l'air ?

— T'as intérêt à parler autrement à ton nouveau patron, mon gars.

— Je préfèrerais me casser une jambe plutôt que d'être sous tes ordres !

— Alors, passe sous un camion ou le métro. Depuis ce matin, c'est moi ton chef.

— Fernand, on est loin du premier avril, et je n'ai pas le cœur à plaisanter. Passe-moi Champeix.

— Ton Champeix est indisponible depuis qu'il a reçu trois balles dans le buffet hier soir. Il ne les a pas digérées.

— Il est mort ?

— Tout ce qu'il y a de mort. Compte tenu de la situation, le préfet m'a appelé pour prendre la succession et la direction des opérations.

— Comment est-ce arrivé ? demanda Joseph comme s'il n'avait pas entendu.

— Il s'est fait buter en rentrant chez lui. Devant sa porte.

— Ses chiens n'ont pas aboyé ?

Champeix recueillait les chiens de chasse perdus dans les forêts lorsqu'il allait aux champignons. Une demi-douzaine de clébards sonorisaient le petit jardin à la périphérie de Clermont. Ils vouaient à Champeix une reconnaissance éternelle, et ne laissaient pas n'importe qui s'approcher de la maison.

— Ils n'ont pas eu le temps. Les types sont passés en moto et ont tiré dans le dos. Propre, net et sans bavure.

Le même scénario que pour Nestor. Goigoux au guidon, et derrière ? Ce ne pouvait être Fanfan.

Comme pour répondre aux réflexions de Joseph, Brouyard enchaîna.

— Heureusement, votre polak venait de raccompagner Champeix. Il a abattu le tireur. C'était Loiseau.

Joseph faillit s'étrangler.

— Loiseau était en cellule quand je suis parti à Paris !

— Faut croire que t'avais pas bien fermé la cage ! D'après ce que j'ai compris, il était sorti le matin. Il a pas profité longtemps de sa liberté, ce con. Bref. Affaire réglée. Tu laisses tomber ton voyage touristique à Paris, tu oublies les Folies-Bergères, la nuit au One-Two-Two, et tu te ramènes.

— Pas question. J'enquête sur l'assassinat de Ferrand, par ordre du Président Laval. Tu ne vas pas passer par-dessus son épaule ?

Brouyard avait oublié ce détail. Il garda le silence un moment.

— Ouais. Bon. Pas plus de deux jours. On doit faire l'inventaire des francs-mac avant la fin du mois et j'ai besoin de tout le monde.

Joseph raccrocha. Tétanisé. Champeix assassiné. Une semaine après l'agression contre Nestor. Brouyard à la tête du commissariat...L'épuration commençait.

Il resta appuyé contre la cloison de la cabine jusqu'à ce qu'une dame lui fasse signe qu'il n'était pas là pour faire la sieste. Il descendit le boulevard Saint-Michel sans se rendre compte du trajet et ne leva les yeux qu'arrivé devant l'hôtel de ville. Le drapeau à croix gammée flottait sur le toit. Paris était devenue une ville de garnison allemande. La France n'avait pas vu venir le danger hitlérien, elle se retrouvait à genoux. Joseph n'avait pas vu venir le danger de l'intérieur et se retrouvait seul. Champeix l'avait mis en garde, mais la menace ne lui avait pas semblé si proche, ni si mortelle. Il se retrouvait seul. Contre qui ? Officiellement, La ligue des Grands jours d'Auvergne n'existait plus, mais certaines ramifications pouvaient être encore actives. Cette organisation pouvait-elle commettre deux assassinats en pleine rue sans craindre d'être arrêtée ? Quelle était la place de Brouyard dans cette nébuleuse ? Comment Thévenet s'était-il trouvé en possession de la serviette de Ferrand ? L'assassinat de ce dernier ne ressemblait pourtant pas à une exécution. Sa mort et la découverte de sa serviette avaient fait remonter des désirs de vengeance et de règlements de compte.

****

Joseph s'était arrêté au milieu de la place de l'Hôtel de Ville. Il avait du mal à respirer. Champeix n'avait pas seulement été un patron bienveillant. Il l'avait soutenu à bras-le-corps à la mort de Sabine, le submergeant de travail pour occuper son esprit, le traînant au restaurant Cluzel où il le forçait à participer aux conversations politiques. Pendant ces quelques mois, Champeix était devenu pour Joseph le père qu'il n'avait pas eu et la complicité qui s'était installée entre eux n'avait rien d'artificiel. Sabine, Champeix… Et Nestor ? Ceux qu'il aimait disparaissaient de sa vie, fauchés par une violence qu'il ne comprenait pas. Tétanisé par la nouvelle, Joseph n'avait pas pensé à demander à Brouyard des nouvelles de Nestor. Sa vie ne semblait plus en danger, mais ceux qui s'étaient lancés dans le nettoyage de la brigade mobile n'hésiteraient pas à faire une nouvelle tentative.

Joseph leva les yeux. Des soldats allemands postés à l'entrée de l'Hôtel de Ville regardaient dans sa direction et le montraient du doigt. Il jugea préférable de s'éloigner sans hâte.

La rue Ferdinand-Duval était silencieuse. Des femmes faisaient queue patiemment devant des épiceries où tout semblait manquer. L'une d'entre elles avançait sans regarder, concentrée sur le mouvement de ses aiguilles à tricoter. Joseph franchit la porte cochère du numéro 10 et monta jusqu'au deuxième étage par un escalier bien entretenu. L'usure du tapis central montrait que les propriétaires avaient eu d'autres priorités budgétaires. Une seule porte palière, et une carte de visite épinglée au-dessus de la sonnette. Joseph entendit le bruit de trois verrous. Une petite femme entrouvrit la porte, retenue par une chaîne. Joseph montra sa carte, encore barrée des trois couleurs de la République.

— Mon mari n'est pas là, Monsieur l'Inspecteur. Je ne sais pas quand il reviendra. C'est la guerre, soupira-t-elle.

Ses lèvres et ses mains tremblaient légèrement, et ce n'était pas dû à l'âge. Elle avait peur.

— Madame, je dois voir Monsieur Vendroux absolument. C'est de la plus haute importance. J'enquête sur la mort du sénateur Ferrand.

Il entendit une voix bourrue au fond de l'appartement.

— Qu'est-ce que c'est Geneviève ?

Elle fit signe à Joseph de lui donner sa carte et s'en saisit les mains tremblantes. Elle referma la porte, tira un verrou. Quelques minutes après, alors que Joseph allait sonner à nouveau, la porte s'ouvrit.

Joseph entra. Il entendit derrière lui les trois verrous cadenasser la forteresse. Un couloir étroit desservait plusieurs pièces plongées dans l'obscurité. La voix masculine l'invita à avancer jusqu'au bout du couloir. Assis derrière un bureau éclairé d'une belle lampe en opaline verte, se tenait un homme au visage marqué de fatigue. Des lunettes rondes cerclées de fer dissimulaient en partie des poches sous les yeux. Jacques Vendroux semblait au bord de l'épuisement. Sa main gauche tenait la carte de police de Joseph, la droite était invisible, posée sur ses genoux. Joseph remarqua les roues du fauteuil quand il s'approcha. Une épaisse fumée donnait à la pièce faiblement éclairée des allures de caverne. Joseph distinguait le long des murs des étagères pleines de livres, certaines ployaient en leur milieu. De hautes piles reposaient sur le plancher. Le silence s'éternisait. Joseph n'était pas décidé à le rompre. Vendroux leva lentement son bras droit. Au bout, il y avait un pistolet automatique Browning 7.65.

— Monsieur Vendroux, j'arrive de Clermont pour enquêter sur l'assassinat de votre collègue le sénateur Ferrand. J'ai rencontré sa v...

— Je sais. Elle vient de m'appeler.

— Des faits nouveaux sont arrivés depuis que je l'ai quittée. Le commissaire Champeix, qui dirigeait la brigade mobile de Clermont a été assassiné. Un contrat.

Malgré la faible lumière, Joseph vit Vendroux pâlir. Il marmonna quelque chose que Joseph crut être « ils l'ont fait. » Il passa la main sur son visage puis leva les yeux vers Joseph.

— Asseyez-vous, Inspecteur. Débarrassez cette chaise des bouquins, et mettez-les où vous pouvez.

Joseph fit rapidement le ménage et s'assit. Vendroux leva vers lui un visage inquiet et ravagé.

— Nous sommes dans une situation où les forces du Bien et du Mal s'affrontent, Inspecteur. Il faut du caractère pour savoir où se situent l'un ou l'autre. Entre les deux, une zone grise, où se rencontrent toutes les attitudes. Qui peut savoir ce qui est juste ? Je me suis battu avec Étienne pour faire triompher ce que nous pensions être le Bien. Nous nous sommes peut-être trompés ? Car nous avons perdu. On dit toujours que c'est le Bien qui gagne, non ?

Joseph ne se sentait pas d'attaque pour un débat philosophique. Il lui fallait des réponses qui le mettraient sur la piste de l'assassin de Ferrand.

— Quel combat meniez-vous avec Monsieur Ferrand ? demanda Joseph.

Vendroux sembla se détendre, il s'appuya contre le dossier du fauteuil roulant et ferma les yeux.

— En février dernier, dit-il après un long silence, je quittais mon bureau du Sénat pour rentrer chez moi. J'ai l'habitude d'aller prendre le métro à Odéon. Je descends la rue de Condé et achète deux ou trois journaux du soir aux vendeurs. La nuit était déjà tombée – les jours sont encore courts début février. Alors que j'arrivais vers la rue des Quatre Vents, deux hommes se sont placés de chaque côté de moi et m'ont poussé jusqu'à un porche. La porte était ouverte. Deux comparses nous attendaient avec des matraques et des cannes. Un premier coup dans le dos m'a jeté à terre, et ils se sont acharnés sur moi. Après un temps qui m'a semblé infini, les coups ont cessé de pleuvoir. L'un des hommes s'est approché de mon oreille, et m'a dit « C'était un petit message de la part de Deloncle. Il demande gentiment que tu le laisses tranquille. La prochaine fois, on te fera vraiment mal. » Il lança un dernier coup de pied dans mes côtes, et ils partirent tous en silence. Je ne pouvais plus bouger les jambes. J'ai perdu connaissance, puis une habitante de l'immeuble qui rentrait a appelé la police et les secours. Je suis ressorti de l'hôpital plusieurs semaines après, condamné à rester dans ce fauteuil. J'ai dû laisser mon poste de sénateur à mon suppléant.

Eugène Deloncle était le chef du Comité Secret d'Action Révolutionnaire, plus connu sous le nom de Cagoule. Ses actions avaient fait la Une des journaux quelques années auparavant. On la soupçonnait d'avoir éliminé des opposants de Mussolini réfugiés en France en 1937. Le 11 septembre de la même année, la Cagoule faisait exploser deux bombes artisanales au siège de l'Union des Industries métallurgiques rue Boissière. Il fallut quelques mois d'enquête pour trouver l'origine du complot et ses principaux dirigeants furent arrêtés.

Vendroux confirma que Champeix était le responsable de la lutte contre la Cagoule en Auvergne. Il pistait un des responsables du mouvement, François Méténier, ingénieur Michelin, suspecté de l'installation de nombreuses caches d'armes dans la région en prévision du renversement de la République et de l'installation d'un régime fasciste

— Que vient faire le sénateur Ferrand dans votre lutte contre la Cagoule ? demanda Joseph.

— Il faisait partie comme moi de la commission de la sécurité Intérieure au Sénat, dont Marx Dormoy[1] avait demandé la création en juin 36. Quand Dormoy a été nommé ministre, la lutte s'est intensifiée, et la police a réussi quelques beaux coups de filet. Mais comme vous le savez, les gouvernements ne durent pas chez nous, et à partir de 38, il y a eu d'autres priorités. Les risques d'attentats contre la République étaient pourtant nombreux et sérieux. Étienne, qui avait des contacts importants à Clermont était chargé de faire le lien entre le ministère de l'Intérieur et les parlementaires. Il était le seul – avec Champeix – à connaître les noms des indicateurs infiltrés dans la Cagoule locale.

— Il avait donc un dossier copieux sur le sujet ?

— Certainement. Je sais qu'il avait rassemblé un grand nombre de pièces à charge contre Méténier et d'autres ingénieurs de Michelin.

— Vous pensez que la Cagoule continue ses activités depuis les arrestations ?

— J'en suis sûr. Regardez la situation : Vous venez de me parler de l'assassinat de Champeix. Dormoy, est assigné à résidence à Montélimar. Et en plus, il a osé voter « non » ! Quel courage… Si j'avais été à Vichy, je ne sais pas ce que j'aurais fait… Bref, tout cela montre que le nouveau pouvoir cherche à reprendre les choses en main, et vite.

— Vous ne savez rien du contenu de ce dossier ?

---

[1] Maire de Montluçon, député de l'Allier puis ministre de l'Intérieur sous le Front populaire, il est assassiné en juillet 1941 par des membres de la Cagoule.

— Nous en avons parlé la dernière fois début mai. La situation internationale s'aggravait de jour en jour, et les préoccupations du gouvernement allaient plus vers l'imminence de la guerre que la lutte contre le terrorisme. Pour des raisons bassement politiciennes, les différents cabinets qui se sont succédé depuis 34 ne se sont jamais vraiment lancés dans la guerre contre ce parasite. Je sais qu'Étienne soupçonnait Lucien Thévenet de disposer de plusieurs caches d'armes dans l'agglomération.

La présence de Thévenet chez Ferrand n'était donc pas une coïncidence. Était-il venu pour repérer les lieux ? Avait-il l'intention de faire parler Bérengère Ferrand ? Joseph ne connaissait pas assez Vendroux pour partager ces questions avec lui. La disparition de Champeix le frappa à nouveau et il se sentit très seul.

Les deux hommes restèrent silencieux. Sans s'en rendre compte, Joseph avait allumé plusieurs cigarettes à la suite. Les rayons de soleil entre les jalousies faisaient ressortir la fumée et, face à lui, Vendroux était zébré de traits lumineux.

— La Cagoule est connue pour ses sympathies fascistes, reprit Joseph. Il me semble que Thévenet n'a rien à craindre de l'État Français créé par Laval et Pétain.

— Justement, s'emporta Vendroux. C'est là le danger. À part les cadres, la Cagoule était constituée d'un ramassis de repris de justice et de petites frappes. Je suis persuadé que tous ceux qui ont été arrêtés après l'attentat de 37 vont être libérés dans les prochains mois, si ce n'est déjà fait pour la plupart. Et ils n'auront qu'une idée : se venger, avec la certitude de l'impunité. La police est en pleine reconstruction, son épuration a déjà commencé. Bientôt, vous ne serez plus là pour arrêter les méchants, mais pour leur prêter main-forte, ou arrêter les ennemis de l'État, comme les juifs, les syndicalistes ou les francs-maçons.

Joseph changea de sujet.

— Quand le gouvernement a décidé de quitter Paris, Ferrand était-il avec vous ?

— Oui. Nous sommes partis ensemble, avec trois autres voitures, en pleine nuit. Le plan d'évacuation du gouvernement prévoyait un repli dans la région de Tours. Quel voyage ! Pourtant, le plus difficile n'était pas de se dire que nous étions purement et simplement en train de fuir devant l'ennemi, mais que nous avions la chance, d'avoir des véhicules, des chauffeurs, de l'essence, et une destination ! À côté de ces millions de malheureux, dont certains avaient fui la Belgique à pied. Ils marchaient depuis près d'un mois, sans savoir où ils allaient, s'ils reverraient un jour leur domicile.

— De quoi avez-vous parlé pendant le voyage ?

— Étienne voulait que nous regardions quelques dossiers sur la Cagoule. Je ne sais pas s'il se doutait que tout était déjà perdu, et que nos efforts ne seraient jamais payés de retour. Mais c'était un bouledogue : il s'accrochait jusqu'au dernier moment. Nous avons tout repris : les noms des responsables, des lampistes, des hommes de main ; les différentes adresses des caches d'armes ; les indics que l'un et l'autre pouvait avoir, et s'il était judicieux de les joindre. Etienne voulait notamment que certains se mettent à l'abri des représailles.

— Qu'avez-vous fait en arrivant à Tours ?

— Je ne sais pas qui avait conçu ce plan d'évacuation, mais s'il ne tenait qu'à moi, je lui mettrais tout de suite mon pistolet sur la tempe ! On a eu l'impression que tout était fait pour empêcher le Parlement de délibérer, et le gouvernement de décider ! Je vais vous montrer. Il doit y avoir une carte dans une pile derrière vous.

Joseph se leva et se retourna. Un pliage dépassait d'un amoncellement de livres et de journaux. Il reconnut une carte routière et la porta à Vendroux. Celui-ci se pencha sur son fauteuil et fit signe à Joseph de s'approcher. Les différents endroits où le pouvoir devait s'installer étaient entourés de marques au crayon rouge, annotés d'une écriture ferme et rageuse.

— Regardez, montra Vendroux. Ici, Tours ; c'est là que devait se réunir le Parlement. Le Sénat était logé à l'hôtel de ville, et ses débats avaient lieu dans la salle des fêtes ; la Chambre des Députés était cantonnée au Grand Théâtre. Il aurait fallu dès ce moment-là réunir l'Assemblée Nationale, et déclarer la patrie en danger ! Mais, alors que Lebrun était à *Cangé*, ici (il pointa son crayon), la Présidence du Conseil était à vingt kilomètres, à Chissay ! Comment pouvait-on espérer prendre les décisions qui engageaient l'avenir de notre pays dans ces conditions ? Lorsque j'ai aperçu le Président Lebrun avant son départ pour Bordeaux, il m'a raconté qu'il ne savait pas où étaient ses ministres ! Et son chauffeur rechignait à le conduire rejoindre Reynaud à Chissay de peur de manquer d'essence ! Et nous, pendant ce temps, nous ignorions tout de ce qui se passait à quelques kilomètres de nous ! Ce n'est que de retour à Paris, que j'appris que le Conseil du 12, où Weygand a proposé l'armistice, n'avait pu réunir tous les ministres, certains ayant compris qu'il devait se tenir à *Candé*, deux-cents kilomètres à l'ouest de Cangé ! Quel désastre…

La voix de Vendroux tremblait d'émotion. La situation ubuesque de ce gouvernement dispersé aux quatre coins de la Touraine aurait pu prêter à sourire si la situation n'avait pas été aussi dramatique. Six semaines s'étaient écoulées depuis ces événements. Six semaines pendant lesquelles tout avait basculé.

— Qu'avez-vous fait pendant votre passage à Tours ?

— Je ne voyais pas beaucoup Etienne. La situation nous aurait imposé de réfléchir calmement aux décisions à prendre. Il aurait fallu s'organiser, essayer de ralentir, de freiner la panique qui s'était emparée de tous. Comment voulez-vous penser – simplement *penser* – lorsque vous doublez vos compatriotes hagards sur les routes, que vous ne savez rien de la situation militaire, que les préfets sont incapables de dresser un portrait de l'état de leur département, que les chefs militaires sont injoignables, et que le gouvernement est dans l'impossibilité de prendre la moindre décision cohérente ? À peine posés à Tours, nous apprenions qu'il fallait évacuer vers Bordeaux ! Ce n'est pas une situation où vous pouvez espérer prendre les bonnes décisions. C'est à ce moment-là que nous avons perdu définitivement la guerre. Lorsque nous apprîmes que Weygand avait lancé l'idée d'un armistice, appuyé par Pétain, il nous a semblé que le monde s'écroulait. L'arrogance de Weygand que l'on voyait circuler dans les couloirs des hôtels ou dans les rues, escorté par quelques sous-fifres ambitieux nous écœurait : ainsi, il refusait que l'armée seule capitule, parce qu'il rendait les politiques responsables de la défaite. Et l'armistice était un bon moyen pour sa clique de jeter le discrédit complet sur la classe politique, gouvernement et parlementaires réunis. Si je n'étais pas cloué dans ce fauteuil, je rejoindrais Charles à Londres. Et je me battrais.

— Vous parlez de De Gaulle ?

— Son nom vous dit quelque chose ? Sa femme Yvonne est ma cousine. Je suis de la famille d'un horsla-loi ! Qui est le seul type de ce pays à avoir des couilles.

— Le sénateur Ferrand ne vous a fait part d'aucun souci personnel pendant cette période ? demanda Joseph pour recadrer le récit de Vendroux. Il ne fallait pas chercher l'assassin de Ferrand parmi les conseillers de Weygand, ni ceux du général rebelle.

Vendroux soupira, les yeux perdus dans le lointain.

— Pendant que j'étais à Tours, et avant mon retour à Paris, je crois que je n'étais plus moi-même. Tout s'effondrait autour de moi. Jamais je n'aurais imaginé un tel désastre humain. Je pense qu'Etienne était comme moi, comme nous tous, et je ne crois pas qu'il était en état de penser à autre chose que ce que nous vivions.

— Quand êtes-vous revenu à Paris ?

— Je voulais faire mon travail jusqu'au bout, mais j'ai dû rentrer rapidement, le 15 juin. Les déplacements me font terriblement souffrir.

Joseph quitta Vendroux, très perturbé par ce que le sénateur lui avait raconté. Les informations sur le travail de Ferrand au sujet de la Cagoule étaient intéressantes, mais Joseph était loin d'imaginer que la situation dans laquelle le gouvernement s'était trouvé était aussi dramatique. Qui se souviendrait de ces moments ? On garderait sans doute en mémoire les millions de réfugiés, les étapes de la guerre-éclair, et l'effondrement politique du 10 juillet. Mais qui saurait témoigner de ce qu'avaient vécu les hommes du pouvoir face à un moment de l'Histoire qu'ils ne pouvaient maîtriser ?

15 février 1917

Mon très cher cœur,
Ces quelques jours dans tes bras m'ont comblée de bonheur. La douleur de ton départ est un peu atténuée par la plénitude que je ressens d'avoir passé ces moments délicieux.
Les mois qui vont à nouveau nous séparer seront interminables.
Je ne serai jamais la famille que tu n'as plus, mais j'espère, avec mon amour, combler l'absence de ceux que tu aimais.
Ton Élise

10

Les cigares, cigarettes et scaferlatis de troupe peuvent être, en vue de la vente aux consommateurs ordinaires, reclassés dans les conditions suivantes :
Cigares de troupe, 175 à 250 Fr. le kilogramme.
Cigarette de troupe, cigarettes en Chebli pour troupe et pour travailleurs coloniaux, 45 à 225 Fr. le kilogramme.

Extrait du *Journal Officiel* du 3 août 1940

La nuit dans le petit hôtel de la rue Victor-Cousin, à proximité de la Sorbonne, avait été d'un calme surprenant en plein cœur de Paris. Joseph s'était réveillé en se croyant dans son village.

Il longea les grilles du jardin du Luxembourg, fermé au public, passa devant le Sénat, où s'était installé le QG de la Luftwaffe. Il se remémora la rencontre avec Manfred la veille, représentant d'un pays qui avait envahi la France et mettait tout en œuvre pour la saigner à blanc. Joseph avait calculé que, rapportés à chaque Français, les quatre cents millions de Francs quotidiens d'indemnités d'occupation représentaient la moitié du salaire mensuel d'un manœuvre. Combien de temps pourrait-on supporter cette situation ? Il pensa à Irène et Sebastian. Comment allait-elle pouvoir nourrir le petit bonhomme ? La viande commençait à devenir rare. Et le lait. Et le pain. Les Français étaient comme l'alouette de la comptine : plumés. Arrivé en bas de la rue d'Assas, au débouché du boulevard Raspail, il passa devant l'hôtel Lutetia, orné d'oriflammes à croix gammée. Au milieu des indications en allemand sur les panneaux cloués, Joseph vit une flèche qui indiquait « *Abwehr* », les services du contre-espionnage allemand. Il s'engagea dans la rue de Varenne.

Au ministère du ravitaillement, où il ne put entrer qu'après avoir montré sa carte, on le fit passer de bureaux en services, jusqu'à ce qu'il atteigne celui où travaillait Albertine Rossignol. Plus il avançait dans les couloirs, plus l'atmosphère sentait le renfermé et la poussière. La description qu'avait faite Bérengère Ferrand de la secrétaire de son mari faisait envisager le pire à Joseph. Il imaginait une vieille moustachue, aux verres de lunettes en cul de bouteille, vêtue de gris. Elle aurait sûrement des poils au menton et s'exprimerait en aboyant... Une étiquette en carton indiquait à l'entrée d'un couloir « Service des cartes et timbres de rationnement ». Sur la droite, un bureau était identifié comme celui de « Monsieur Arnould P. – Sous-chef de service. – Direction de l'alimentation ». Le sous-chef était absent. Joseph s'avança encore. Dans la pièce suivante, une jeune femme était debout derrière une table, occupée à classer des documents qu'elle disposait sur des piles soigneusement rangées. Elle portait une blouse blanche très ajustée, aux épaulettes bouffantes et manches courtes, qui mettaient en valeur une taille de guêpe, et dont le col, largement ouvert, laissait entrevoir la naissance de seins généreux. Elle leva la tête quand Joseph s'approcha. Il eut l'impression de se trouver en face de Ginger Rogers. Il avait emmené Sabine voir *La fille de la Cinquième Avenue* l'année précédente, et Sabine l'avait soupçonné – pas complètement à tort – d'être amoureux de la jeune actrice.

— Je… Je cherche Mademoiselle Rossignol, demanda Joseph.

Ses lèvres, savamment maquillées esquissèrent un sourire chaleureux. Sa dentition aurait pu faire la réclame de dentifrice.

— C'est moi. Vous êtes Monsieur… ?

— Euh… Inspecteur Dumont. Je suis chargé de l'enquête sur la mort du sénateur Ferrand.

— Oh... Quelle abominable histoire !

Elle contourna le bureau et se dirigea vers son sac à main accroché au porte-manteau, ce qui permit à Joseph de confirmer sa première impression. La jeune femme sortit un mouchoir de dentelle.

— J'espère que vous allez trouver le monstre qui a pu faire cela à un homme si merveilleux, dit-elle d'une voix tremblante et les larmes aux yeux. J'ai du mal à imaginer que j'étais avec lui quelques jours avant sa mort.

— Vous l'avez suivi pendant l'exode du gouvernement ? demanda Joseph.

— Nous avions quitté Paris avec une partie des sénateurs et le Président Jeanneney. Arrivés à Tours, nous avons tous logé à l'hôtel de l'Europe. J'ai partagé ma chambre avec deux autres secrétaires. Vous imaginez bien qu'il n'y avait pas assez de place pour accueillir tout le monde ! Il a même fallu forcer quelques sénateurs à dormir dans le même lit ! Nous avons toutes été congédiées lorsque ces messieurs ont décidé de pousser jusqu'à Bordeaux.

Le souvenir de ces nuits tourangelles devait être particulièrement réjouissant parce qu'elle en oubliait de sécher ses larmes. Elle s'en rendit compte et prit un air à nouveau sérieux.

— La situation était dramatique, vous savez, mais on s'accrochait aux petits moments de bonheur !

— Pendant la journée, vous étiez souvent avec le sénateur ?

— Nous avions gardé les habitudes de travail de Paris. Il me dictait le courrier le matin, et je lui proposais les lettres à la signature en fin d'après-midi. Enfin, quand nous pouvions, parce que l'emploi du temps n'était pas toujours respecté. J'avais emporté avec moi une machine à écrire portative. Elle me suit partout, je l'ai même ici.

Elle désignait de la main une petite mallette Underwood posée contre une armoire de rangement.

— Dans quoi rangeait-il ses dossiers ?

— Il avait toujours avec lui une serviette en cuir. Je crois qu'elle le suivait depuis le début de sa carrière.

— Et quand il vous avait dicté le courrier, que faisait-il ?

— Ces Messieurs discutaient beaucoup des événements. Ils ne me faisaient pas de confidences, bien sûr, mais je les entendais parfois s'interroger sur la poursuite des combats, le repli du gouvernement en Afrique du Nord. Monsieur Ferrand partageait souvent la table du Président Jeanneney. Je les ai entendus une fois parler de leur opposition à l'armistice. Ils n'étaient pas toujours d'accord avec le Maréchal Pé…

— Mademoiselle Rossignol, vous voudrez bien faire le travail pour lequel l'État français vous rémunère, l'interrompit une voix zozotante. Terminez le classement que je vous ai demandé et dispensez-vous de commenter des sujets dont vous ne pouvez mesurer l'importance à leur juste valeur, surtout en présence d'étrangers au service.

— Oui, Monsieur Arnould, tout de suite.

Joseph se retourna. Il avait donc en face de lui le sous-chef du service des cartes et timbres de rationnement. Il ressentit une répulsion instinctive face au personnage. Il n'aurait pu être différent. Petit, des lunettes rondes qui dissimulaient un regard de myope. Un menton pointu et fuyant lui donnait une tête de mulot. Joseph imaginait que Monsieur Arnould appliquait les règles du rationnement dans leur plus grande rigueur. C'est à cause de lui que Sebastian manquera de lait pensa-t-il. L'homoncule se tourna vers lui et se redressa pour paraître plus impressionnant.

— Je ne crois pas, Monsieur, que vous ayez une quelconque autorisation de vous trouver en ces lieux, remarqua le chef de service.

Joseph sortit sa carte, barrée du drapeau tricolore.

— Police, Monsieur. J'enquête sur une affaire de la plus haute importance sous l'autorité directe du Président Laval, et qui menace la sécurité de l'État Français. Si ma mission l'exige, je suis en droit d'interroger un à un tous les membres du personnel de ce ministère. Je vous ferai convoquer quand je le déciderai.

— Mais, mais, mais Monsieur l'Inspecteur, répondit l'avorton, prêt à se décomposer. Je ne demande qu'à aider la police de notre pays qui a été si longtemps victime de la désinvolture du gouvernement face aux méfaits d'un système politique qui nous entrainait dans le désordre, la corruption et le...

— J'espère, Monsieur, que vous saurez combattre avec efficacité les ennemis du Maréchal, le coupa Joseph. Et que vous observerez la plus grande équité dans la distribution des réserves alimentaires…

— Monsieur l'Inspec…

— … Que vous ne profiterez pas de votre éminente position au sein de ce ministère pour conserver par devers vous des tickets qui permettraient à des mères de nourrir leurs enfants.

— Monsieur l'Ins…

— … Que vous ne garderez pas pour votre consommation personnelle des denrées essentielles à la survie de la population.

— Monsieur…

— … Que vous veillerez à ce que Madame votre épouse respecte scrupuleusement les lois concernant les restrictions alimentaires nécessaires au relèvement de l'économie nationale.

— Mons…

— Vous pouvez disposer! Je vous convoquerais si nécessaire.

Le fieluquet recula jusqu'à la porte comme un courtisan dans la chambre du Roi. Joseph s'attendait à ce qu'il psalmodie « merci, sire, merci, sire. »

— Quel abominable bonhomme ! s'exclama Albertine Rossignol. Je ne peux pas le supporter ! Il est… Il est !... Elle avait un air dégoûté et irrité.

— Je crois qu'il serait plus discret et plus sûr qu'on se rencontre ailleurs, proposa Joseph. Vous habitez Paris ?

— J'ai un petit appartement que je partage avec ma mère, à côté du Sacré-Cœur. Venez ce soir vers 7 heures. Nous aurons le temps de parler avant le couvre-feu. C'est à côté de la place du Tertre.

Elle griffonna l'adresse sur le dos d'une enveloppe. Elle avait des ongles d'une longueur impressionnante. Joseph se demanda comment elle pouvait taper à la machine.

****

La fin de la matinée approchait et Joseph eut l'idée d'aller visiter le restaurant de Thévenet. Il fallait traverser Paris, et il n'avait jamais pris le métro. Pour éviter les correspondances dont il n'était pas très sûr, il rejoignit la station Concorde. En bas de la rue de Bourgogne, la Chambre des Députés avait été, comme le Sénat, transformée en antichambre de la Wehrmacht. Les oriflammes à croix gammée flottaient sur la façade aux cinq colonnes, et des rangées de véhicules militaires encombraient, dans un ordre parfait, les trottoirs du Quai d'Orsay. Joseph traversa le pont où le 6 février 1934 les troupes ligueuses du colonel de la Roque avaient failli prendre le pouvoir. On avait à l'époque hurlé à la démocratie en danger. Ce coup d'État avait bien eu lieu, six ans plus tard.

Une fanfare bruyante défilait au pas de l'oie, suivie d'une colonne de soldats alignés au millimètre. Tout ce beau monde remontait les Champs Élysées. Quelques parisiens isolés suivaient cette démonstration de force tranquille et bon enfant, l'air de ne pas y croire. Ces troupes allemandes qui avaient écrasé l'armée française paradaient comme si elles étaient chez elles. Certains regardaient sans comprendre, d'autres admiraient la puissance qui émanait de cet échantillon d'armée invincible.

Joseph descendit les marches de la station du métro Concorde. Une appréhension ancienne le saisissait comme lorsqu'il devait descendre à la cave chercher une bouteille de vin ou un seau de charbon. Il assimilait les sous-sols à un univers sombre et inquiétant. Le premier niveau de la station était éclairé, lumineux grâce à ses murs carrelés de blanc. Les réclames qui les ornaient mettaient un peu de couleur. Il s'approcha du guichet et demanda un carnet. Derrière la vitre, une femme leva lentement les yeux de son tricot, sortit les tickets d'un tiroir et attendit que Joseph sorte sa monnaie. De son côté, il attendait qu'elle lui donne le prix.

— C'est combien ? finit-il par demander.

— Savez pas lire ? répondit-elle avec un accent parisien digne de Jean Gabin. Elle pointa une de ses aiguilles vers une petite affiche où les prix étaient indiqués.

Il sortit 1,30 Francs de son porte-monnaie.

Elle lança le carnet sur la tablette, ramassa les pièces avec une dextérité reptilienne et reprit son ouvrage sans un mot. Joseph chercha à s'orienter dans la station. Il s'approcha d'un plan, et suivit son itinéraire avec le doigt. La station recevait deux lignes. Il suivit facilement la direction Château de Vincennes et descendit jusqu'au quai. Ce monde souterrain le fascinait. Il imaginait les rames jaillissant de ses tunnels gigantesques, essayait de comprendre le système de circulation, la signification des panneaux en bout de quai, et la vie des conducteurs, condamnés à passer leurs journées entre la pénombre des tunnels, et le fugace éclairage des stations. Il s'avança vers le milieu du quai et lorsque la rame fut arrêtée, s'avança pour ouvrir une porte.

Une main le repoussa violemment. Le visage congestionné d'un homme en civil le regardait comme s'il s'apprêtait à commettre un crime de lèse-majesté. L'homme sortit de sa poche une carte barrée de la Gestapo et montra le panneau au plafond signalant la position des wagons de Première classe. « Réservé Police allemante ! » dit-il avant de monter. Joseph lui fit un grand sourire, et alla chercher un wagon de seconde. Il monta au moment où les portes se refermaient. Manfred devait être un des rares exemplaires aimables de la représentation nazie.

Peu de monde dans ce métro. Tous les parisiens n'étaient pas encore rentrés de leur fuite éperdue. Joseph resta debout, et son regard parcourait tous les détails du wagon : la décoration des portes, marqués du sceau « CMP », l'élégante courbe des bancs en bois face à face, qui ne devaient pas être très confortables sur de longs trajets. Arrivé à la station Bastille, il vérifia que le cerbère gestapiste ne sortait pas en même temps que lui. Il avait beaucoup entendu et lu sur ces gens-là, et savait qu'ils n'étaient pas très rigolards. Dotés de tous les pouvoirs politiques, policiers, et parfois judiciaires, ils embarquaient qui ils voulaient, aussi longtemps qu'ils voulaient, parfois définitivement. Lorsque la rame s'ébranla et que le wagon de première classe passa devant lui, il aperçut l'homme en grande discussion avec un officier allemand. Provisoirement sauvé des griffes de la Gestapo, pensa-t-il.

Un grand soleil illuminait la place, déserte, à part un livreur à cheval et un vélo-taxi qui roulait sur les voies sans voiture. Quelques véhicules militaires allemands stationnaient autour de la colonne de Juillet. Joseph ne pouvait se défaire de cette étrange impression que Paris ne ressemblait pas à la ville qu'il avait imaginée, alors qu'elle ne semblait pas en guerre. L'omniprésence des soldats allemands, les panneaux indicateurs en bois et les drapeaux à croix gammée faisaient penser à un décor de cinéma. Qui n'avait pourtant rien d'éphémère, pensa Joseph.

Le restaurant « Les Grands Jours d'Auvergne » était situé passage du Cheval Blanc.

Allemands et Français se partageaient la terrasse. Deux camps bien distincts, mais respectant un armistice en buvant chacun pastis, blanc-cas, ou Campari. Une sonnette tinta lorsque Joseph ouvrit la porte. Les tables étaient beaucoup plus occupées que dehors, et le bar était caché par les nombreux habitués. Des jeunes gens, en costume et chapeau blanc, lavallière au col. Leurs cannes étaient accrochées au bar, à portée de main. Joseph en avait vu quelques exemplaires à Clermont. Camelots du Roi, Croix de feu, Action française, on reconnaissait leurs représentants à l'uniforme civil qu'ils arboraient fièrement, voulant se montrer différents des autres. Leurs cheveux gominés luisaient sous l'éclairage. Joseph détestait ces apprêts. La réciproque était vraie, apparemment, car tous les visages se tournèrent vers lui, sans un sourire, et jaugèrent l'intrus qui osait entrer dans ce panthéon de la réaction. D'un signe de tête, le patron lui indiqua une table libre d'où il pouvait être vu du bar. Il était à peine assis qu'on déposait devant lui une assiette de salade de haricots et de bœuf bouilli. Il leva les yeux. Le serveur ne lui laissa pas le temps de réclamer : « Rationnement. Et puis il est tard, y'a que ça, et des œufs au lait en dessert. » Il repartit vers la cuisine sans que Joseph ait pu lui répondre. Il mangea lentement. Les conversations avaient repris, mais il sentait des regards constamment posés sur lui. Il sortit de sa poche le numéro de *La Montagne* qu'il avait lu dans le train, plus pour s'occuper l'esprit et ne pas montrer qu'il se mettait en mémoire les mines plus ou moins avenantes des clients du bar, que pour trouver des informations. Il sentit un mouvement parmi les jeunes gens accoudés au bar. Deux d'entre eux se levèrent lentement et prirent la direction des cuisines.

Le patron apporta les œufs au lait. Il y en avait un peu plus qu'un dé à coudre. Joseph le regarda.

— Je voudrais rencontrer Monsieur Thévenet. Pouvez-vous l'informer de ma présence ?

— Y'a pas de Thévenet ici, répondit l'autre, mauvais. Et même qu'il y en aurait un, je vois pas ce que vous auriez à lui dire. Si c'est pour lui vendre votre journal communiste, vous pouvez en faire ce que je pense avec. On lit des journaux patriotiques ici, Monsieur. C'est 10 Francs.

Il tendit la main, le visage fermé. Ce n'était pas la peine d'espérer prendre un café ici. La réaction du cafetier et des clients était claire. À Paris comme à Clermont, les ramifications de l'extrême-droite retrouvaient pignon sur rue.

Joseph avait du temps pour réfléchir à la situation. Il décida de rejoindre Montmartre à pied, et ne remarqua pas que deux jeunes hommes sortaient derrière lui.

****

Joseph arriva place Pigalle et commença à gravir les escaliers de la Butte Montmartre. Il avait pensé jouer les touristes et prendre le funiculaire, mais une pancarte annonçait que l'appareil était réservé aux forces d'occupation.

Il avait déjà vu des photos de la basilique, mais en arrivant au pied de cette consternante construction, il fut encore plus effrayé à l'idée qu'un esprit humain sain ait pu concevoir une telle horreur. Ce qui ne semblait pas déranger les cohortes de visiteurs teutons qui se bousculaient sur le parvis pour se prendre en photo. Il réussit à contourner l'édifice et à rejoindre la rue Cortot où habitait Albertine Rossignol. Elle regardait par la fenêtre, lui fit un signe de la main et le rejoignit rapidement.

Elle avait troqué son ensemble de bureau pour une tenue plus sport composée d'une courte robe short serrée à la ceinture. Sur la poche de poitrine de son chemisier en lin, elle avait brodé ses initiales.

— Où pourrions-nous aller ? demanda Joseph. J'avais pensé à l'intérieur de la basilique, mais la densité de boches doit être encore plus impressionnante.

Elle se tourna vers lui, effrayée.

— Attention à ce que vous dites, malheureux ! Vous ne savez donc pas qu'il est interdit de prononcer certains mots ? (Elle chuchota :) On dit que les Allemands ont arrêté et emprisonné des Parisiens qui avaient parlé d'eux comme vous l'avez fait. Vous venez de la zone libre, n'est-ce pas ? Vous ne pouvez vous rendre compte de ce que c'est ici. « Ils » ne sont là que depuis deux mois, mais déjà, beaucoup de choses ont changé. Ils pourraient paraître inoffensifs, mais ne vous y fiez pas. Vous savez où on va aller ? Un endroit où personne ne nous dérangera !

Elle le prit par le bras (« nous paraîtrons plus naturels ») et le conduisit rue Lepic qu'ils descendirent jusqu'à l'entrée du cimetière de Montmartre. Ils parlaient peu, évitaient de regarder dans les yeux les soldats ou les officiers allemands qu'ils croisaient. Joseph sentait la tension dans le bras d'Albertine et éprouvait une émotion particulière à se trouver si près d'une jolie femme qui n'était pas Sabine. Quand ils furent dans l'enceinte du cimetière, les bruits alentours s'estompèrent, et il leur sembla être au milieu d'un jardin fleuri. Joseph s'écarta d'Albertine en évitant de la regarder. Elle ne paraissait pas avoir remarqué son trouble.

— J'aime bien me promener ici, dit Albertine. C'est comme un grand jardin. Très calme. Souvent fleuri.

Joseph ne dit rien. En regardant les tombes, il voyait celles de Sabine et de sa fille.

— Vous me disiez que vous aviez quitté Paris le 10 juin ? demanda-t-il pour dissimuler sa tristesse.

— Oui. Quelle panique ! Mais nous savions qu'un départ allait avoir lieu : dans toutes les administrations, on faisait des cartons, parfois on brûlait les documents qui ne devaient pas tomber aux mains de l'ennemi.

— Mais l'armée se battait encore ! s'écria Joseph.

— Bien sûr, mais nous avions déjà le sentiment que la bataille était perdue... Pensez que dès le 7 juin les archives du ministère de l'information étaient envoyées à Moulins. Le gouvernement avait affrété plusieurs trains spéciaux pour que tous les parlementaires puissent rejoindre la Touraine dans les meilleures conditions. Le Président Raynaud était parti la veille, vers 11 heures, sans prévenir beaucoup de monde. Il fallait éviter la panique, et on ne voulait pas que les Parisiens se rendent compte qu'ils étaient seuls.

— Vous avez donc pris un de ces trains spéciaux ?

— Non. Monsieur Ferrand préférait garder une liberté de mouvement, et avait organisé un convoi de quelques véhicules. Nous sommes partis à 4 heures du matin. Les routes étaient encombrées de milliers de voitures, de camions, de charrettes, de piétons ! Et encore ! Je crois que nous sommes partis juste avant que les Parisiens ne fuient en masse. Nous avons mis plus de cinq heures pour arriver à Orléans !

— Où était-il prévu de retrouver les autres parlementaires ?

— Personne ne savait vraiment où nous allions… Nous nous en sommes rendus compte en regardant la carte, dans la voiture. Le Président de la République et le Président Raynaud étaient à quelques kilomètres l'un de l'autre … mais avec les difficultés de circulation, il était presque impossible de communiquer !

— À part l'inquiétude de la situation, politique, M. Ferrand vous a paru perturbé ?

— Non, pas du tout. Il était très concentré, comme à son habitude quand il travaillait.

Ils discutèrent longtemps. Albertine Rossignol avait une mémoire exceptionnelle et avait pu reconstituer l'emploi du temps de Ferrand tout le temps où elle avait été en sa compagnie, jusqu'au renvoi des secrétaires le 14 juin, alors que l'armée allemande entrait dans Paris, ville ouverte. Ils avaient déambulé dans toutes les allées du cimetière Montmartre, et avaient utilisé tous les bancs publics. Ils sortirent du cimetière sous l'œil méfiant du gardien qui les soupçonnait visiblement de s'être livrés à des pratiques que la morale réprouve.

— Vous connaissez un endroit où on pourrait manger tranquillement ? Je vous invite, proposa Joseph, mû par une inspiration soudaine.

— Vous êtes gentil, mais je dois m'occuper de Maman. Vous êtes encore là demain ? À midi, ce serait parfait ! Nous déjeunerons à côté du bureau. En attendant, venez, je vais vous montrer les petits coins tranquilles de Montmartre !

Albertine voulait éviter la place du Tertre, occupée par des régiments en visite. Elle emmena Joseph au pied de la butte par la rue des Trois Frères. Ils remontèrent les escaliers de la rue Chappe et tournèrent dans la rue Gabrielle. Un claquement sec fit se retourner Joseph. Un homme essaya de se dissimuler dans une encoignure de porte, mais Joseph avait reconnu l'un des clients des Grands jours d'Auvergne. Il serra le bras d'Albertine et lui demanda de presser le pas. Deux autres hommes surgirent de l'angle de la rue du Calvaire. Ils avaient une canne dans la main droite, et une petite matraque retenue par une dragonne dans la main gauche.

— Si je pratiquais l'art de la litote, dit Joseph à mi-voix, je dirais qu'on cherche à me nuire.

— Vous les connaissez ?

— Pas personnellement, mais je pense que j'ai dérangé leur patron en venant à Paris.

Il se retourna. Deux loustics étaient arrivés dans la rue Gabrielle, leur coupant toute possibilité de fuite.

— Éloignez-vous, demanda Joseph, ce n'est pas à vous qu'ils en veulent.

— J'ai bien trop peur ! Je préfère rester avec vous !

Ce n'était pas une bonne idée. Elle allait le gêner dans ses mouvements. Un des hommes s'avança.

— Alors, Monsieur le fouineur, tu ferais mieux de visiter Paris au bras de jolies donzelles plutôt que d'aller dans des endroits qui ne sont pas pour toi.

Tout en souriant, il s'approcha d'Albertine, lui agrippa le bras et l'envoya valdinguer contre la façade de l'immeuble. Elle lâcha son sac à main.

Joseph profita que l'homme suivait la trajectoire de la jeune femme pour lui envoyer un direct en pleine face. Il sentit le cartilage du nez s'écraser. L'homme s'effondra. Le sang aspergeait son plastron.

— Attrapez-le, Bon Dieu, et pas de quartier !

Albertine s'était accroupie dans un renfoncement et assistait, impuissante, à l'encerclement de Joseph par les quatre agresseurs restant. Elle ne respirait plus, les yeux fixés sur les cannes qui fendaient l'air.

La tactique des assaillants était claire, et Joseph reconnut la manière de faire des ratonnades. Ils le repoussaient contre un mur, pour l'attaquer de front, disposés en éventail. Sans arme, et sans grande habitude du combat rapproché, il réussissait cependant à éviter les coups les plus violents, dont un seul aurait pu lui casser le bras. Il arrêta la trajectoire d'une canne en bloquant le poignet d'un de ses adversaires. Il lui fit une clé au bras qui le déstabilisa, et pendant qu'il tombait à genoux, Joseph tira pour lui déboîter l'épaule. Il devait reculer malgré tout devant la vigueur des assaillants. Il ne vit pas le sac d'Albertine. Son pied droit se prit dans une des anses. Il tomba en arrière, et ne put se raccrocher à rien.

Ses agresseurs n'attendaient que cela. Ils laissèrent les cannes pour bourrer Joseph de coups de matraque et de coups de pied, en visant les parties les plus sensibles. Joseph sentit une côte se briser. Albertine hurlait sans discontinuer. Elle entendit enfin une course venant des escaliers menant à la rue St Eleuthère. Cinq soldats allemands se précipitaient vers le groupe. Laissant Joseph à terre, les types prirent leurs jambes à leur cou. Le dernier avait été un peu moins rapide que les autres. Il arrivait à l'angle de la rue Gabrielle quand un des Allemands sortit son pistolet, et lui tira dans le dos, sans sommation. L'un des soldats s'était agenouillé sur Joseph. Il avait mal partout, ne pouvait ouvrir l'œil gauche et essayait de cracher le sang qui encombrait sa bouche. Trois dents tombèrent sur le pavé. Il entendait prononcer son nom, mais avait trop mal pour répondre. Quand on essaya de le redresser, il hurla.

— Joseph ! entendit-il encore.

Il ouvrit son œil valide et reconnut son sauveur.

— Manfred !

Et il s'évanouit.

20 mai 1917

Mon cœur, ma vie mon âme,
Je désespère d'être sans nouvelle de toi. Les généraux
interdisent donc d'écrire à son amour ?
Je ne veux pas croire que tu aurais pu être emporté par
une balle, ou pire... Tu ne le peux pas, tu ne le peux plus.
Je ne peux attendre de te revoir en permission pour te
l'annoncer, la surprise serait trop grande... Tu vas être
papa ! J'espère que cette nouvelle t'aidera à être fort et
à rester en vie.
Je t'aime
Ton Élise.

11

*Les restaurants donnant des repas à prix
fixes et ayant fait subir à leurs menus des
réductions de plats doivent soumettre au
comité départemental de surveillance des prix
dans les huit jours de la date de la
promulgation du présent décret, les prix qu'ils
pratiquaient.*

*Le comité se prononcera sur les
abaissements de prix opérés compte tenu des
réductions apportées à la composition des
repas.*

Extrait du *Journal Officiel* du 5 août 1940.

Joseph faisait l'inventaire des endroits où il n'avait pas
mal. Une sensation de fraîcheur recouvrait son front. Il
essaya de lever un bras. Des élancements douloureux se
diffusèrent partout. Son œil droit était occulté par une
compresse.

— Ne bougez pas.

Il reconnut la voix d'Albertine, mais ne pouvait ouvrir les yeux. Une main se posa sur la sienne.

— Tout va bien, dit-elle doucement. Vous êtes chez moi. Un médecin est venu. Vous avez deux côtes cassées et des contusions un peu partout, mais vous avez évité le traumatisme crânien. Il vous a donné des analgésiques. C'est terrible à dire, mais... heureusement que les Allemands étaient là ! Ces affreux bonshommes voulaient vraiment vous tuer. Le soldat que vous avez appelé Manfred pensait vous emmener à Lariboisière. C'est là qu'ils soignent leurs blessés. Mais j'ai eu trop peur qu'on ne vous retrouve pas !

— ... Jour ? essaya de demander Joseph, ce qui déclencha une douleur intense à la tête.

— Vous avez dormi plus de vingt-quatre heures ! Nous sommes lundi. J'ai pu vous garder à la maison, et m'occuper de vous ! Vous pouvez ouvrir les yeux ?

Joseph essaya de lever les paupières. Les volets étaient fermés et des traits de lumière éclairaient le visage d'Albertine assise à côté de lui. Il ferma les yeux et se rendit compte qu'il était nu sous le drap. Il se sentit rougir. Albertine s'en aperçut.

— Ce sont les soldats qui vous ont mis au lit. La fièvre est tombée, mais vous avez beaucoup parlé dans votre sommeil. Vous appeliez Sabine. C'est votre femme ?

La mâchoire endolorie, Joseph lui raconta l'accident avec difficultés. Son désespoir. Sa volonté de retrouver l'assassin. Ses recherches. Son envie de disparaître aussi. Il lui parla d'Irène qui était restée près de lui. De ses parents qui n'avaient jamais pris de nouvelles. Albertine s'était assise à côté du lit, lui avait pris la main. « Mon pauvre ami, murmurait-elle. Comme vous avez souffert. » Elle lui caressa la joue et se leva.

Raconter son histoire avait libéré Joseph. Il était épuisé. Albertine était la première à qui il s'était confié ainsi. Peut-être parce qu'il savait qu'il ne la reverrait jamais Elle se retourna avant de sortir et le regarda avec affection. Joseph ne put s'empêcher d'admirer sa silhouette de son œil valide.

— Je vous laisse un moment. Je dois m'occuper de ma mère et faire quelques courses. Reposez-vous. Je reviens à midi.

Joseph s'endormit comme une masse.

Une envie pressante le réveilla. Les douleurs s'étaient atténuées. Il repoussa le drap et s'assit sur le lit. La tête lui tourna un peu et chaque respiration était douloureuse. Il se mit debout avec beaucoup d'efforts et eut du mal à garder l'équilibre. Son pantalon était posé sur un dossier de chaise. Il l'enfila et sortit de la chambre. L'appartement était silencieux. La première porte qu'il essaya était celle des cabinets. Il constata avec soulagement que son urine n'était pas rouge. Quand il revint dans la chambre, une vieille dame était à côté du lit. Elle parlait toute seule.

— Tu devrais avoir honte Jean Jacques ! Je t'ai toujours dit que tu devais faire ton lit avant d'aller au travail. À cause de toi, les oiseaux vont s'envoler et on ne pourra rien manger ce soir !

Joseph se demanda s'il était encore inconscient ou s'il vivait dans un autre monde. La vieille dame grommelait en secouant les draps dans tous les sens comme si elle recherchait quelque chose. Elle n'avait pas vu Joseph qui ne savait pas où se mettre. La porte de l'appartement s'ouvrit et Albertine s'approcha de lui.

— Vous n'auriez pas dû vous lever ! Dans votre état… Et… voici ma mère… Je suis désolée. Elle est un peu confuse. Je vais la chercher.

Elle s'approcha de sa mère, lui prit la main et lui parla comme à un enfant. La vieille dame se calma peu à peu, et suivit Albertine. En passant devant Joseph, elle le détailla de haut en bas.

— Tu n'es pas assez habillé pour l'hiver, mon petit Hyacinthe, tu devrais mettre un chapeau pour couper du bois. Tu n'écoutes rien de ce que je te dis. C'est pour ça que tu es mort.

— Viens Maman, insista Albertine. Tu dois aller te reposer.

— Oui Geneviève. Tu as raison. Et après j'irai à la messe.

Joseph s'effondra sur le lit. Il n'avait jamais été confronté à la sénilité. L'irrationalité lui faisait peur, et le discours de la mère d'Albertine, dans son extravagance, le perturbait. Albertine entra dans la chambre. Un peu décoiffée, elle était charmante.

— J'aurais dû fermer la porte de sa chambre. Je le fais quand je vais au travail.

— Elle est… comme ça depuis longtemps ?

— Quand mon père est mort, en 32, elle a peu à peu sombré dans la folie. L'âge n'a pas arrangé les choses, comme vous avez vu.

— Qui sont Jean-Jacques et Hyacinthe ?

— Elle invente des noms sans arrêt. Elle ne parle jamais aux mêmes fantômes… Comment vous sentez-vous ?

— Broyé, mais en vie.

— Vous allez arrêter ces types ?

— Tout seul, ça me paraît difficile ! Et je pense que Thévenet a des soutiens importants. C'est de Clermont que je pourrais agir. Je dois rentrer vite.

— Vous n'y pensez pas ! Le médecin a dit de vous reposer une semaine !

— Je ne peux pas attendre, Albertine. Mais je veux bien que vous me rendiez le service d'aller chercher mes affaires et acheter mon billet de train. Je voudrais partir demain.

— Oh oui ! Je suis heureuse de pouvoir vous aider ! Mais d'abord il faut manger.

Elle se dirigea vers la porte. Son corps était éclairé par des rayons de soleil qui traversaient les volets. Joseph se surprit à avoir une réaction masculine qu'il n'avait pas connue depuis des mois. Heureusement, elle ne la vit pas.

Il se régala d'un bol de bouillon, de pain, de fromage, et d'une pomme. Puis Albertine le borda soigneusement et lui promit de fermer la porte de sa mère. Il lui indiqua l'adresse de son hôtel et elle prit la clé de la chambre. Quand elle se pencha pour installer l'oreiller, leurs yeux se croisèrent. Joseph lui prit la main et l'attira doucement vers lui. Elle l'embrassa sur le coin de la bouche, lui caressa la joue. Elle était partie.

Joseph essaya de se concentrer sur son enquête et ce que lui avaient appris ses rencontres. Ferrand ne s'était pas fait de copains en mettant la Cagoule à genoux. L'organisation se croyait-elle invincible, maintenant que le pouvoir avait changé, comme le pensait Vendroux ? Elle s'était permis de tirer en pleine rue sur Nestor, puis sur Champeix ; pourquoi ne pas assassiner le sénateur qui avait contribué à sa dissolution ? Pourtant, la manière dont Ferrand avait été tué ne ressemblait pas à un meurtre de sang-froid. Il répondait à une impulsion. Ferrand était-il fidèle à la belle Bérengère ? Un mari jaloux aurait pu suivre le sénateur là où il avait ses rendez-vous galants ? Le sommeil s'emparait peu à peu de Joseph.

Il s'endormit, un sourire aux lèvres.

Un frôlement le réveille. Il sent le parfum d'Albertine. Elle porte une chemise de nuit légère. Elle enjambe Joseph et se penche vers lui pour l'embrasser. Son sein est ferme et doux. Elle sourit. Se redresse et croise les bras pour remonter sa chemise de nuit. La main de Joseph glisse le long des cuisses d'Albertine. Elle gémit. Elle hurle.

— Les boules blanches sont sorties du gâteau ! Elles vont chercher du charbon !

— Ne fais pas tant de bruit, Maman ! Il est tard !

Joseph tenta de se redresser, mais la douleur fut trop vive. Albertine essayait de calmer sa mère. Il fallut la convaincre que les « boules blanches » étaient allées se coucher pour qu'à son tour elle retourne dans sa chambre.

Albertine entrebâilla la porte.

— Je suis désolée… Elle est très perturbée.

— Elle n'est pas habituée à avoir quelqu'un chez elle, la rassura Joseph. Je partirai demain et tout rentrera dans l'ordre.

— J'aurais préféré que vous restiez un peu pour vous reposer, répondit-elle, et peut-être ne pensait-elle pas seulement à du repos. J'ai votre valise. Essayez de dormir encore un peu.

Elle referma la porte. Joseph s'enfonça dans un sommeil sans rêve.

12

*Nous, Maréchal de France, chef de l'État
français,*
Le conseil des ministres entendu,
Décrétons :
*Est nommé secrétaire général à la famille et
à la jeunesse :*
*M. le général d'Harcourt, commandant de
corps aérien.*

Extrait du *Journal Officiel* du 6 août 1940

Léon Jourde avait déposé un message à l'intention de
Jocelyn à la réception de La *Montagne* : « Retrouve-moi,
mon TCF, sous le chêne du Parc à 10h. A∴ F∴, L∴
J∴ ». Jocelyn ressentit une certaine fierté à être
considéré comme « Très Cher Frère », alors qu'il n'était
qu'apprenti de la loge des Enfants de Gergovie. Il aurait
dû être initié lors de la tenue du mois de juin, mais la
situation politique et militaire avait obligé l'Ordre à la
repousser sine *die*.

La loge avait organisé un repas de trois cents personnes
lors du Congrès des Loges du Centre pour l'inauguration
de son temple en 1933, mais la situation s'était
rapidement dégradée. Les opposants à la franc-

maçonnerie n'hésitaient plus à mettre en avant le risque que représentait ce ramassis de sociétés secrètes aux rites initiatiques proches du paganisme et forcément hostiles au catholicisme, fondement de la société. Une proposition de loi avait été déposée au bureau de la Chambre des Députés pour en demander l'interdiction quelques mois avant la guerre. Depuis, les huisseries du Temple de la rue Couthon avaient été renforcées et blindées.

Prétextant une course urgente, Jocelyn quitta le journal sans en avertir Alexandre Varenne. Franc-maçon lui-même, le patron de *La Montagne* affichait la plus grande discrétion. Jocelyn l'avait vu à certaines tenues, mais Varenne n'avait jamais fait allusion à leurs rencontres en dehors du Temple.

Le tram déposa Jocelyn devant les thermes de Royat et le journaliste grimpa rapidement l'avenue Bargoin qui menait au parc du même nom. D'ordinaire animé par la circulation des curistes, le quartier était silencieux. La plupart des réservations avaient été annulées et les quelques piétons qui déambulaient étaient des réfugiés à la recherche d'épiceries ou de boulangeries. Jocelyn pensa à la famille qu'il avait conduite au camp du Pré-la-Reine et se demanda s'ils s'habitueraient à la vie du camp. Il était prêt à parier que non. Il arriva essoufflé et transpirant. Léon Jourde était déjà là, et ne tenait pas en place. Il regardait sa montre de gousset avec impatience, surveillait les abords avec circonspection et jetait des regards affolés aux quelques promeneurs, comme s'ils avaient pu distinguer l'emplacement de son tablier maçonnique à travers son costume pied-de-poule.

Il ne donna pas l'accolade traditionnelle à Jocelyn et sa main était moite. De petites gouttes de sueur perlaient sur sa lèvre supérieure.

— Viens, chuchota-t-il, si nous marchons, nous aurons l'air plus naturel.

Jocelyn lui emboîta le pas et attendit que les idées s'organisent.

— J'ai lu ton article sur la mort du frère Ferrand. Tu as bien fait de ne pas parler de la confrérie. Nous sommes plus menacés que jamais.

Jocelyn avait remarqué que certains frères faisaient preuve de paranoïa et n'affichaient jamais leur appartenance à la loge des Enfants de Gergovie, même si la plupart d'entre eux étaient connus et reconnus comme maçon et ne cherchaient pas à dissimuler leur identité par un foulard ou un chapeau leur tombant sur les yeux.

Jocelyn proposa une cigarette à Jourde, espérant qu'il se détendrait un peu. Après avoir refusé, il accepta, comme s'il commettait une infraction. Sa main tremblait quand il porta la cigarette à sa bouche.

— Nous sommes en grand danger, finit-il par lâcher.

— Tu penses que la loge est visée ? demanda Jocelyn. Il avait adopté sans réfléchir le tutoiement. Jourde ne s'en offusqua pas et semblait même ne pas avoir entendu.

— C'est une question de jours, mais l'Ordre est condamné à mort.

Malgré la chaleur, Jocelyn sentit un frisson le parcourir. Certains intellectuels, comme Jean-Marquès Rivière ou Bernard Faÿ parlaient le plus sérieusement du monde de la dictature de la franc-maçonnerie.

Jourde sortit une feuille de papier de sa poche.

— Lis.

C'était un extrait du *Moniteur* du 4 août. L'auteur annonçait un projet de loi visant à dissoudre les « sociétés secrètes », responsables selon lui de « l'œuvre de désagrégation morale, de désordre, de gaspillage dont on a vu se développer les effrayants effets jusqu'au désastre final. »

— Ils sont très forts, commenta Jocelyn. Ils préparent l'opinion à notre exécution. Et c'est tellement facile de rendre les autres responsables des catastrophes. En 39, on a interdit le parti communiste, maintenant c'est nous… et après ?

— Les juifs sont dans le collimateur, continua Jourde. L'année ne passera pas sans qu'ils soient eux aussi attaqués.

— Tu as prévenu les autres frères ? demanda Jocelyn.

— Bien sûr. Tout le monde est au courant. Nous allons commencer à vider le Temple et à cacher les objets précieux. Une réunion doit avoir lieu bientôt pour désigner un Grand-Maître après la mort d'Étienne.

— Il aura une lourde tâche pour organiser la Résistance, conclut Jocelyn.

****

Albertine déjeunait d'un bol de chicorée quand Joseph sortit de sa chambre. Elle était debout à côté de la table de la cuisine. Elle voulut se tourner pour préparer un bol, mais il l'arrêta en lui prenant la main. Elle le regarda dans les yeux.

— Comment vous sentez-vous, après cette nuit agitée ?

— Quelques courbatures, mais votre Maman n'y est pour rien.

— Allez-vous supporter le voyage en train ? Vous êtes en piteux état.

— Je l'aurais été beaucoup plus si vous n'aviez pas été là.

Albertine serrait fort la main de Joseph qui s'approchait de son visage.

— Vous ne voulez pas de chicorée ?

Joseph leva la main droite et la passa derrière la nuque d'Albertine. Leurs visages se touchaient presque.

— Je voulais vous rendre ceci. Et vous remercier.

Il déposa un léger baiser sur ses lèvres.

— Il faut nous dépêcher, sinon vous allez rater votre train.

Joseph but deux gorgées de chicorée et rejoignit Albertine qui était dans le couloir.

— Où est votre mère ?

— Je l'ai enfermée dans sa chambre. C'est terrible. Je la traite comme une prisonnière. Mais je ne sais pas quoi faire…

Joseph garda le silence. Il avait entendu que l'Allemagne finançait des lieux d'hébergement destinés aux vieillards. La rumeur disait qu'ils disparaissaient sans laisser de trace. Mais les hospices français n'étaient peut-être pas la solution non plus.

Arrivés au pied de l'immeuble, elle lui montra un café.

— Si vous voulez, vous pouvez laisser un message à René, le propriétaire. Regardez le numéro, il est facile à retenir : Montmartre-14-18.

— Idéal pour un ancien combattant ! dit Joseph

Ils prirent le métro jusqu'à la station Concorde où Albertine laissa Joseph sur le quai en direction de la Gare de Lyon. Joseph n'aimait pas les adieux. Il avait laissé un baiser sur la tempe de Sabine le dernier jour. Elle avait souri dans son sommeil, avait murmuré « chéri » et s'était enfoncée dans le sommeil du matin. Albertine était devant lui, radieuse, impatiente. Ils s'approchèrent l'un de l'autre. Joseph leva la main et la posa sur sa joue. Elle pencha la tête et embrassa sa paume. Un sourire, et elle fit demi-tour. Joseph la suivit jusqu'à ce qu'elle disparaisse au détour du couloir. Il chercha son paquet de cigarette. Un officier allemand qui avait observé le jeune couple lui en proposa une.

— Non merci, dit Joseph froidement en mettant une cigarette à sa bouche.

Un homme s'approcha de Joseph.

— Bravo, jeune homme ! Vous l'avez bien mouché ! murmura-t-il.

Une rame sortait du tunnel. Les passagers montèrent les uns après les autres, évitant soigneusement les premières classes.

****

Main dans la main, Jocelyn et Valérie entrèrent dans le camp du Pré-la-Reine. La chaleur était encore soutenable, et ils profitaient de la fraîcheur relative du matin pour rendre visite à Simone Kahn. Jocelyn ne l'avait pas revue depuis sa rencontre avec les réfugiés d'Arc-et-Senans, et il voulait la présenter à Valérie. Cette femme avait vécu des moments douloureux. Jocelyn pensait que voir des nouvelles têtes lui apporterait un peu de réconfort. Ils la trouvèrent à la porte du baraquement réservé aux femmes seules. Elle avait trouvé une chaise, et prenait le soleil en lisant un numéro de *Modes & Travaux*. Elle leva les yeux et sourit en voyant Jocelyn.

— Je suis venu prendre des nouvelles, dit-il. C'est mon métier, non ? Et j'en profite pour vous présenter ma femme, Valérie.

Simone alla leur chercher un café qu'elle gardait au chaud sur une cuisinière et ils prirent deux chaises pour « faire terrasse ». Il y avait des endroits plus réjouissants, mais chacun s'était adapté à la situation : des milliers de Français n'étaient pas chez eux et avaient reconstitué un espace rassurant, fait de petits riens qui les rattachaient à une certaine stabilité. Simone avait quitté son domicile depuis deux mois, mais elle semblait avoir pris possession de son environnement de baraquements et de terre battue.

— Avez-vous des nouvelles de votre mari ? demanda Jocelyn.

— Aucune. Il peut être n'importe où, vivant ou mort. Tout a pu lui arriver mais je me rassure puisque je n'ai pas reçu d'avis de décès…

Ils gardèrent le silence un moment, ne sachant comment relancer la conversation, et surtout comment rassurer Simone sur la situation. On disait que les bombardements allemands avaient fait plus de 50 000 victimes sur les routes.

— Jocelyn m'a dit que vous étiez très occupée ici, lança Valérie.

— C'est le moins qu'on puisse dire ! répondit Simone. Il n'y a jamais assez de personnel et les soins sont nombreux. Nous avons réussi à soigner la plupart des blessures, mais on craint l'arrivée d'infections plus graves. La chaleur favorise les contagions.

— Comment se passent les relations avec vos voisins et voisines ? demanda Jocelyn, car enfin, un camp comme celui-là n'est pas tout à fait comme un camp scout ! Les gens ne sont pas là de leur plein gré… Je pense à la famille que j'ai amené le jour où nous nous sommes rencontrés, ils ne doivent pas être commodes, et toujours prompts à se plaindre.

Le visage de Simone devint livide.

— Si vous saviez…

— Que s'est-il passé ? demanda Valérie en posant sa main sur le bras de Simone.

— Vous savez que mon mari est d'origine juive. Et que je porte son nom. Aujourd'hui, cela suffit à faire de vous une paria, rejeté par la plupart de vos concitoyens. Cette famille dont vous parlez a entendu mon nom, et depuis…Tous les habitants du camp ne sont pas comme eux, bien sûr, mais je sens que les regards ne sont pas les mêmes qu'avant. Certains m'ignorent totalement, d'autres n'hésitent pas à lancer des phrases à mi-voix quand ils me croisent…

— Mais personne ne vous défend ?

— Le Docteur Morel est le seul qui a réagi face aux parents du petit Luc, mais il n'est pas toujours là et les autres, sur lesquels je croyais pouvoir compter, sont très discrets dans leur soutien. Quelques sourires, sans plus.

— Avez-vous des « amis » ? demanda Valérie.

— Ce mot n'existe pas ici. Ceux avec qui j'avais des relations ont peur de représailles, les autres craignent de ne pas montrer assez d'ardeur dans leur lutte contre les juifs qui, comme vous savez, veulent « partir à la conquête du monde… »

L'esprit cartésien de Valérie s'indignait et ne pouvait accepter les arguments que lui présentait Simone.

— Mais il n'y a rien de logique dans tout cela. On ne peut pas aller voir ces gens et leur expliquer une bonne fois pour toutes ?

Jocelyn aimait Valérie pour cela : elle fonçait droit devant elle, persuadée que les lumières de la raison pouvaient abattre n'importe quel préjugé. Pour elle la tolérance était une des vertus cardinales de l'esprit humain, et elle se battait sans cesse avec les mots pour faire triompher ses idées, apporter ses arguments, sans jamais les imposer, mais jusqu'à épuisement. Dans une autre vie, elle avait dû être la fille naturelle de Voltaire et Diderot.

— Vous avez vu ce qu'il s'est passé en Allemagne et en Autriche… Qui aurait pu imaginer qu'en quelques années, ces peuples qui étaient à la tête de la pensée humaine soient devenus les pires ennemis de l'humanisme ? On parle déjà de plusieurs centaines de morts après des événements comme la nuit de cristal. On ne peut pas laisser faire ça ! Jocelyn, tu ne pourrais pas en parler dans ton journal ?

— D'abord, ma chérie, ce n'est pas tout à fait mon journal, et le patron a déjà fait des billets sur le sujet. Mais si un journal pouvait changer les choses, ça se saurait.

— Mais c'est possible ! Pense aux réactions après 'J'accuse' : l'opinion publique a changé de bord…

— Elle a accepté l'innocence de Dreyfus, mais elle est restée antisémite. Enfin, une bonne partie d'entre elle.

— C'est vrai. Je m'emballe, mais je ne supporte pas l'injustice…

Elle se leva. Elle marcha un peu le long du baraquement, intensément concentrée. Jocelyn n'aimait pas trop ce regard-là. Il était en général porteur d'idées ou de projets qui confinaient à l'infaisable.

— Je pense à quelque chose…, commença-t-elle.

« *On y est* »

— Accepteriez-vous de changer – provisoirement – de métier ? Vous ne pouvez continuer à vivre cette vie de paria, alors que vous vous dévouez tant pour ces gens ! Ils ne méritent pas votre gentillesse.

Elle se tourna vers Jocelyn.

— Je t'ai parlé d'Irène Dumont ? La sœur de l'inspecteur. Nous nous sommes rencontrées en promenant les enfants au jardin des Plantes. Elle est couturière, et malgré la situation, je crois qu'elle ne manque pas de travail. Nous pourrions lui demander si elle n'a pas besoin d'une assistante, ou d'une aide. Et vous quitteriez cet infâme rassemblement d'antisémites !

— Je ne sais pas si… commença Simone.

— Ça ne coûte rien d'essayer ! Qu'en penses-tu Jocelyn ? (Sans attendre sa réponse, elle continua :) Venez tous les deux. On va tout de suite chez Irène lui demander. Vous reviendrez prendre vos affaires plus tard.

Elle était déjà en route vers la porte du camp. Simone regarda Jocelyn. Il eut un geste d'impuissance face aux forces telluriques qui animaient sa femme.

****

Avant de quitter Paris, Joseph avait appelé le garage où Kowalski passait ses heures de liberté à peaufiner la Bugatti Sport qu'il avait gagnée à la suite d'un pari fructueux. Prudent, Kowalski attendait Joseph dans une discrète Peugeot 202. Il regardait son œil au beurre noir avec inquiétude.

— Ça va aller, le rassura Joseph. J'ai juste l'impression qu'un train me passe dessus à chaque respiration.

Il profita du trajet pour expliquer à Kowalski les liens qui existaient entre Thévenet et la Cagoule, et comment l'Organisation faisait le vide, sûre de son impunité.

— J'ai du mal à croire que Fanfan a pu préparer tout seul le meurtre de Champeix. Il n'est pas assez malin pour ça.

— Tout vu. Mais Brouyard ne sait pas que j'ai vu.

— Explique-moi ça. Et n'oublie rien.

Kowalski raconta comment il avait vu Brouyard traverser la cour du commissariat avec un Fanfan hagard et menotté.

— Brouyard n'avait rien à faire chez nous ! Surtout avec un prisonnier ! s'exclama Joseph.

Brouyard s'était enfermé dans un garage inoccupé. Quand ils étaient ressortis, Fanfan avait un œil au beurre noir (« Plus gros que le tien ! » sourit Kowalski), tenait un pistolet dans sa main droite et affichait un air déterminé.

Une moto était arrivée dans la cour du commissariat et Fanfan avait sauté en croupe.

— Une moto comment ?

— Celle de Goigoux. J'ai reconnu quand j'étais allé chercher delco.

Après le départ de Goigoux et Fanfan, Brouyard avait quitté la cour et Kowalski ne l'avait revu que le lendemain, après la mort de Champeix.

— As-tu entendu ce qu'ils se disaient ?

— Non, et pas voulu approcher plus. C'est le soir que j'ai su.

Kowalski confirma le récit que Brouyard avait fait à Joseph par téléphone. Après que Champeix soit descendu de la Peugeot, la moto s'était approchée à vive allure. Elle avait à peine ralenti pour permettre au tireur d'ajuster Champeix. Fanfan avait fait des progrès, ou avait eu de la chance. Par réflexe, Kowalski avait sorti son arme et abattu Loiseau. Le pilote de la moto ne s'était pas retourné.

— Net et sans bavure, commenta Joseph. Fanfan n'avait aucune chance. Brouyard et son complice savaient à quelle heure tu conduisais Champeix chez lui. Ils ont anticipé sur ton réflexe.

— Mais trop tard… gémit Kowalski.

Joseph posa la main sur son bras.

— Ne te fais pas de reproches. Personne n'imaginait qu'ils iraient aussi vite et aussi loin. Et qu'en moins d'un mois, la police changerait si vite de nature.

—Mais pourquoi tuer Champeix ? demanda Kowalski

Joseph lui expliqua la situation.

— Thévenet est sans doute derrière tout ça… Mais ce que m'a raconté Vendroux prouve que l'entreprise est beaucoup plus vaste. Et que la « nouvelle police » s'installe partout. Tu es sûr de ne pas avoir été vu ?

— Non. Caché derrière voiture.

Joseph tapa du poing sur le tableau de bord, ce qui eut pour effet immédiat de provoquer une douleur lancinante.

— Quand la moto est partie, j'allais voir Fanfan. Je fouillais ses poches et je trouvais ça, dit Kowalski en sortant un mouchoir brodé.

Il était fait de fine dentelle. Une broderie représentait un cœur autour duquel s'enroulaient deux prénoms : « Marthe & Ferdinand. »

— J'étais sûr que la petite Chaput ne me disait pas la vérité quand je suis allé la voir. Je vais y retourner, mais ça attendra un peu…

Joseph renversa la tête sur le dossier, et ferma les yeux. L'histoire s'accélérait. Un officier de police municipale organisait le meurtre d'un commissaire de la brigade mobile. Des soldats allemands sauvaient Joseph d'une bastonnade mortelle… Vendroux avait raison : la frontière entre le Bien et le Mal devenait de plus en plus difficile à cerner et l'ordre nouveau plaçait ses pions à grande vitesse. Les opposants étaient éliminés, les gêneurs supprimés, et les partisans du régime occupaient les postes nécessaires au bon fonctionnement de la jeune administration.

Un silence pesant s'était installé dans l'habitacle. Ils étaient arrivés rue Tranchée des Gras, devant l'immeuble de Joseph et Kowalski avait coupé le moteur.

Kowalski reprit la parole.

— Autre mauvaise nouvelle : Nestor disparu.

Joseph tourna la tête trop rapidement vers son compagnon.

— Aïe ! Disparu ? De l'hôpital ?

Kowalski hocha la tête.

— Sais-tu depuis quand ?

— Hier matin, Bourdet fut à l'Hôtel-Dieu. Nestor pas dans sa chambre. Personne rien vu.

— Ce n'est pas la conclusion du contrat : les tueurs ne se seraient pas emmerdés et auraient descendu Nestor à l'hôpital. Je pense qu'il est allé se mettre à l'abri… Mais où ? Sûrement pas chez lui. Qu'a fait Brouyard ?

— Il a dit « bon débarras » ! Et il veut vider labo.

— Nom d'un chien ! s'emporta Joseph. Il faut aller rapidement récupérer les fichiers d'empreintes. Ce sont des archives importantes. Si elles disparaissent… beaucoup de gredins seront à l'abri !

— Je vais au labo maintenant, le rassura Kowalski. Toi, tu te reposes !

Joseph sortit de la voiture avec peine. Ses côtes l'élançaient au moindre mouvement. Kowalski l'accompagna jusqu'au palier en portant sa petite valise.

Joseph poussa avec soulagement la porte de l'appartement. Il sortit la boîte d'aspirine qu'Albertine avait achetée, en prit trois comprimés et se coucha avec précaution. Les images d'Albertine et de Sabine se confondirent dans son sommeil.

13

À dater de la publication du présent décret, aucun vin ne pourra sortir des chais des producteurs et des vinificateurs avec l'appellation « Côtes du Rhône » sans répondre à toutes les conditions exigées pour cette appellation par le décret de définition d'appellation contrôlée (...)

Extrait du *Journal Officiel* du 10 août 1940.

Goigoux avait surpris Henri Thévenet au petit matin alors qu'il partait rejoindre Alban.

— Monte. Je t'emmène faire une petite balade.

— Mais je dois voir un copain, répondit Henri dont le cœur s'accéléra.

— Tu le verras après.

Devant l'hésitation d'Henri, Goigoux prit un air menaçant.

— Tu te rappelles de notre arrangement ? Je peux aller tout raconter à ton père. Ou alors tu viens gentiment, et il saura jamais rien.

Henri monta dans la voiture l'estomac retourné par l'odeur. Il pressentait ce que Goigoux attendait de lui, mais aujourd'hui il ne se laisserait pas faire. Il tenterait de s'enfuir. Il ne se mettrait pas à genoux devant ce vieux salopard. Le trajet jusqu'à la ferraille de Gerzat s'était déroulé dans un silence qui aurait été total sans le bruit du moteur. Henri s'était mis à trembler. Une forte envie de vomir lui nouait l'estomac.

Arrivés à Gerzat, Goigoux gara sa voiture dans la cour qui sembla encore plus sordide à Henri. Des morceaux de tôle étaient dispersés au hasard devant des squelettes de voiture. Les chiens faméliques aboyaient au bout de leurs chaînes. Henri se demanda comment il pourrait leur échapper. Rapide comme l'éclair, Goigoux avait contourné sa voiture et se tenait devant Henri, lui interdisant toute possibilité de fuite. Il le poussa dans la pièce minable qui lui servait de bureau ferma la porte à clé. Pour la fuite, c'était cuit.

— Défais ton pantalon, lui ordonna-t-il.

— Mais, l'autre fois… commença Henri.

— On va varier un peu les plaisirs, j'aime pas la routine. Allez ! Enlève-moi cette ceinture !

Henri avait à peine débouclé la ceinture que Goigoux le prenait fermement par le bras, le retournait et le couchait face contre la table encombrée de vieux verres et de bouteilles vides. De sa main libre il fit glisser le caleçon. La toile cirée collait à la joue d'Henri. Il se débattait comme un beau diable, et ses ongles griffaient la surface. Sa main se referma sur un morceau de papier. La poigne de Goigoux le tenait fermement contre la table. Une douleur intense irradiait de son épaule. Il avait l'impression qu'elle allait se briser au moindre mouvement. Il sentit la jambe de Goigoux écarter les siennes.

— Qu'est-ce que vous faites ?

— Le vieux Goigoux va te montrer un truc dont tu te rappelleras toute ta vie !

— Lâchez-moi ! Je … !

— Quoi « Je ? » Petit chou va tout raconter à Papa ? dit Goigoux en riant. Tu lui diras comment t'as explosé une pépée avec une voiture volée ? Et comment Tonton Anselme t'a dépanné ? Et après, Papa m'enverra la Mondaine ? Je voudrais bien voir ça ! Tais-toi maintenant, ou je te pète le bras.

— Non ! S'il vous plaît ! Non !

— Mais justement ! Ça me plaît beaucoup ! Et maintenant, ferme les yeux et pense à l'Angleterre !

14

*Le recensement des animaux des espèces
chevaline, mulassière, asine, bovine, porcine,
ovine et caprine sera effectué dans des
conditions qui seront déterminées par arrêté
du ministre secrétaire d'État à l'agriculture et
au ravitaillement.*

Extrait du *Journal Officiel* du 11 août 1940

Nestor avait disparu du commissariat, mais personne
n'en parlait. La mission donnée par Laval accordait à
Joseph une certaine liberté de manœuvre, et Brouyard
passait sa rage sur les autres membres de la brigade.
Une chape de plomb pesait sur la ville. Même les
voleurs à la petite semaine avaient cessé toute activité.

Joseph sursauta en entendant un raffut surprenant. Des
cris, des coups, des cloisons qui tremblaient. La porte de
son bureau s'ouvrit violemment. Un jeune garçon aux
cheveux filasse, dans la tenue du zazou parisien était
poussé par Espinasse qui le tenait par le col. Le gamin
écumait de rage, et Espinasse rigolait de tenir ce chat
enragé dans sa pogne de bûcheron.

— Regarde ce que j'ai trouvé en chemin ! Et qui s'apprêtait à piquer une voiture !

— Lâchez-moi, rugissait le chenapan qui se débattait comme un beau diable.

Espinasse le souleva du sol et le tourna vers lui.

— Bon on arrête de rigoler maintenant, bonhomme. Tu t'assois gentiment devant Monsieur l'Inspecteur et tu réponds à ses questions ! Sinon je t'en mets une qui va te décoller les oreilles !

Il projeta le garçon vers une chaise qui se renversa sous la poussée. Le zazou tomba par terre, et se cogna la tête contre le bureau de Joseph.

— Vous n'avez pas le droit ! Vous savez pas qui je suis. Mon père…

— Et toi, petit con, tu as le droit de piquer des chignoles ? Tu serais le fils du Roi de Prusse que ça me ferait le même effet ! Allez. Assis, et obéis.

Le gamin redressa la chaise et se posa dessus. Joseph, qui n'avait pas eu l'occasion de participer à la conversation se tourna vers Espinasse.

— Explique-moi ce qui amène ce jeune homme dans nos locaux.

— Figure-toi que je l'ai trouvé tout à l'heure dans un cabriolet Chenard & Walcker qui n'était sûrement pas le sien ni même celui de son royal papa, en train de tirer les fils du démarreur.

— C'est pas vrai. Je la réparais.

— La ferme, dit Espinasse.

Il lui donna une petite gifle sur la tempe et se tourna vers Joseph.

— Je lui ai donc gentiment demandé les papiers du véhicule, et comme le suspect n'obtempérait pas assez vite à mon goût, j'ai pensé qu'une petite visite de notre institution permettrait une conversation ouverte et détendue.

Pour concrétiser cet esprit de détente, Espinasse se posta dos à la porte, les bras croisés, interdisant toute velléité de fuite.

Joseph observa le garçon. Des gouttes de sueur perlaient sur son front. Un tremblement agitait ses mains posées sur ses genoux.

— Tu ferais mieux de tout nous raconter, dit Joseph calmement. On finira par trouver qui tu es, d'où tu viens, le métier de tes parents, la couleur des cheveux de ta petite amie et jusqu'à quel âge tu as fait pipi au lit. Comme tu as remarqué, mon collègue à tendance à s'impatienter rapidement et on a autre chose à faire que s'occuper de petits branle-couille de ton espèce. Alors ? Nom et prénom ?

— …

— Je n'ai pas entendu. Jean, tu peux monter le son s'il te plaît ?

Espinasse s'approcha en faisant trembler le parquet.

— Non ! Non ! Je m'appelle Alban.

— C'est mieux, dit Joseph. Alban Comment ?

— Dulac. Alban Dulac.

— Bon, Alban Dulac. Que faisais-tu ce matin dans ce cabriolet ?

— Je…

— C'est un bon début, essaie de développer.

Alban comprit que le silence n'était plus possible. Des images lui revenaient en mémoire. La fête qui se poursuit jusqu'au petit matin. Le moteur qui vrombit. Le démarrage sur les chapeaux de roue. Les cris de joie. Le vent dans ses cheveux. La voiture qui dérape sur la chaussée. La silhouette féminine au bout de la rue. Henri qui regarde derrière et ne la voit pas. Le crissement des jantes sur le trottoir. La femme qui projette ses mains en avant. Son corps soulevé par une force inouïe.

De grosses larmes ruisselaient des yeux du garçon. Joseph l'observait avec attention. Ce n'était pas un simple voleur de voiture. Il y avait en lui une trouille incontrôlable.

— Calme-toi. Raconte-nous simplement ce que tu faisais. On verra après si c'est vraiment grave.

Alban leva vers Joseph des yeux pleins de reconnaissance.

— Je voulais l'essayer, mais…

— Oui ?

— On fait ça des fois. On les emprunte mais on les rend toujours, les voitures. C'est pas du vol, vous savez.

— Comment ça, vous les rendez ?

Alban prit une longue inspiration. Comme l'eau d'un barrage, les angoisses qu'il avait renfermées depuis plus de six mois ne demandaient qu'à s'écouler. Sous des airs de petit dur, ce n'était qu'un rejeton de la toute petite bourgeoisie qui s'ennuyait, et qui ne savait pas quoi faire de ses journées. Joseph aurait parié qu'il habitait Chamalières.

— Ben, on prend les voitures pour aller faire un tour, et avant de tomber en panne d'essence, on les remet là où elles étaient garées. Les proprios voient rien.

— Tu veux dire que ?...

— On voulait juste s'amuser, M'sieur ! gémit Alban.

Joseph regarda Espinasse. Au début du mois de juin, le commissariat central avait envoyé une note signalant l'inquiétude de nombreux automobilistes, souvent des réfugiés, dont la voiture semblait avoir été déplacée, sans être endommagée. À l'époque, Joseph y avait peu prêté attention. Ce genre de vols concernait la police municipale. Il se rappela vaguement que Brouyard y avait fait allusion le jour de l'assassinat de Ferrand. Espinasse leva un sourcil, signifiant qu'il avait lui aussi fait le lien.

— Tu as dit « on », reprit Joseph. Ça veut dire que vous êtes plusieurs ?

— C'est un copain…

— Dans les affaires criminelles, on parle de complice, mon garçon.

— Mais on n'a pas…

Il s'arrêta au milieu de la phrase. Il revoyait le corps de la femme, immobile, désarticulé.

— Vous n'avez pas quoi ? insista Joseph.

— C'était un accident ! C'est pas moi qui conduisais ! Alban hoquetait sans pouvoir retenir ses larmes.

— Vous avez eu un accident avec une voiture volée ? C'est ça ?

— Oui… Non… Pas volée. Prêtée.

Espinasse alla chercher un verre d'eau. Joseph sortit un mouchoir de sa poche et fit le tour du bureau pour le donner à Alban. Le pauvre gosse était décomposé.

Alban but cul-sec le verre que lui tendait Espinasse. Il avait les yeux rouges et le visage bouffi. Ses yeux bougeaient sans cesse et refusaient de se fixer sur Joseph.

Espinasse s'assit sur le bord de la table et s'adressa doucement au garçon.

— Si je comprends bien, vous « empruntez » des voitures et les remettez à leur place, avant que les propriétaires portent plainte, mais un jour vous avez eu un accident avec une de ces voitures, c'est ça ?

— Ou plutôt, le reprit Joseph, un accident – grave – s'est produit avec une voiture qu'on vous a prêtée, c'est cela ?

Au moment où il prononçait ces mots, les pièces du puzzle se mirent en place toutes seules dans son esprit. Il sentit sa peau se hérisser.

Joseph se pencha vers Alban et lui prit le menton pour le forcer à le regarder.

— Et cet accident a eu lieu en septembre dernier ? Le jour où la guerre a commencé ?

— Oui, M'sieur. On l'a pas fait exprès, je vous jure.

— Ce jour-là, vous étiez dans une Simca, et ça s'est mal passé.

Alban se recula, comme si Joseph l'avait frappé.

— Comment vous savez ?

— Je le sais, c'est tout. Ce que je ne sais pas c'est ce que vous avez fait de la bagnole. Et pourquoi on ne l'a jamais retrouvée.

— C'est Goi… quelqu'un l'a détruite.

— Qui, Bon Dieu ? intervint Espinasse en se levant du bureau. Ça commence à bien faire, petit merdeux ! Tu nous dis tout, tout de suite, ou je te coffre jusqu'à la fin de tes jours !

— Goigoux. La voiture était à lui.

Le barrage avait lâché. Alban Dulac raconta comment Goigoux avait bien voulu leur prêter une vieille Simca 5 de 1936 (« Pas si vieille que ça », pensa Espinasse qui rêvait d'avoir une automobile à lui). Les garçons étaient partis se promener avec, et avaient fait quelques bars jusqu'à pas d'heure. Le lendemain matin, imbibés d'alcool, ils descendaient la rue Verdier-Latour. Vite. Trop vite.

— Et maintenant, mon petit, il te reste une seule chose importante à nous dire : qui était au volant, ce jour-là ? Tu as droit à une réponse. Et tu as intérêt à nous donner vite le nom, parce que ça commence à être long ton cinéma !

— Henri, répondit le gamin d'une toute petite voix. Henri Thévenet.

— Merde, murmura Espinasse dans sa barbiche.

— Où est-il cet Henri ? Chez lui ?

— Je sais pas, M'sieur, je sais pas ! On devait se retrouver hier pour piquer la Chenard qu'on avait repérée, mais il n'est pas venu. Je l'ai attendu jusqu'au soir, puis j'ai pensé que son père lui avait interdit de sortir. Et puis ce matin, j'ai voulu lui faire la surprise et aller jusqu'à chez lui avec la chignole.

— Une dernière question, demanda Joseph qui se retenait de ne pas se précipiter pour arrêter le fils Thévenet. Qu'est devenue la Simca ? On ne l'a jamais retrouvée.

— On l'a amenée à Goigoux. Il s'est fâché, puis après, il nous a dit qu'il allait s'en arranger, qu'il ne dirait rien à nos parents, mais qu'il nous demanderait des fois des petits services.

— Quels genres de services ?

— Je ne sais pas, Monsieur. Je ne l'ai plus revu depuis ce jour-là.

— Mets-moi ce gamin au coffre, dit Joseph à Espinasse. On va aller tranquillement chercher son complice et on confrontera les versions. Ça risque d'être intéressant.

Espinasse confia Alban à un agent, puis ils descendirent jusqu'au garage où Espinasse se mit au volant de la Traction de service. Il prit la direction de Chamalières.

— Nom de Dieu, dit Joseph. On a cherché pendant un an, et c'était sous nos yeux.

— Pas tant que ça, répondit Espinasse. On est allé fouiller chez Goigoux et on n'a rien trouvé. Ou il a fait des confettis de la bagnole, ou elle est enfouie sous d'autres carcasses.

— Ou encore, on ne s'attendait tellement pas à la trouver là qu'on a été un peu rapides. Je pouvais lancer des avis de recherche sur une voiture non identifiée ! Elle était à côté.

— On va le trouver, ce putain de gosse. Qu'il soit le fils Thévenet ou pas. Il devra rendre des comptes.

Joseph restait silencieux.

— Tu n'es pas sûr de toi ? demanda Espinasse.

— J'étais en train de me dire que Thévenet et Goigoux reviennent très souvent depuis la mort de Ferrand. Et j'aimerais bien savoir dans quelle mesure ils sont impliqués.

— Si ça se trouve, répondit Espinasse, hésitant, ce ne sont que des coïncidences.

— Tu crois aux coïncidences, toi ?

Ils étaient arrivés avenue de Royat. Espinasse gara la voiture le long du trottoir.

Une domestique s'approcha de la grille après que Joseph ait sonné et les conduisit à travers le jardin, taillé avec soin, où pas une feuille de buis n'avait le droit de dépasser les autres. Joseph se demanda si elles étaient coupées une à une. Angèle Thévenet se montra au perron.

— Esther me dit que la police vient nous rendre visite ! C'est un peu tôt pour nous vendre le calendrier, Messieurs. Je ne crois pas que nous ayons commis la moindre infraction.

Elle souriait. Insouciante et à des lieues de penser à mal.

— Nous souhaitons poser quelques questions à votre fils, Madame.

— Henri ! Mais c'est un enfant ! Que peut-on reprocher à un enfant ?

— Pouvez-vous nous conduire à sa chambre, s'il vous plaît, Madame ? demanda Joseph sans répondre.

Angèle Thévenet prit un air pincé.

— Suivez-moi.

Elle commença à monter l'escalier.

— Henriiiii ! Appela-t-elle. Tu peux venir mon chéri ? Des messieurs te demandent.

Une porte s'ouvrit sur un côté du couloir. Thévenet père en sortit. Sa crinière blanche coiffée avec autant de soin que le buis. Il regarda Joseph avec surprise et s'approcha des deux hommes, menaçant.

— Inspecteur… Dupont, c'est cela ? Nous nous rencontrons bien souvent, il me semble. Au cas où vous souhaiteriez fouiller la maison, je vous rappelle que vous devez être muni d'une commission rogatoire.

Joseph n'eut pas le temps de répondre.

— Ne vous inquiétez pas, mon ami, ces messieurs souhaitent s'entretenir avec Henri.

L'irritation de Thévenet grandit d'un cran. Il s'adressa à sa femme

— Si ce jeune imbécile a fait des bêtises, il les paiera de sa poche. J'y veillerai.

Il retourna dans son bureau et claqua la porte. Madame Thévenet fit comme si de rien n'était et monta l'escalier en tenant des propos sans intérêt.

Ils arrivèrent à la chambre. Angèle toqua discrètement.

— Je ne l'ai pas vu depuis deux jours, mais vous savez comment sont les enfants, à cet âge, ils aiment bien aller chez les uns et les autres. Henri ? Tu es là ?

Elle tourna la poignée, sans succès.

— Je ne comprends pas, dit-elle, la voix inquiète. Je devrais peut-être prévenir mon mari ?

— Ce ne sera pas nécessaire, Madame, la rassura Joseph.

— Henri. Ouvre s'il te plaît. C'est important.

Elle donnait des petits coups répétés sur le panneau.

Joseph et Espinasse se regardèrent. Ce dernier repoussa doucement Angèle Thévenet vers Joseph qui la retint contre lui, les mains sur les épaules. Espinasse se recula et lança un pied vigoureux contre la serrure. Le bois craqua. Un coup d'épaule ouvrit la porte qui battit contre le chambranle.

La pièce était plongée dans une semi-obscurité. Les volets avaient été tirés. Joseph entendit Espinasse murmurer :

— Bon Dieu de Bon Dieu. N'entrez pas Madame !

Trop tard. Angèle Thévenet s'était éloignée de Joseph et fit un pas dans la chambre. Ses yeux se révulsèrent.

Elle eut un bref gémissement, comme si elle s'était pincée puis s'évanouit dans les bras de Joseph. Henri Thévenet était suspendu à une corde qu'il avait fixée au lustre du plafond. Une chaise renversée gisait quelques centimètres sous ses pieds. Il ne bougeait plus. Joseph porta Angèle Thévenet sur le lit et rejoignit Espinasse qui, monté sur la chaise tentait de couper la corde avec son canif.

— Je le soulage pour détendre la corde. Tu y arrives ?

— Oui. Attention.

Le corps du jeune garçon s'effondra sur Joseph. Il l'allongea par terre, prit son pouls au poignet et à la carotide.

— C'est fini. Pas depuis très longtemps. Il est encore chaud. Je dirais une heure, pas plus.

Angèle Thévenet s'agita sur le lit. Elle gémissait.

— Je vais la porter dans sa chambre, dit Espinasse en la soulevant délicatement. Et je cherche une femme de chambre pour s'occuper d'elle.

— Et un téléphone aussi. Tu as vu ? demanda Joseph en regardant le cadavre. Il a du sang sur l'arrière du pantalon. Et pas qu'un peu.

— On le dira au légiste. Tu crois qu'on a des hémorroïdes à cet âge ?

— Je ne sais pas. Ah ! Vous tombez bien, dit Joseph à la femme de chambre qui venait d'apparaitre à la porte et fixait le corps d'Henri Thévenet les yeux exorbités.

— Vite ! cria Espinasse pour la sortir de sa catatonie. Montrez-moi la chambre de votre patronne. Et appelez une ambulance. Non. Prenez-soin d'elle, je m'occupe du téléphone. Où est-il ?

— En… Dans le bureau de Monsieur.

Ils disparurent. Joseph resta seul avec le corps d'Henri. C'était donc lui, le meurtrier de Sabine. Un gamin, aux doigts écorchés et recouverts de cambouis. Deux ongles de la main droite étaient cassés. Des marques de défense. Les dernières heures de ce garçon avaient été violentes et douloureuses.

Depuis un an, Joseph avait tout imaginé. Un bourgeois imbu de lui-même, un ouvrier timide, un paysan qui ne savait pas conduire, un vieux myope, un taulard en fuite… Mais pas ça. Pas ce pauvre gosse. Joseph le regarda attentivement. Il remarqua des larmes séchées sur son visage. Des remords ? Qu'est-ce qui pouvait pousser un mioche de seize ans à se pendre ? Joseph regarda la pièce. Beaucoup d'enfants auraient aimé avoir une telle chambre dans une maison comme celle-ci. Même si Lucien Thévenet n'était pas être facile tous les jours et ne laissait rien passer à son fils. Qui devait payer ses « bêtises ». Et qui était allé jusqu'au suicide. Pour se racheter ? Pour échapper à son père ? Que fuyait Henri Thévenet ?

Joseph fouilla les poches du pantalon. Il en retira un morceau de papier gras sur lequel étaient inscrits quelques mots bourrés de fautes d'orthographe : « 2 culaces Rosengart, rottule 402, injecteure Voisin C30 » Des pièces mécaniques. Cela venait-il de chez Goigoux ? Pourquoi, si longtemps après l'accident, Henri avait-il encore une telle liste dans sa poche ?

Receleur, assassin, escroc, et quoi d'autre ? La liste des soupçons variés qui pesaient sur lui était longue comme le bras. Le corps d'Henri ne présentait pas de marques apparentes de coups à part les ongles abîmés.

La voix du légiste interrompit les réflexions de Joseph.

— Alors ? Qu'est-ce que vous m'avez trouvé aujourd'hui ? Oh merde, grogna-t-il en apercevant le corps allongé à côté de Joseph.

Il s'approcha de lui, et confirma qu'il n'y avait plus rien à faire. Joseph se recula pour le laisser examiner le corps.

— Vous avez vu ce sang ? demanda Courtadon à Joseph.

— Je me posais la question. Une maladie ?

— Ça m'étonnerait. Aidez-moi à le retourner. On va baisser son pantalon.

Le sang avait formé une croûte noirâtre qui rendait le vêtement raide comme du carton.

— Je vais le découper, plutôt. Ça secouera moins ce pauvre garçon.

Il sortit une grosse paire de ciseaux de sa sacoche. Joseph détourna le regard. Malgré l'habitude, il ne pouvait se résoudre à cette exposition de l'intimité des victimes.

— Doux Jésus, soupira le médecin. Quelle horreur. Regardez, inspecteur.

Courtadon avait une certaine habitude des atrocités subies par les morts, mais Joseph n'avait jamais vu son visage exprimer tant de douleur.

— Il a été violé, gémit le médecin. Avec une brutalité incroyable.

Il sortit un speculum de sa sacoche et se pencha vers le corps.

Joseph se concentra sur une affiche qui rappelait la victoire de Hotchkiss au seizième rallye de Monte-Carlo.

— Seigneur Dieu ! s'écria Courtadon. Ce pauvre garçon a subi des outrages effrayants. Il y a eu plusieurs pénétrations d'une rare violence qui ont littéralement déchiqueté les muqueuses. Je n'ose imaginer l'état des sphincters. Je ne suis pas sûr qu'il aurait survécu à une telle hémorragie.

Une ombre s'encadra dans la porte de la chambre. Lucien Thévenet regardait la scène. Il semblait ne plus respirer. Ses traits tirés ne révélaient pas de la tristesse, mais une rage inquiétante. Joseph se leva.

— Monsieur Thévenet. Ne restez pas ici. Je vais vous accompagner.

Thévenet se dégagea violemment. Il fit demi-tour et descendit l'escalier d'un pas rapide. Joseph le suivit du regard. Il entendit Courtadon murmurer, comme une prière.

— « Mon mignon, je vous sauve la vie… » Comme j'aurais aimé pouvoir lui dire cela. Inspecteur, promettez-moi de m'amener le salopard qui lui a fait ça. Je lui fais bouffer ses aumônières ! En attendant, on va l'emmener pour un examen plus précis, mais les causes de son décès ne font évidemment aucun doute.

C'était donc fini se dit Joseph en descendant le grand escalier. Il pensa à Sabine et à leur fille. Pouvait-on dire qu'elles étaient vengées ? Henri Thévenet leur avait pris la vie, par insouciance, inconscience, imprudence. Joseph aurait voulu que la justice puisse punir leur meurtrier. Qui était mort à cause d'une injustice encore plus terrifiante. Un médecin apportait quelques soins à Madame Thévenet, recroquevillée dans un fauteuil. Lucien Thévenet avait disparu.

****

Le sous-sol de la maison avait été aménagé depuis plusieurs années sans que personne dans le voisinage ou même la famille de Lucien Thévenet ne puisse en soupçonner l'existence. Il avait découvert, lors d'une visite à la suite d'une inondation, un rétrécissement de la paroi d'une cave qui traversait l'impasse d'Assas De l'autre côté de celle-ci, une vieille baraque abritait un marchand de charbon que Thévenet convainquit rapidement de lui vendre son commerce tout en continuant à travailler pour lui. Les travaux de déblaiement avaient commencé, et Thévenet pouvait quitter son domicile en toute discrétion. Il avait pensé mettre Henri dans la confidence lorsqu'il aurait été un peu plus mûr.

Prenant le trousseau de clés qui ne le quittait jamais, Thévenet ouvrit la porte de communication entre les deux maisons, la referma soigneusement, et se dirigea vers une autre porte, blindée, celle-ci. Thévenet alluma la lumière. L'ampoule suspendue au plafond révéla des caisses alignées contre un mur sur le côté, tandis qu'au fond, des râteliers exposaient une impressionnante collection de fusils et mitrailleuses. Lucien Thévenet connaissait cet entrepôt comme sa poche. Il avait été approvisionné par le détournement d'armes qui auraient dû, quelques années plus tôt, équiper les troupes républicaines espagnoles soutenues secrètement par la France. Il avait échappé aux perquisitions organisées par le ministère de l'intérieur après les attentats de 37 et était désormais le seul dépôt d'armes de la Cagoule inconnu de la police. Thévenet fit sauter le couvercle d'une caisse en bois contenant plusieurs armes de poing et des grenades. Il soupesa un pistolet automatique de Manufrance de 6.35 mm, ce qui lui donnait une bonne précision au tir de près, en vérifia le chargeur, et le mit dans sa poche. Il prit également deux grenades. Il monta l'escalier qui menait au rez-de-chaussée et s'engouffra dans le garage où une Juvaquatre commerciale estampillée aux couleurs du marchand de charbon attendait. Elle ne sortait jamais pour des livraisons, et devait être scrupuleusement entretenue. Thévenet démarra sans bruit, et prit la direction de Gerzat.

****

Un grognement de plaisir s'échappa de la gorge d'Anselme Goigoux lorsqu'il jouit sur la photo de deux éphèbes s'accouplant sur un divan. Il rangea son membre encore gonflé dans son pantalon, essuya la table souillée d'un revers de manche puis avala d'un trait sa tisane personnelle. Il alluma une cigarette qui faisait partie d'un lot destiné au Secours National destiné aux réfugiés de Clermont. Elle lui paraissait encore meilleure.

Il s'apprêtait à ouvrir le placard dans lequel il rangeait ce qu'il appelait ses images pieuses lorsqu'il entendit les chiens grogner au-dehors. Il regarda la vieille horloge. 9 heures. Qui c'est qui venait le faire chier après une journée comme celle-là ? Il entendit un coup de feu suivi du gémissement d'un chien. Une seconde détonation y mit fin.

— Bordel de merde, jura Goigoux en s'approchant de la porte. Qui...

Il n'eut pas le temps de terminer sa phrase. Il reçut la porte en pleine face. Il s'effondra par terre et leva les yeux. Il reconnut son agresseur

— Ben, M'sieur Thévenet ? Qu'est-ce qui ?...

— Taisez-vous, salopard, répondit Thévenet en sortant son pistolet.

— Mais qu'est-ce que...

Thévenet tira. La balle emporta l'oreille gauche. Goigoux hurla de douleur et de terreur. Thévenet s'approcha de lui et s'accroupit

— Mon fils est mort. Il s'est suicidé, annonça simplement Thévenet.

— Mais j'y peux rien, moi, gémit Goigoux.

— La police est venue chez moi. Avec un légiste. Qui a vu des traces. Vous savez lesquelles et vous savez où. Vous allez me dire pourquoi vous vous êtes attaqué à Henri. J'ai tout mon temps. Et de quoi vous faire parler.

— Je comprends pas ce que vous dites. Je le connais pas, votre fils.

Thévenet leva tranquillement son pistolet et tira dans le genou droit de Goigoux. Le bonhomme eut un sursaut désespéré qui le renversa. Il hurla.

— Je vous répète la question : qu'avez-vous fait à mon fils ?

— C'est... c'est lui ! gémit Goigoux.

Il leva la main en voyant Thévenet ajuster le canon sur l'autre genou. La douleur était atroce. Il claquait des dents et transpirait. Ses mains serrées autour de son genou duquel il voyait le sang s'échapper.

— Non ! Tirez pas ! Je vous jure. C'était l'année dernière, en septembre… Je lui ai prêté une voiture pour qu'il s'amuse. Oh… J'ai mal…

— Vous aurez encore plus mal tout à l'heure. Continuez.

— Ils avaient renversé une femme. Un phare de la bagnole était cassé. Il avait peur de vous. M'a fait promettre de rien vous dire.

— Et ensuite ?

— Ben…, un léger sourire fendit la bouche de Goigoux, malgré la douleur. Comme il avait pas d'argent, et que je prenais des risques…

— Vous l'avez fait chanter, c'est cela ? Son silence contre… contre vos pratiques immorales ? Je savais que vous étiez un immonde sodomite, mais jamais je n'aurais imaginé… Avec mon fils…Vous êtes sûrement fiché.

— Non ! Promis. Je le suis pas. Et j'ai rien dit aux mobiles quand ils sont venus.

— Les mobiles sont venus ? Ici ? Quand ?

— Après l'accident. J'ai mal, M'sieur, appelez un docteur…

— Plus tard. Que leur avez-vous dit ?

— Rien ! Rien du tout ! J'avais planqué la chignole sous d'autres carcasses. Ils ont rien vu !

— Et où est-elle maintenant ?

— J'ai commencé à la démonter. Mais ils la trouveront jamais !

— J'en suis persuadé, dit Thévenet en se levant. Il épousseta son veston d'un air dégoûté. Vous devenez trop dangereux pour le Mouvement.

Il se dirigea vers la porte. Goigoux se sentit soulagé.

— Vous allez appeler un docteur, hein ? Et après j'irai me planquer. On me trouvera pas.

— C'est certain, répondit Thévenet en sortant une grenade qu'il dégoupilla calmement. Là où vous allez, vous ne parlerez jamais.

— Mais qu'est-ce que vous f…

Thévenet descendit les quelques marches du wagon et lança la grenade à l'intérieur. Elle roula sous le lit. Il courut jusqu'à sa voiture qu'il avait garée plus loin. L'explosion embrasa le wagon et les bidons d'huile et d'essence entreposés autour. Thévenet lança une seconde grande dans le dépôt es carcasses de voitures s'enflammèrent à la suite. Toute trace de Goigoux et de la voiture accidentée avait disparu.

Thévenet fit demi-tour et s'éloigna de la fournaise. Il se dirigea vers la ville. Il avait remarqué une petite nouvelle au bordel de la rue Sainte-Rose, dont un de ses amis lui avait dit beaucoup de bien.

****

Après avoir rédigé son rapport sur les circonstances de la mort d'Henri Thévenet, Joseph était épuisé. Ses côtes cassées l'élançaient régulièrement, mais il ne leur avait pas prêté attention. Il se sentait vide. L'horreur de l'après-midi revenait par éclairs visuels. Le gémissement d'immense douleur d'une mère. Le corps suspendu, le bruit des ciseaux qui découpaient le tissu du pantalon. Tout cela semblait avoir eu lieu si loin. Il ne parvenait pas à réaliser qu'en quelques heures il avait trouvé, par hasard, le meurtrier de Sabine, et qu'il l'avait tenu dans ses bras.

Il pensa à Albertine. Il l'appellerait, plus tard, pour lui raconter comment il n'avait pu arrêter celui qu'il cherchait depuis des mois.

Il se dirigea jusqu'au garage et sortit une voiture sans se presser. Le planton l'arrêta.

— Vous allez à Gerzat ?

Devant l'air étonné de Joseph, il expliqua.

— On vient d'apprendre que la ferraille de Goigoux vient d'exploser. Y'a un incendie du tonnerre. Le vieux a cramé dans son wagon. Tout est nettoyé.

Thévenet. Joseph revoyait son regard dur et déterminé quand il avait découvert le corps de son fils. Il savait. Et avait fait justice lui-même. Joseph ne pouvait pas lui reprocher. Il démarra et prit la route d'Issoire.

La chaleur était encore vive quand il arriva au cimetière. Il cueillit quelques fleurs sur le bord de la route et en fit deux bouquets. Il contempla son œuvre et pensa aux rires de Sabine quand il lui confectionnait des bouquets de sa composition. Alors qu'elle était capable de faire une œuvre d'art avec trois branches et deux pétales, ses bouquets à lui étaient déséquilibrés, partaient dans tous les sens et les accords de couleur étaient improbables. Elle les conservait cependant toujours dans un petit vase. Il poussa la grille qui grinça doucement. L'air rejetait les odeurs accumulées dans la journée. Il distinguait des senteurs de lavande, de chèvrefeuille. Il s'assit devant la tombe et déposa les deux bouquets côte à côte.

Il resta longtemps ainsi, et peut-être s'endormit-il. Il sentait quelque chose d'humide s'enfoncer dans son oreille. Dans son rêve, il pensait que c'était une limace, mais il entendait des gémissements et les limaces ne gémissent pas. Il ouvrit un œil. Java était couchée contre lui, enroulée sur elle-même en un cercle presque parfait. Elle le fixait avec ferveur. La langue de Tango s'insinuait dans son oreille. Quand ils le virent bouger, les deux chiens se levèrent. Java s'étira pour se préparer à une activité physique. Joseph regarda ses chiens. Assis face à lui, ils n'osaient pas le quitter des yeux de peur de rater un ordre de sa part. Il leur sourit. Et ils surent qu'ils avaient gagné. Ils prirent ensemble un petit chemin qui menait au lavoir. L'air y était plus frais. Les branches des frênes produisaient une ombre bienfaisante, et l'eau courante du ruisseau diminuait la température de quelques degrés. Les chiens plongèrent dans l'eau avec ravissement, jouèrent à se battre comme s'ils avaient six mois et ressortirent, trempés. Ils s'ébrouèrent puis partirent en courant vers la maison familiale. Joseph aurait pu monter avec eux. Mais ses parents se préoccupaient peu de savoir qui avait tué Sabine, et n'auraient pas trouvé le temps de l'écouter. La rupture avait été trop longue et trop vive pour qu'il puisse espérer les retrouver. Les chiens se rendirent compte de son hésitation. Ils vinrent vers lui et se frottèrent à ses jambes, ce qui eut pour effet de tremper son pantalon. « Plus je connais les hommes, plus j'aime mes chiens » se dit Joseph en les regardant s'éloigner.

****

Il arriva à Clermont à la nuit tombée. Il s'arrêta devant l'atelier d'Irène dont les lumières étaient éteintes et griffonna un mot qui expliquait rapidement comment il avait découvert les causes de la mort de Sabine et de sa fille. Il n'eut pas le courage de retourner au commissariat garer la voiture. Arrivé à l'appartement, il se fit un café. Il dénicha quelques biscuits qu'il trempa dans sa tasse. Qu'allait-il faire dans ce logement si grand et si vide ? Il ne s'était jamais posé la question depuis l'accident, et avait eu besoin de la chambre du bébé pour organiser ses recherches. Mais maintenant ? Il se dirigea vers la chambre. Ces photos, ces plans, ces griffonnages n'avaient plus d'intérêt. Joseph posa la tasse de café sur la table et commença à retirer les punaises. Il enroula les ficelles autour de son doigt, sans serrer.

Un rectangle de papier atterrit au sol lorsque Joseph décrocha une photo de la rue des Gras. C'était le coin d'un marque-page que l'on donnait aux enfants du catéchisme. Il représentait un détail du tableau de la Vierge à l'Enfant par Léonard de Vinci. Joseph retourna la carte. Trois mots étaient écrits de la main de Nestor « Je suis ici. »

Joseph n'avait jamais vu cette carte postale. Elle avait été déposée depuis qu'il était revenu de Paris. Par Nestor ? Il n'aurait pas pris le risque d'être reconnu à Clermont. Par un coursier ? Assez proche de Nestor pour distribuer des messages. Qui avait suivi Joseph. Et qui savait crocheter les serrures avec discrétion.

Joseph s'assit par terre, face à la fenêtre et ferma les yeux. Le message au dos de la carte postale était une invitation à rejoindre Nestor. L'image ne représentait pas un lieu, mais des personnages. Pas n'importe lesquels. La Vierge Marie et l'Enfant Jésus. Que disait Nestor à son sujet ? Qu'il était né comme lui « au-delà du trou du cul du monde, » dans l'étable de l'abbaye de Malemont au fond d'une combe du Cézallier. Elle accueillait les pèlerins et les voyageurs avant d'être vendue comme bien national à la Révolution. Les parents de Nestor vivaient chichement dans le hameau attenant. Si Nestor était parti se réfugier là, on ne risquait pas de le trouver.

Joseph se releva en grimaçant. Il avait l'impression de sentir encore la pointe des chaussures de ses assaillants parisiens. Malemont était à une cinquantaine de kilomètres. La voiture du commissariat l'attendait dans la rue, le moteur encore chaud. Sans fermer la porte de son appartement, Joseph descendit l'escalier en s'appuyant à la rampe et partit pour le Cézallier.

****

« La nuit était fort noire et la forêt très sombre » se récita Joseph en pensant au poème de Victor Hugo. Sauf qu'il n'y avait pas de forêt et qu'un quartier de lune éclairait faiblement la route de montagne. Joseph la suivait depuis plus d'une heure. On distinguait des combes, des vallonnements. Les rares villages étaient traversés à grande vitesse et il ne risquait pas de croiser une autre voiture. Après Félines, Joseph dut piler pour éviter une biche et son faon qui broutaient sur le bas-côté. Les deux animaux s'élancèrent dans les prés pour échapper au bolide. Joseph s'arrêta sur le bord de la route qui surplombait l'abbaye. On ne distinguait rien. L'ensemble était plongé dans l'obscurité. La température avait chuté de quelques degrés et Joseph frissonna. Lors de son rapide détour au commissariat, il s'était arrêté devant le bureau de Champeix. Les râteliers brisés en mille morceaux remplissaient la poubelle, les étagères étaient vidées de leurs anciens dossiers. Joseph prit dans sa main une pipe Peterson qui dépassait d'une boîte en carton et la mit dans sa poche. « Puisse-t-elle m'apporter un peu de sa sagesse… » Il s'engagea dans le chemin sinueux qui rejoignait le fond de la vallée. Il éteignit les phares et roula doucement, fenêtre ouverte et tous les sens en éveil. Il n'avait pourtant pas besoin de se cacher. Il répondait en quelque sorte à une convocation de Nestor, qui devait l'attendre. Il ne venait pas en ennemi.

À peine terminait-il cette pensée que deux hommes surgirent d'un fossé qu'il n'avait pas vu. L'un d'eux braqua un fusil de chasse devant le pare-brise, pendant que l'autre ouvrait la porte et appuyait le canon d'un revolver sur la tempe de Joseph.

— Mains sur le volant ! Qui êtes-vous ?

— Joseph Dumont.

La pression du canon s'allégea.

— Descendez doucement et avancez.

Joseph obéit en grimaçant. Il avait l'impression que ces côtes allaient se briser au moindre mouvement. Ils avancèrent dans la cour de ferme, close d'un côté par le transept en partie en ruine de l'ancienne abbaye cistercienne. Une faible lueur éclairait une fenêtre. Un chien aboya. Une porte s'ouvrit, et Nestor le bras en écharpe, appuyé sur sa canne franchit les quelques mètres qui le séparaient de Joseph.

— Je savais que tu comprendrais vite. Tu es le seul à qui j'avais parlé de cet endroit. Tu n'as pas l'air en meilleur état que moi ! La vie parisienne est si dangereuse que ça ? dit-il en lui tendant la main.

Tu peux le dire ! Éviter impérativement Montmartre. C'est mal famé et bourré d'Allemands, ce qui pourrait être un pléonasme. Mais ce n'étaient pas les plus dangereux. Et c'est grâce à eux que je suis à peu près en vie…

Joseph raconta sa mésaventure.

— On va parler de tout ça à l'intérieur. Tu veux manger un morceau ? proposa Nestor

— Je meurs de faim. Tu es un frère.

— Oui, nous nous appelons souvent comme cela entre nous, dit Nestor en souriant.

Joseph s'arrêta net.

— Je te fais marcher ! s'esclaffa Nestor. J'ai été tenté par la fraternité, c'est vrai, mais je crains que les amitiés qu'elle propose ne soient souvent que de façade. Les miennes reposent sur la confiance. Comme avec toi.

Joseph était flatté. Il suivit Nestor jusqu'à une cuisine en terre battue, meublée d'une longue table et quelques chaises. Une pierre d'évier et une grande cuisinière à bois étaient appuyées contre un des murs. Un petit confiturier conservait la vaisselle du quotidien.

— C'est un peu spartiate, mais on a l'essentiel.

Un des hommes sortit d'une pièce voisine les bras chargés d'un jambon entier, de deux bouteilles de vin. Il déplia un torchon duquel il sortit une superbe miche de pain qu'il débita avec précision.

— Alphonse est le gardien des lieux. Il connaît l'abbaye et les environs comme sa poche. Il a aménagé quelques pièces pour qu'on puisse s'y réfugier en cas de besoin… Et le besoin est arrivé rapidement.

— Tu veux dire que vous aviez anticipé ce qui est arrivé ?

— Nous avons improvisé dans l'urgence. La situation va très vite se dégrader et Pétain ne pourra pas retenir les Allemands pendant longtemps. Je ne leur donne pas deux ans avant de briser la ligne de démarcation et de se répandre partout dans le pays. Et ça, nous ne pouvons l'accepter.

Joseph observait Nestor. Le bras en écharpe accentuait le déséquilibre lié à sa maladie. Il boitait et serrait les dents à chaque pas. Ses yeux pourtant brillaient d'un éclat que Joseph n'avait jamais vu.

— Pourquoi me montres-tu tout cela ? demanda-t-il. Je pourrais revenir avec un escadron et vous faire coffrer. Et j'aurais les félicitations. Peut-être une médaille !

— Parce que je te sais honnête. Et que tu as une obstination à rechercher la vérité qui t'amène à te poser beaucoup de questions. C'est le fondement de l'humanisme.

— Humaniste ou pas, j'ai toujours un meurtrier dans la nature, des loubards qui m'ont cassé deux côtes, des assassins qui flinguent sans se cacher dans les rues de Clermont et un nouveau chef de la police qui se désintéresse de la question. Mais le hasard fait parfois bien les choses : on a trouvé l'assassin de Sabine.

Joseph expliqua la journée de la veille à Nestor, qui écoutait attentivement.

— Deux gosses qui jouaient… conclut-il. Et qui crevaient de trouille.

— On les comprend. C'était la justice paternelle ou la Justice tout court. L'une et l'autre avaient de quoi les effrayer.

— Moins que l'attitude de Goigoux, quand on y pense. Ce pauvre gamin s'est jeté dans ses serres.

— Un pervers et un retors. Ni la Mondaine ni la Brigade n'ont jamais pu le coincer. Il se sentait hors d'atteinte, protégé par Thévenet qui l'embauchait pour ses trafics.

— Tu es sûr que c'est lui qui a fait exploser la ferraille ?

— J'ai croisé son regard quand j'ai quitté la maison. Ce n'était pas celui d'un père éploré, mais d'un gars décidé à punir. Et violemment.

Ils étaient assis tous les trois. Tout en parlant, Joseph dégustait le jambon avec délices. Nestor s'était préparé une tasse de café. Alphonse démontait et remontait son fusil sans rien dire.

Nestor posa sa main valide sur l'épaule de Joseph.

— Goigoux était assez malin pour avoir planqué la voiture de telle manière qu'on ne puisse pas la retrouver. Tu as fait tout ce qui était possible. De mon côté, je n'ai pas été inactif et j'ai une piste sérieuse pour ton assassin de sénateur.

Joseph en oublia de mastiquer. Nestor se leva et lui fit signe de le suivre. Joseph l'imita, après avoir déposé un morceau de jambon sur une tranche de pain large comme deux mains. Ils entrèrent dans une pièce qui était la sacristie de l'ancienne église. Les meubles avaient été en partie arrachés, et Nestor avait installé son équipement sur des tréteaux.

— Kowalski a récupéré tes fichiers d'empreintes. J'ai pensé que ça pourrait te servir. Il ne m'a pas dit que tu avais déménagé ton labo.

— C'est du matériel que j'avais autrefois. Je l'ai un peu dépoussiéré. Merci pour les fichiers ! C'est à peu près la seule chose qui me manquait !

— Je pense que tu ne comptes pas revenir de sitôt au poulailler ? demanda-t-il.

— C'est préférable pour ma santé ! Mais, on en reparlera. D'abord regarde ce que j'ai trouvé en analysant les frusques de Ferrand.

Nestor s'approcha d'un établi où était posé un microscope. Il sorti une lame en verre d'une boîte et la posa sous l'objectif. Il fit le point et se tourna vers Joseph.

— Regarde. C'est la signature du meurtrier.

Joseph regarda à son tour. Il vit une espèce de cercle coloré entouré d'une membrane et rempli de minuscules billes. Il se releva et contempla la mine réjouie de Nestor.

— Si tu trouves ça sur quelqu'un, tu peux l'arrêter ! dit Nestor fièrement.

— Oui, ça doit être facile à trouver, et ça a l'air assez grand pour être à la boutonnière !

— C'est du pollen de gentiane, ignare. Et l'épaule de la veste de Ferrand en était couverte.

— Et comme il n'était pas connu pour s'en asperger, c'est le meurtrier qui lui a mis.

— Élève Dumont, vous aurez dix à la leçon de criminalistique ! Tu sais donc que nous sommes en présence de ce que l'on appelle un transfert croisé. L'assassin a posé la main sur l'épaule de Ferrand, et il a déposé des échantillons de pollen qui recouvraient ses mains.

— Un montagnard… C'est ce que tu m'as dit avant de te faire buter.

— C'est la première idée qui m'est venue à l'esprit. Qui peut se trimballer avec du pollen de gentiane ? D'autant plus qu'on n'en trouve pas beaucoup vers Clermont. C'est une plante d'altitude.

— Ça élimine Goigoux et la plupart de ses apaches. Et ça nous éloigne de l'assassinat politique. Un peu… Bon Dieu ! Que j'aurais aimé avoir l'avis de Champeix !

— L'affaire se corse, comme on dit à Ajaccio, poursuivit Nestor. Admettons que Champeix et moi avons été visés à cause de notre combat « anti-Cagoule, » Ferrand aurait dû lui aussi subir le même sort.

— Sauf qu'il n'a pas été abattu selon le même mode opératoire. Je pense que Fanfan nous a dit la vérité : il a trouvé le sénateur mort dans la chambre, a pris la chevalière pour se faire un petit plaisir, et a emporté la serviette pour la donner à Goigoux.

— Qui l'a transmise à Thévenet.

— Qui a lu les dossiers de Ferrand et a vu l'opportunité de se débarrasser de vous. Ça se tient. Sauf qu'on n'a aucun suspect pour le meurtre de Ferrand. Il faut que je retourne au commissariat. On a sûrement laissé échapper un détail avec Espinasse. Je vais tout reprendre depuis le début. Et toi ?

— Je me fais oublier. La situation va s'aggraver et je serai plus utile ici qu'à Clermont. Je pense que Brouyard doit être content de ne pas m'avoir dans ses grosses pattes.

— Que vas-tu faire ?

Nestor hésita.

— Je t'en parlerai plus tard, c'est un peu compliqué. Pour l'instant, je voudrais simplement que tu ouvres grands les yeux et les oreilles. On ne sait pas trop où vont Laval et Pétain, mais on est sûr que ce n'est pas dans la bonne direction. Et comme on peut difficilement leur demander, on a besoin de toi.

Joseph n'avait pas beaucoup de choix. Il pouvait trahir la confiance de Nestor qui se livrait à des activités mal vues par le nouvel État français et l'arrêter. Les premières décisions du gouvernement ne l'avaient pas inquiété. Certaines lui semblaient frappées au coin du bon sens pour faire face à l'occupation allemande. Pourtant, alors qu'il se sentait prêt à s'en remettre au Maréchal, l'attitude de Laval lui paraissait dangereuse. La confiance aveugle du Président du Conseil dans l'Allemagne le perturbait. Il avait vu comment se comportaient certains Allemands, Le souvenir de l'arrivée gare de Lyon revenait souvent.

— Bref, tu voudrais que je sois ta cinquième colonne à moi tout seul.

— Exactement ! Et surtout que tu prennes soin de toi. Tu as vu que ces gars, quels qu'ils soient, ne plaisantent pas et peuvent être dangereux.

— Comment communique-t-on ? Je pense qu'il n'y a pas de téléphone ici, et de toute façon, il vaut mieux s'en méfier. Je ne pourrais pas venir régulièrement. C'est trop loin. Et si Brouyard me fait surveiller…

— Tu as raison. On va se trouver une boîte aux lettres morte.

Joseph connaissait le principe : une cachette était convenue entre les deux correspondants et recevait le courrier à date aléatoire, récupéré en fonction de la disponibilité du destinataire, ou de la tranquillité du lieu.

— Il faut trouver un endroit devant lequel je passe régulièrement, sans attirer l'attention... La fontaine de la rue des Chaussetiers. Je me sers souvent du rebord pour relacer mes chaussures. Et j'ai remarqué que le tuyau d'écoulement n'est pas bien scellé. On ne pourra pas y mettre un colis, mais pour un message, c'est idéal.

— Va pour la fontaine des Chaussetiers, dit Nestor. Avant que tu ne partes, Alphonse va te mettre une bande Velpeau autour du thorax. Et maintenant, file. Il se fait tsar, comme disait Nicolas II, et tu dois être à ton poste demain matin, comme si de rien n'était. Quoique… Avec ton œil de boxeur.

— Oui, je lui trouve une jolie teinte violacée. Ça fait genre.

26 mars 1918

Étienne,

J'écris à celui que j'ai connu sous ce nom, mais qui n'est plus qu'un fantôme...

Depuis plusieurs mois je me bats contre l'administration militaire pour essayer de retrouver des traces de l'homme qui m'a donné un fils. Je l'ai appelé Gustave, comme mon frère, mort lui aussi. Comme toi.

Il m'a fallu développer des trésors de persuasion et de patience, attendre des heures dans des bureaux peuplés de fonctionnaires obtus ou débordés, et m'entendre annoncer la disparition « pour la France » de l'homme que j'aime, sans poser de questions. J'ai pu rencontrer un jeune lieutenant du bureau des disparus qui apitoyé par ma situation, et ému des sourires de mon bébé, a remué ciel et terre pour découvrir avec moi qu'Étienne Perraud est mort à la cote 306 le 3 mars 1916... Le jour où celui que je prenais pour mon filleul m'a si bien décrit les horreurs de la guerre !

Le lieutenant Delaplane m'a déposée dans un fiacre pour que je puisse rentrer chez moi avec Gustave, et un bout de papier qui annonçait sèchement, violemment, administrativement, la mort de celui que j'ai aimé et qui m'a laissé un enfant à qui je donne tout l'amour dont je suis capable.

Qui es-tu Étienne Perraud ? Qui est l'homme que j'ai serré dans mes bras ? Dont je ne sais rien, après ces nuits serrés l'un contre l'autre et pendant lesquelles tu me racontais tes cauchemars.

Je sais que tu es vivant. Je le sens dans mon corps… et parce que les lettres que j'envoie poste restante ne reviennent pas. C'est donc qu'elles sont distribuées et lues. Jetées ?

L'héroïsme dont tu semblais faire preuve au front s'est-il transformé en la pire des lâchetés face aux responsabilités que devrait assurer un homme digne de ce nom ?

Je t'écrirais tous les ans pour te rappeler notre existence.

Élise

15

Les matières dangereuses (inflammables, explosives, vénéneuses) et les matières infectes ne sont admises au transport à grande vitesse que si ce mode de transport est autorisé par les lois et règlements en vigueur et notamment si elles ne sont pas exclues des trains de voyageurs en vertu des prescriptions du règlement ministériel de 1897.

Extrait du *Journal Officiel* du 12 août 1940

Joseph était rentré de l'abbaye de Malemont à quatre heures du matin. À l'Est, le ciel prenait une légère teinte bleutée, qui annonçait le lever du soleil. Joseph gara la voiture devant la porte de l'immeuble où habitait Marthe Chaput. Il se sentait emmailloté comme une momie mais n'avait plus mal.

Un cafetier ouvrait les portes de son estaminet. Joseph s'installa à une table et attendit. Il bâillait à s'en décrocher la mâchoire.

À cinq heures et demi, il régla les deux tasses de succédané de café qui lui avaient donné un peu d'énergie et grimpa jusqu'à la chambre de la soubrette. Il y avait du bruit à l'intérieur. Il frappa doucement.

— Qui c'est ? demanda une voix inquiète.

— Ouvrez, chuchota Joseph. N'ayez pas peur. Je viens vous parler de Fanfan.

Il entendit la clé tourner dans la serrure et Marthe apparut dans l'embrasure. Elle essaya de fermer la porte quand elle reconnut Joseph, mais il Joseph la repoussa dans la pièce.

— Je vous ai dit de ne pas avoir peur.

Pourtant, la petite était morte de trouille. Elle essayait de faire bonne figure mais son maquillage dissimulait mal ses yeux rougis et ses paupières gonflées.

— J'ai pas le temps de causer. Faut que j'aille au travail.

— Je vous y emmènerai, mais d'abord, il faut m'aider. Depuis combien de temps connaissiez-vous Ferdinand ?

Marthe Chaput fondit en larmes.

— On est de Tauves, tous les deux. Enfin, moi je suis née à Fougeolles. Mais c'est à côté.

— Pourquoi n'êtes-vous pas restés là-haut ? Vous auriez pu travailler à la ferme.

— Mes parents n'avaient pas assez de bien pour nous nourrir tous les sept. Mon père m'a emmenée sur mes quinze ans pour qu'on m'embauche à l'hôtel.

— Et Fanfan ?

— Il était parti depuis un peu plus longtemps. Il aime pas trop les travaux des champs. Il avait de l'ambition, et voulait faire banquier. Mais il est pas assez malin pour ça. Il a fait des mauvaises rencontres. On s'est croisés un soir que je rentrais du travail. Il a voulu qu'on se mette à la colle. Pourquoi pas ? Il me tenait chaud dans ma soupente, quand il était là.

Joseph et Marthe s'étaient assis sur le bord du lit. Les coudes sur les genoux, Marthe cachait son visage dans ses mains.

— Vous aviez rencontrés ceux avec qui il fricotait ?

— Une fois, au bal, un samedi soir. Ils étaient avec des filles qui avaient mauvais genre. J'ai dit à Fanfan que c'était pas des gens honnêtes, et qu'il ferait mieux de se trouver un vrai travail. On aurait pu avoir des enfants. Il était pas méchant, vous savez.

Joseph sortit de sa poche le mouchoir brodé. Marthe le tint longtemps dans son poing fermé.

— Je lui avais fait pour notre premier anniversaire.

Elle soupira puis essaya de se lever.

— Faut que j'aille au boulot. Je vais me faire enguirlander.

— Je parlerai à votre patron. Encore quelques questions. Quand je suis venu vous voir la première fois, il était ici, n'est-ce pas ?

— Oui. Il était tourneboulé parce qu'il avait trouvé ce cadavre dans la chambre. Et que moi je l'ai vu après. Je savais qu'il fricotait à droite et à gauche, mais je voulais pas trop savoir dans quoi.

— Avait-il pris quelque chose dans la chambre, ou sur le corps ?

— Il me l'a pas dit comme ça, mais il m'a dit qu'il avait trouvé de quoi nous faire un beau cadeau, et même qu'on pourrait partir en vacances. Il l'avait caché là.

Elle se dirigea vers une petite table à toilette dont elle ouvrit le tiroir. Elle en sortit un petit sachet en tissu et le tendit à Joseph. Il ouvrit le sachet et vida le contenu sur sa paume. C'était une chevalière gravée d'un B entouré d'une feuille de hêtre.

— Que voulait-il en faire ?

— Je crois qu'il voulait la vendre et en tirer beaucoup de sous.

— Vous êtes certaine que ce n'est pas Fanfan qui a tué le sénateur ?

— Oh, Monsieur, si vous saviez comme j'ai eu peur quand j'ai vu cet homme tout mort ! gémit la petite. Il m'a promis que c'était pas lui, et je le crois ; ce n'était pas un meurtrier, mon homme ! Je comprends pas pourquoi qu'il a tué ce commissaire en pleine ville ! Vous pensez que c'est ceux que j'avais vu qui l'ont forcé ? Vous allez les arrêter hein ?

Joseph hocha la tête pour la rassurer. Il savait au fond de lui que l'arrestation des commanditaires de l'exécution de Fanfan était une lointaine probabilité.

Marthe se moucha et retourna à la table à toilette pour se recoiffer.

— Faut vraiment que j'y aille, maintenant. J'y vais à pied, ça me remettra en place !

Quand ils arrivèrent sur le trottoir, elle se tourna vers lui et l'embrassa sur la joue.

— Merci. Vous êtes chic pour un poulet !

****

Jean Espinasse repassait dans sa mémoire les événements des dernières vingt-quatre heures. Il était content d'être celui qui avait aidé Joseph à trouver l'assassin de Sabine. Il ne l'avait pas connue, mais les quelques images que lui avait montrées Joseph représentaient un visage doux, d'un ovale qui aurait pu emplir un camée. Il avait raconté la journée à sa femme qui l'avait regardé avec des yeux émerveillés. Elle voyait en lui un héros des temps modernes et les récits de ses exploits policiers provoquaient toujours une excitation qu'elle lui communiquait en frottant son bassin contre le sien.

Espinasse s'était ainsi empressé d'honorer son épouse de différentes manières qui les avaient laissés transpirants. Il ferma les yeux et, caressant sa barbiche napoléonienne, sentit une puissante érection envahir son bas-ventre.

— Monsieur ? Inspecteur ?

Espinasse ouvrit les yeux et se trouva face à un prêtre dont la soutane usée ne présentait aucun faux pli. Il rougit, comme pris en flagrant délit d'onanisme, et approcha le fauteuil de son bureau pour dissimuler sa raideur. Il croyait reconnaître cet homme d'Église, sans pouvoir mettre un nom sur son visage jovial.

— Je suis le curé d'Orcines, et je cherche l'Inspecteur Dumont.

Espinasse se souvint de lui et de la parodie de cérémonie religieuse à laquelle il s'était livré. Laisser les francs-maçons se donner en spectacle de la sorte, c'était offenser la religion et la hiérarchie ecclésiastique. Si on ne pouvait plus compter sur les prêtres pour rappeler les fondements de la société, il était temps de balayer devant sa porte.

— Revenez plus tard, répondit-il d'une voix peut-être un peu trop sèche.

— Je ne comptais pas le déranger, et vous seriez aimable de lui transmettre ce message que j'ai reçu hier. Il m'a été envoyé par le notaire d'Étienne Ferrand. C'est, me semble-t-il, un codicille à son testament.

Il tendit une enveloppe à l'inspecteur.

« À remettre à mon frère en humanité Robert Ploix. »

— Vous pouvez la lire

C'était un court texte, daté du 23 avril 1940,

Cher vieux frère,

Si Maître Tellier t'a fait parvenir cette lettre, c'est que quelqu'un a décidé que je devais rejoindre l'Orient Éternel. Ne cherche pas de responsable. Les forces du Mal se déchainent autour de nous. Je ne sais quel plan ambitieux Elles veulent réaliser, mais Elles ont mis le pays « dans de beaux draps ! » Pardonne-moi l'expression vieux frère, le temps me manque pour te redire la force de notre amitié qui a su dépasser la mort et l'épouvante, et nous a permis de poser sur le monde un regard toujours émerveillé.

Je t'embrasse

Étienne

Espinasse leva les yeux vers le père Ploix.

— Je ne vois rien d'extraordinaire dans ce message. À part que c'est un peu confus.

— Vous avez raison, et c'est la première chose qui m'a mis la puce à l'oreille. Étienne faisait toujours très attention à son style.

— Et la deuxième chose ?

— Étienne ne m'appelait jamais « cher vieux frère. » Il préférait « mon vieux bigot ! » C'est pour cela que j'ai repensé aux messages secrets dont j'ai parlé à l'inspecteur Dumont.

Ploix fourragea à nouveau dans sa soutane et en sortit une feuille de papier pliée en quatre.

— Nous avions découpé des ouvertures qui correspondaient à certains mots des messages que nous

nous transmettions. Chacun de nous avait cette grille qu'il suffisait d'appliquer sur la lettre qu'il recevait.

Il joignit le geste à la parole, superposa les deux feuilles et montra le résultat à Espinasse : « Cherche les plans à Beau regard. »

Espinasse en eut le souffle coupé.

— Cela n'a rien de mystérieux. C'était juste une occupation de gamins, expliqua le père Ploix devant sa surprise. Vous allez bien, Inspecteur ?

— Oui, oui, ça va… C'est juste que… je trouve que le procédé est original pour passer des messages secrets.

— Évidemment, il faut que chacun ait la même grille, et en changer souvent, mais ce n'était qu'un jeu !

— Bien entendu, répondit Espinasse qui n'arrivait pas à croire à sa bonne fortune. De quoi parle Monsieur Ferrand, à votre avis ?

— Je n'en ai aucune idée ! Nous n'avons jamais parlé de plans depuis de nombreuses années, et je ne pense pas qu'Étienne ait eu envie de se lancer dans l'architecture !

— En effet, un sénateur architecte aurait de quoi surprendre ! Mon père, je vous propose de me laisser ces feuilles comme pièces à conviction. L'inspecteur Dumont vous les rendra prochainement, mais nous devons les verser au dossier… Pour nos rapports, vous comprenez ?

— Je ne pensais pas que ce serait si…

— C'est pour cela que la police est efficace, nous pouvons établir des liens rapidement entre deux faits qui paraissent éloignés, expliqua Espinasse en se levant.

Il prit le père Ploix par le bras et le poussa délicatement vers la porte.

— Encore merci, mon père. Ne vous inquiétez pas pour vos documents. Ils seront bien gardés !

Il verrouilla la porte après avoir vérifié que le couloir était désert et que personne n'avait entendu la conversation. Assis à son bureau, il se frotta les mains l'une contre l'autre. Un large sourire éclairait son visage. Il ne pourrait pas raconter son aventure à sa femme ce soir, mais il trouverait bien une carabistouille qui donnerait à celles-ci des désirs érotiques.

Il décrocha le téléphone qui permettait d'appeler l'extérieur sans passer par le standard et composa un numéro à Vichy.

À l'autre bout de la ligne, on décrocha avant la fin de la première sonnerie.

— Bonjour Monsieur, dit-il avec respect. Après de longues recherches, je peux vous dire que j'ai découvert où sont cachés les documents qui vous intéressent. Je peux aller les chercher dès aujourd'hui… Je suis le seul à en connaître l'emplacement, oui… Très bien, j'attends vos instructions. Au …

On avait raccroché avant qu'il n'achève sa phrase.

16

Article 1ᵉʳ :
Sont dissous de plein droit, à dater de la
présente loi :
1. Toute association, tout groupement de fait
dont l'activité s'exerce, même partiellement,
de façon clandestine ou secrète.

Extrait du *Journal Officiel* du 13 août 1940

Depuis longtemps, Joseph promettait à Sebastian de l'emmener au Jardin des Plantes. Le mariage Thévenet ayant été annulé, Irène se trouvait plus libre et avait décidé d'accompagner « ses garçons. » Ils marchaient côte à côte dans les allées, tandis que Sebastian courait jusqu'au petit parc à jeux.

— J'ai appelé Albertine, confia Joseph.

Irène lui prit la main et la serra.

— C'est bien. Je suis contente que tu l'aies rencontrée.

— Moi aussi… Je crois. Mais … Tu ne crois pas que c'est trop tôt ? Et elle ? Je ne sais pas ce qu'elle pense…

— Tu as besoin de vivre, Jo. Laisse faire les choses comme elles arrivent. Il n'y a pas de délai légal pour porter le deuil. Et puis… Tu ne veux pas l'épouser, non ?

— C'est un peu prématuré pour y penser !

— Justement. Vous avez besoin l'un et l'autre de vous trouver un confident, un complice.

— A quatre cents kilomètres de distance et une ligne de démarcation entre nous, on ne va pas se faire des confidences tous les jours !

— Alors, profitez des moments où vous êtes ensemble. Elle a besoin de toi pour échapper à sa mère, et tu as besoin d'elle pour sortir de ton chagrin. Et ce n'est pas une marque d'infidélité ! Je crois qu'il faut profiter de chaque miette de bonheur que l'on peut trouver en ce moment. Parce qu'il se fait rare… précieux, et qu'on ne sait pas de quoi demain sera fait.

Joseph savait pourquoi il aimait sa sœur. Son bon sens, son amour de la vie, sa logique, lui permettaient d'avancer, de tenir, de se consacrer à son fils sans ressasser les malheurs qui l'avaient frappée.

Ils entendirent qu'on les appelait, et levèrent les yeux. Simone Kahn, rayonnante, s'approchait d'eux, au bras d'un homme qu'ils n'avaient jamais vu.

— J'ai pensé que vous étiez ici. Je ne pouvais pas attendre pour vous présenter mon mari !

Ils firent les présentations. Serge Kahn avait les cheveux frisés et un nez épaté, mais ne ressemblait pas aux caricatures des Juifs que les journaux d'extrême droite se plaisaient à montrer.

Sebastian se jeta dans les jambes de Simone et regarda son mari avec un air circonspect. Celui-ci s'accroupit pour se mettre à sa hauteur.

— Bonjour Sebastian, Simone m'a beaucoup parlé de toi. Elle m'a dit que tu aimais les autos. Si tu veux, on pourrait en dessiner tous les deux, c'est mon métier.

La proposition fut acceptée et Sebastian demanda à ce monsieur dessinateur de le porter jusqu'à l'atelier.

Pendant le trajet, Serge Kahn expliqua comment il avait roulé de nuit, pendant plusieurs jours, pour éviter les contrôles policiers

Irène débarrassa les chaises et les tabourets occupés par des pièces de tissu et les vieux journaux. Tout le monde s'installa autour de la table de la cuisine, Sebastian sur les genoux de Joseph, tandis que Serge, en quelques traits, esquissait des voitures de sport incroyables. Le petit garçon voulut aller chercher un de ses véhicules pour que Serge le dessine. Irène avait posé les numéros de *La Montagne* sur l'appui de fenêtre, et, passant derrière Serge, Sebastian fit tomber la pile en équilibre instable. Kahn se pencha pour les ramasser, et parcourut les premières pages à mesure qu'il les empilait.

— Que d'événements en quelques semaines, dit-il songeur. J'ai l'impression d'avoir été sur une autre planète. Quand vous pensez que j'ai appris l'armistice avec dix jours de retard et que… Oh !

Il tenait devant lui la Une du journal daté du 13 juillet.

— Étienne Ferrand est mort ! Mais comment ?...

Après un court moment de silence, Joseph demanda :

— Vous le connaissiez ?

— Oui… enfin, pas exactement, mais…

— Je suis chargé de l'enquête sur son assassinat, et tout ce que vous pourrez me dire me sera utile.

— Oui. Bien sûr… Je ne sais par quoi commencer.

— Depuis quand connaissez-vous Étienne Ferrand ?

— Six mois environ. Je l'ai rencontré par hasard à une… euh… réunion à Paris.

— Quel genre de réunion ?

Kahn échangea un regard avec sa femme.

— Tu peux tout lui dire, mon chéri. Je crois que nous n'avons rien à craindre du frère d'Irène. N'est-ce pas, inspecteur ?

— Tant que vous n'avouez pas le meurtre du sénateur, je ne crois pas, répondit Joseph, intrigué.

— Eh bien, je suis franc-maçon, reprit Serge Kahn. C'est lors d'une tenue au Grand Orient à Paris que j'ai commencé à discuter avec Etienne. Nous avons parlé automobile et…

— Attendez un peu, l'interrompit Joseph. Vous êtes à une réunion maçonnique et vous parlez voitures comme à un cocktail mondain ?

— Nous n'abordons pas que des sujets politiques, historiques ou littéraires. Mais notre tenue était terminée et au moment des agapes, les conversations deviennent plus libres. Etienne avait appris que je travaillais chez Citroën, et nous avons commencé à parler du lien qui unissait notre maison à Michelin.

— Quelle est votre activité chez Citroën ?

— Je travaille au bureau d'études. Nous dessinons des modèles, réalisons des prototypes et les essayons sur le circuit de la Ferté-Vidame en Normandie. Etienne en a profité pour m'interroger sur un nouveau véhicule dans lequel il avait vu circuler Marcel Michelin qui rentrait dans son château de… La Brosse ?

— La Bosse, rectifia Joseph. C'est la demeure familiale.

— C'est ça. Monsieur Michelin a vite renoncé à l'utiliser sur route, on prenait la voiture pour une auto-mitrailleuse ! J'ai donc rapidement expliqué à Étienne que c'était notre TPV… pour « Toute Petite Voiture. » Un projet révolutionnaire, décidé par le grand patron de Citroën, qui a été directeur de Michelin, Pierre Boulanger.

— Qu'est-ce qu'une voiture peut avoir de révolutionnaire ? demanda Joseph qui n'y connaissait rien.

— Boulanger nous a demandé de faire une voiture qui pouvait être conduite par une femme, un débutant, ou un paysan, donc d'un maniement très simple. Et surtout le moins cher possible. Nos devis tournent autour de 8000 Francs !

— À ce prix-là, il ne doit pas y avoir beaucoup d'équipement !

— Vous avez raison ! Tout ce qui n'est pas utile est supprimé ! Nous ne gardions que le volant, le levier de vitesse et les pédales. La structure est en duralinox pour être plus légère et moins gourmande en essence. Le chef du bureau d'études, André Lefebvre, avait même envisagé d'utiliser le principe de la luminescence naturelle des lucioles pour le phare, ce qui évitait d'installer une batterie ! PJB ne nous avait donné qu'une consi…

— Vous avez dit « PJB » ? interrompit Joseph en se souvenant du calendrier de Ferrand.

— C'est le surnom que nous donnons à Boulanger, pour faire court.

— Boulanger et Ferrand auraient-ils pu se rencontrer à la fin du printemps ?

— Je peux vous confirmer qu'ils se sont vus : quand le patron a appris l'intérêt d'Étienne pour le projet, et voyant la menace allemande se préciser, il lui a confié des microfilms à mettre en lieu sûr.

— Mais pourquoi à lui ?

Kahn hésita.

— Je ne sais pas. Étienne inspirait confiance, et les francs-maçons cultivant le secret, le patron a pensé que les documents seraient bien cachés.

— Quelle peut être leur taille ? demanda Joseph, qui n'avait rien trouvé dans le bureau du sénateur pouvant ressembler à des microfilms.

— Nous avons fait beaucoup de plans et d'esquisses. En comptant les documents comptables et les notes, une centaine de clichés.

— Qui peuvent tenir dans une enveloppe, facile à dissimuler.

— À moins qu'Étienne les aie gardés sur lui.

— Il n'avait rien le jour de sa mort. Il les a sûrement mis en lieu sûr rapidement.

Joseph réfléchissait à toute vitesse. Ferrand aurait pu laisser les plans dans sa serviette, auquel cas ils étaient aux mains de Thévenet et de la Cagoule. Mais le sénateur était un homme prudent : il avait dû rapidement cacher les microfilms là où personne ne les trouverait lors d'une fouille superficielle. Était-ce la raison de sa présence à Beauregard le 10 juillet ? Antoine avait tu son passage ce jour-là, mais il n'était sans doute pas dans le secret. Les cachettes étaient nombreuses. Il fallait y retourner.

— Une dernière chose, demanda Joseph qu'un détail tracassait. Si vous êtes partis de la Ferté-Vidame en juin, comment se fait-il que vous n'arriviez que maintenant ?

Kahn raconta à Joseph comment il avait été sorti de l'eau par le vieux Laurent et sa femme après sa rencontre musclée avec la patrouille allemande.

— Je leur dois la vie, dit Kahn avec émotion. Si cette fichue guerre se termine, et si la TPV voit le jour, je retournerais les voir avec le premier modèle !

Joseph se leva.

Irène et Simone étaient dans la cuisine à monter une robe de mariée. Sebastian reconstituait un tournoi médiéval avec des chevaux cousus par sa mère.

— Je file à Beauregard, annonça Joseph. (Il se tourna vers Simone :) Votre mari est un homme précieux !

— Je peux venir avec vous, si vous voulez, intervint celui-ci. À deux, nous pourrons peut-être trouver plus vite ?

— Non. Cela reste une affaire de police, et on ne sait jamais.

Joseph se dirigea vers le téléphone et composa le numéro du commissariat.

— C'est Dumont, informa-t-il dès que l'on eût décroché. Passez-moi Espinasse.

— Papinasse va viendre ? demanda Sebastian qui adorait l'inspecteur.

— Venir, corrigea Joseph par réflexe. Non, pas tout de suite. On te portera des bonbons la prochaine fois. D'accord ?

— Ouiiii ! hurla le petit garçon.

— Chut, interrompit Joseph, qui entendait mal la réponse. Comment ça il est parti ? Parti où ?

Irène regardait la concentration et la contrariété se dessiner sur le visage de son frère, qui raccrocha doucement.

— Quelque chose ne va pas ?

— Il semblerait qu'Espinasse soit sorti du commissariat tôt ce matin, en prenant une voiture de la brigade, après avoir reçu la visite d'un curé dont la description qu'on m'a donnée ressemble à celle du père Ploix.

— Tu penses que c'était important ?

— Si c'était le cas, il aurait dû me prévenir. Le garage où Kowalski bricole ses voitures n'est pas loin. S'il y est, je lui demande de m'emmener à Beauregard. Je n'aime pas ça.

— Sois prudent, dit Irène à son frère.

****

Kowalski était bien dans son garage préféré, à l'angle des rues Bonnabaud et Eugène-Gilbert, immergé dans le moteur d'une voiture de course. Il leva la tête, interrogateur

— Kowalski, j'ai besoin de toi. Tu peux m'emmener à Beauregard ?

— Je remonter bougies. Dix minutes.

Joseph s'assit sur un tas de pneus. Pourquoi Espinasse avait-il quitté le commissariat sans essayer de le joindre, ni laisser de message ? Quelle information le père Ploix avait-il apporté qui justifie ce départ précipité. D'autre part, l'information que venait de donner Kahn montrait que le sénateur Ferrand cumulait de nombreux prétextes pour que l'on veuille attenter à sa vie. Franc-maçon et opposé à Laval ne lui suffisaient pas, il fallait qu'il se mêle d'espionnage industriel.

Kowalski, au volant de la Bugatti 57 Atlantic qui faisait sa fierté, appela Joseph.

— Prêt !

Joseph avait à peine refermé la portière que le bolide s'élançait dans un doux ronronnement de moteur.

— Tu ne m'avais jamais montré ton petit bijou ! Comment tu l'as eu ?

Kowalski eut un sourire complice.

— Gagnée à belote ! Pari idiot, mais pari gagné ! Il y a longtemps… Seulement quarante exemplaires !

Kowalski connaissait mieux Clermont que son Dantzig natal. Il enfila la rue Haute Saint-André jusqu'au croisement avec la rue Fontgiève.

Après les usines Bergougnan, l'avenue du Puy-de-Dôme montait à peu près droite jusqu'à ce qu'elle se transforme en sinueuse route nationale. Les virages étaient serrés et les épingles à cheveux se succédaient. Kowalski manipulait le levier de vitesse avec dextérité.

— On n'est pas pressé, fit remarquer Joseph en se tenant à ce qu'il pouvait.

— Moteur pour aller vite ! S'abîme au ralenti, répondit Kowalski qui souriait jusqu'aux oreilles. Il effectua un double débrayage et fit chasser l'arrière de la voiture pour la remettre dans l'axe après le virage de Durtol qu'il prit à la corde.

Il s'engagea avec précaution dans le chemin de Beauregard et avança sans bruit jusqu'à la maison de maître.

Une « Quinze » Citroën – la voiture du commissariat – était arrêtée devant le perron.

Espinasse était donc venu seul. Joseph descendit de voiture sans claquer la porte. Kowalski fit de même et s'approcha de la Citroën pour toucher le capot. « Froid, » chuchota-t-il.

Joseph indiqua à Kowalski de contourner la maison pendant qu'il montait les marches du perron en silence. Il se maudit de n'avoir pas pris son arme avec lui.

Une odeur de chair brûlée flottait dans l'air. Joseph entendait des gémissements venir de la cuisine. Il s'approcha. Assis sur deux chaises posées dos-à-dos et ligotés par de la corde, Antoine et Marilou étaient méconnaissables. Leur agresseur les avait torturés avec méthode et détermination. Le visage gonflé de coups, les mains disloquées par un marteau posé par terre, Marilou avait la tête penchée en avant. La chemise d'Antoine était en lambeaux. Un tisonnier dont l'extrémité reposait dans la cuisinière avait été appliqué sur chaque centimètre carré de peau. Antoine respirait à peine. Sa mâchoire était déformée. Espinasse était accroupi devant lui. Il lui tenait le menton et le regardait fixement.

— Allez grand-père. Tu as été courageux, mais faut me dire ce que tu sais, maintenant.

Antoine gémit.

Joseph fit un pas en avant et posa le pied sur une lame de parquet disjointe. Espinasse se retourna, le revolver à la main. Il ne sembla pas surpris

— J'aurais préféré que tu ne viennes pas, Joseph. Je vais être obligé de te tuer.

— Ça ne t'a pas gêné d'assassiner une vieille dame.

Espinasse regarda tristement le vieux couple.

— Ils ont été plus solides que je ne pensais. Elle a tenu longtemps, mais son cœur a lâché.

— Mais pourquoi ? Que sont-ils censés savoir ?

— Tu n'es pas venu par hasard, toi non plus. Tu sais donc que Ferrand a caché des documents d'une grande valeur. Il me les faut. C'est aussi simple que cela. Les plans de cette Toute Petite Voiture intéressent beaucoup la puissance occupante.

— Tu veux les livrer à l'Allemagne ?

— Au contraire ! C'est ce que souhaite Laval, pour faire bonne impression à ses amis. Il leur a déjà beaucoup donné, et nous refusons que ces plans puissent aller à Wolfsburg.

— Qui ça « nous ? »

— Disons que j'obéis à un groupe d'hommes avisés qui pensent que Laval doit être rapidement écarté du pouvoir.

— Et que feras-tu de ces plans, si tu les trouves ?

Joseph aperçut Kowalski dissimulé derrière la porte de la cuisine qui donnait sur le jardin. Il attendait que l'attention d'Espinasse se porte sur Joseph.

— Ils doivent disparaître pour ne pas risquer de les voir tomber dans de mauvaises mains. Je les brûlerai donc.

— Ils représentent des mois de travail pour les ingénieurs. Pourquoi ne pas leur remettre ?

— Trop risqué. Et puis ils pourront les refaire quand la guerre sera finie... Ce n'est pas mon problème. Je fais ce qu'on me demande.

— Depuis quand travailles-tu pour ces gens-là ?

— Laval s'est fait beaucoup d'ennemis quand il était aux affaires en 35. Ils ont vu d'un très mauvais œil son retour au pouvoir. Et ils ne souhaitent pas qu'il engage la France dans une collaboration totale avec l'Allemagne. Nous faisons donc tout pour le discréditer face à Pétain.

— Vous cherchez à le faire tomber ?

— Il est très capable de tomber tout seul ! en quelques semaines, il s'est mis une bonne partie du Conseil des ministres à dos... Mais nous allons lui donner un coup de pouce.

Kowalski avançait hors du champ de vision d'Espinasse lorsqu'Antoine gémit faiblement et bougea sur sa chaise. Le raclement fit se retourner Espinasse qui aperçut Kowalski. Sans hésiter, il tira. Joseph vit Kowalski tourner sur lui-même, touché à l'épaule. Joseph s'était approché d'Espinasse pour le désarmer, mais celui-ci projeta d'un coup de pied la table de cuisine. Elle bascula sur Joseph qui crut que son tibia se cassait en deux. Espinasse fila vers le couloir. Joseph repoussa la table avec difficultés et alla rejoindre Kowalski. Il entendit le moteur de la traction démarrer

— Ça va, ça va, gémit celui-ci. Prends ma voiture. Je m'occuper des vieux.

— Appelle une ambulance. Je crois que c'est trop tard pour la vieille dame.

Joseph partit en boitant jusqu'à la Bugatti. En se garant derrière la Traction, Kowalski avait obligé Espinasse à de nombreuses manœuvres qui l'avaient ralenti. Le moteur ronfla quand Joseph appuya un peu trop sur l'accélérateur.

La Traction avait quelques centaines de mètres d'avance, mais les deux cents chevaux propulsèrent la Bugatti au bout du chemin en quelques secondes. Joseph déboucha sur la route au moment où le fuyard entamait les virages de la Baraque. Espinasse ne connaissait pas bien la route, et ralentissait beaucoup dans les courbes. Joseph accéléra encore, au risque de perdre le contrôle de son bolide. Arrivé à l'épingle à cheveux du belvédère, Espinasse dut éviter une voiture qui arrivait en face. Il braqua un peu trop et l'arrière de la voiture se déporta vers la droite. Alors qu'il aurait dû accélérer pour reprendre la trajectoire, il freina brutalement. La Traction partit en toupie, traversa la route et plongea dans le ravin. Joseph s'était arrêté sur le bas-côté. La voiture n'en finissait pas de dévaler la pente, enchaînant tonneau sur tonneau. Quelques mètres avant la fin de son parcours elle explosa, projetant des tôles, des morceaux de verre et de pneus.

Joseph reprit la route de Beauregard. Il avait fait confiance à Espinasse, qui l'avait aidé, et qui aurait été prêt à l'abattre. Pourquoi ? Quelles étaient ses motivations ? Qui était ce « groupe d'hommes avisés » pour lequel il travaillait ? Ils voulaient faire tomber Laval, mais ne s'opposaient pas à la politique de Pétain. Joseph ne s'était jamais préoccupé de politique, mais il eut le sentiment qu'il faudrait bientôt choisir son camp, et que dans les années à venir, on ne pourrait plus rester dans l'attentisme.

Kowalski avait défait les liens des prisonniers. On ne pouvait plus rien faire pour Marilou, mais Antoine était couché sur la table de la cuisine, remise sur pied. Il respirait avec difficulté. Avec une force surprenante, il tira Joseph vers lui.

— Tout fouillé... Pourquoi... Sais pas... Rien trouvé...

Et il tomba sans connaissance.

L'ambulance arrivait, et Courtadon accompagné de deux infirmiers entra dans la cuisine. Il prit le pouls de Marilou, et secoua la tête.

— Pauvre femme, soupira-t-il. Comment peut-on s'acharner ainsi sur un être humain ? L'accident du belvédère est de votre responsabilité ?

— Je le crains. Ce que vous voyez est l'œuvre d'Espinasse.

— On ne peut se fier à personne, décidément. Espinasse, dites-vous ? On lui aurait donné le bon Dieu sans confession à cet homme, alors que La Fontaine nous avait prévenus : « Garde toi, tant que tu vivras, de juger les gens sur la mine, » vous ne croyez pas ?

Sans attendre de réponse, Courtadon s'était approché d'Antoine qui tremblait sans discontinuer, et crachait du sang.

— Je ne vous promets pas qu'on pourra le sortir de là, dit-il. On va l'emmener à l'hôtel-Dieu dès que la morphine aura agi.

Il remplissait une seringue sortie de sa sacoche.

— Allez me chercher du tulle gras demanda-t-il à un infirmier. Vous savez que ce sont les frères Lumière qui l'ont inventé pendant la dernière guerre ? Des bienfaiteurs de l'humanité, ces deux-là : Imaginer une distraction populaire et de quoi soulager les grands brûlés !

Joseph s'étonnait que l'on puisse retenir ce genre de détails. Il ne pouvait rien faire de plus pour les deux domestiques de Ferrand, mais espérait trouver dans la maison quelque chose qui le mènerait sur la piste de leur assassin ou de ses complices.

Les tiroirs des meubles du rez-de-chaussée avaient été ouverts et retournés, les beaux tableaux de paysage gisaient par terre, le visiteur ayant cherché un coffre mural. Joseph sortit de la maison et se dirigea vers le buron de Ferrand. S'il y avait quelque chose, c'était forcément à cet endroit.

Espinasse y avait pensé aussi. La porte ne tenait que par la charnière inférieure et pendait vers l'intérieur de la pièce. La table en chêne avait été retournée et les rayonnages vidés.

Joseph monta l'escalier de meunier. Tous les tiroirs de l'herbier avaient été sortis de leur logement et jetés au fur et à mesure. Des milliers de feuilles séchées étaient répandues sur le sol, la plupart s'étaient émiettées et une odeur douceâtre en émanait. Les livres de la bibliothèque avaient été déchirés et leur couverture ouverte avec un couteau, au cas où des documents auraient été glissés dans la feuillure. Les trois exemplaires du *Traité des Forêts* de Duhamel du Monceau gisaient, écartelés.

Joseph s'assit sur le grand fauteuil en cuir ; machinalement, il ramassa les livres jetés à terre et les posa sur le bureau. Il les feuilletait les uns après les autres, par curiosité, pour retrouver l'orthographe particulière du XVIIIème siècle. Il prit au hasard le tome deux du *Traité des forêts*. Il tourna les pages du livre, qui s'ouvrit de lui-même sur la page « Tilleul ». Il leva les yeux. Au mur, l'un des tableaux était la reproduction de cette même page. Il se dirigea vers le mur, et prit le tableau dans ses mains. Quel pouvait être l'intérêt de cette copie ? Si le texte avait le charme délicieux du style de l'Ancien Régime, les informations qu'il donnait n'avaient pas de rapport direct avec l'herboristerie qui était la passion de Ferrand. Mais Marilou lui avait dit avoir déposé sur sa tombe des fleurs de tilleul qui restaient encore parce que c'était un arbre dont il aimait l'odeur. Joseph posa le cadre sur le bureau et se mit à la recherche du tiroir de l'herbier se rapportant au tilleul. Espinasse les avait balancés un peu partout dans la pièce, et il fallut un moment à Joseph pour le trouver, Ferrand ayant effectué son classement en fonction du nom latin. Joseph finit par le trouver : *Tilleul – Tilia foemina*. Il n'y avait plus aucun vestige de fleur ou de feuille, mais il lui sembla que le tiroir était plus lourd que ce qu'il aurait dû être. Il retourna s'asseoir et examina la structure avec attention. Le fond était un peu plus haut que les autres. Joseph arracha le velours qui le recouvrait. Un trou du diamètre d'un doigt était percé dans un coin. Joseph put soulever délicatement le double-fond. Une vingtaine d'enveloppes y étaient rangées, écrites d'une main féminine, sûre d'elle et raffinée. Elles étaient divisées en deux liasses. L'une était adressée au lieutenant Etienne Perraud, 151ème régiment d'infanterie. L'autre avait le même destinataire, mais portait la mention « Poste restante, bureau 22, Paris VIIème. » Aucune de ces enveloppes n'avait été ouverte. Joseph regarda les dates. La première avait été postée le 15 août 1915 de Paris. Les enveloppes étaient classées chronologiquement, et la dernière de la première liasse datait de janvier 1919. Celles de la seconde liasse, étaient envoyées à la même date anniversaire du 11 novembre.

Joseph ouvrit une enveloppe. « Charnière du récit », pensa-t-il. Il avait dans les mains de quoi dissiper le voile d'ombre qui entourait Étienne Ferrand.

11 novembre 1937

Gustave a vingt ans aujourd'hui. L'âge auquel tous les garçons souhaiteraient partager le bonheur de vivre avec leur père.

Nous sommes maintenant depuis dix ans à côté de La Bourboule où comme tu le sais si tu as lu mes lettres précédentes, je me suis installée pour soigner l'asthme de Gustave. C'est maintenant un beau jeune homme. Les soins lui ont été bénéfiques, et il ne ressent plus aucun symptôme. Il m'aide beaucoup dans le commerce de primeurs que j'ai pu ouvrir avec mes économies. Il a travaillé pour la première fois cette année comme gentianaire et aide au transport des racines jusqu'à une distillerie de Corrèze.

Bien qu'ayant perdu tout espoir de te revoir je continuerai à te donner tous les ans des nouvelles de ton fils.

Les premières lettres qui présentaient une marraine de guerre, étaient signées Élise Rimbert. Joseph se rappelait avoir lu ce prénom pendant l'enquête. Il y avait une Élise cliente de l'hôtel de l'hôtel Carlton en même temps que Ferrand. Élise... Élise... Un nom en trois syllabes... Charpentier ? Chamoiset ? Chanudet ! Élise Chanudet. Elle vendait des légumes à La Bourboule. Était-ce son fils qui était couvert de pollen de gentiane ? Avaient-ils projeté tous les deux de venir à Clermont pour assassiner Ferrand ? Mais comment savaient-ils qu'il y serait ce jour-là ? Il se leva et regarda par la fenêtre. Les infirmiers portaient le brancard sur lequel se trouvait Antoine. Il traversa le jardin et arriva au moment où les infirmiers fermaient la porte.

— Attendez ! Il faut que je lui parle !

— Vous allez avoir du mal dit l'un deux, il est complètement dans les vapes.

— Il faut que j'essaie. C'est très important.

— Allez-y, nous, on n'est pas pressés, hein Roger ?

— Pour sûr, répondit Roger qui allumait une cibiche.

Joseph ouvrit la porte de l'ambulance. Antoine était endormi. Le torse recouvert de tulle gras, il semblait ne plus souffrir. Joseph le prit par une épaule et le secoua doucement.

— Antoine ? Antoine, réveillez-vous ! Je dois vous parler.

Antoine ouvrit un demi-œil qui roula sous la paupière. Le toubib n'avait pas plaint la dose de morphine.

— Antoine, vous m'entendez ? Vous rappelez-vous d'Élise ?

Le vieil homme ferma son œil et sembla s'endormir pour toujours. Une longue inspiration le fit gémir, mais lui donna un peu de conscience.

— Élise ? Élise ? Tu as vu Élise, mon petit Étienne ?

...

— Non, ce n'est pas Étienne.

— Ah, mon petit… Où est Élise ? Et son fils ? Le petit Gustave, il a sûrement grandi…

Les yeux d'Antoine se révulsèrent et il retomba dans son sommeil artificiel. Joseph tâta le pouls, qui était faible, mais battait encore. Il retourna au buron, emporta les enveloppes et le *Traité des Forêts*.

Il resta un moment assis dans la voiture. Antoine venait de confirmer le lien entre Ferrand, une femme s'appelant Élise, et son fils – leur fils ? – Gustave. Ce qui n'expliquait cependant pas pourquoi le crâne du sénateur avait été fracassé. Quelqu'un ne lui avait pas tout dit, et ne pouvait se réfugier derrière le mensonge par omission. Joseph regarda sa montre. Huit heures du soir. C'était une heure encore chrétienne pour aller voir un curé. Il déposa les enveloppes et le livre sur le siège passager et démarra en direction du presbytère. Un frôlement de soutane, et la porte s'ouvrit sur le père Ploix, dont le sourire s'effaça en voyant Joseph.

— Bonsoir, inspecteur ; je ne peux pas dire que je vous attendais, mais je savais que vous alliez venir un jour ou l'autre. Suivez-moi au jardin, j'ai encore quelques pieds de haricots à arroser. Ils sont prêts à donner, et j'ai l'intention de préparer quelques bocaux, pour les jours d'hiver.

Le jardin était un havre de fraîcheur multicolore. Entretenus avec soins, les légumes avaient envahi tout l'espace disponible. Les premières citrouilles commençaient à se former. Les boules orangées attiraient la lumière du soir. Le père Ploix alla remplir son arrosoir en zinc à la fontaine qui bruissait doucement. De petites éclaboussures se projetaient sur la margelle, abreuvant des mousses qui scintillaient au soleil couchant. Ce paysage, d'une grande sérénité, angoissait pourtant Joseph. Il savait que ce qu'il allait entendre engendrerait forcément du malheur.

Son arrosage terminé, le père Ploix se dirigea vers le banc et s'assit, en étalant sa soutane autour de lui. D'un geste, il invita Joseph à s'approcher de lui. Préférant discuter face à face, Joseph choisit de s'asseoir sur un ancien linteau en pierre de Volvic, qui délimitait un passage entre deux rangées de petits pois.

— Le nom d'Élise Chanudet ne vous est pas inconnu, n'est-ce pas ?

— Je n'ai pas entendu ce nom pendant des années, et pourtant, je crois bien y avoir pensé tous les jours…

— Vous y pensiez lorsque je suis venu vous voir la première fois ?

— Bien sûr que oui. Mais ne croyez pas que je vous ai dissimulé la vérité. Élise et son fils faisaient partie du jardin secret d'Étienne. De son histoire ancienne. Il a toujours essayé de les occulter de sa mémoire, mais son sentiment de culpabilité les ramenait toujours à sa conscience. Étienne n'était pas un mauvais homme, monsieur l'Inspecteur, mais il était persuadé d'avoir fait une erreur, de n'être pas le bon mari, le bon père qu'il aurait voulu être. Quand il rentrait de permission, où il avait vu Élise, il était noyé de chagrin. Parce qu'il savait qu'il n'avait pas d'avenir avec elle, et qu'il ne pourrait jamais lui dire la vérité.

— Il la lui avait déjà cachée, puisqu'il avait changé son nom.

— Ne le jugez pas... Ce que vous appelleriez « usurpation d'identité » a été un échange, que la justice des hommes pourrait reprocher à Étienne, mais les circonstances que vivaient les soldats étaient telles que nous ne pouvons les imaginer dans nos pires cauchemars.

— Vous y étiez aussi, pourtant.

— Je n'étais pas au front, je n'étais pas confronté aux assauts, je ne voyais pas mes camarades exploser à mes côtés pendant la traversée du *no man's land*. Je partageais la douleur de ces hommes, leurs angoisses, et j'essayais, avec l'aide de Dieu, de les soulager, mais je n'ai pas vécu le dixième des horreurs qu'ils ont endurées.

— Qui était Perraud ?

— Un des hommes du régiment d'Etienne – de « notre » Étienne, si je puis dire. Il n'avait pas vingt-cinq ans. Le matin de sa mort, il venait de recevoir la lettre d'Élise. Il était si heureux ! Imaginer qu'il pourrait visiter Paris aux bras d'une femme... Il est mort sous les yeux d'Étienne, traversé par un éclat de shrapnel qui l'a coupé en deux. Étienne avait une permission quelques jours après. Il a pris l'adresse d'Élise, avec l'intention de lui expliquer. Mais celle-ci était veuve – son mari s'était fait écraser par un tramway ! – son fils et son frère étaient morts ensemble sur la Marne.

— Elle était donc plus âgée que Perraud ?

— Peu lui importait ! Les marraines de guerre apportaient aux soldats affection et tendresse. Les choses du sexe, ils pouvaient les trouver dans les maisons closes ou les tripots qui ne manquaient pas à l'arrière. Ce qu'attendait petit Perraud, c'était de l'amour.

— Ferrand s'est donc fait passer pour lui…

— Quand il a vu Élise pour la première fois, il n'a pas osé, m'a-t-il dit. Elle était fragile, attentive. Son mariage battait de l'aile, et il n'avait pas envisagé de rentrer à Beauregard pour ses permissions.

— Les enveloppes que j'ai trouvées n'ont pas été ouvertes, et celles écrites après la guerre sont à une poste restante à Paris. Elle ne savait pas où il habitait ?

— Tout le temps qu'a duré leur relation, il s'est fait passer pour le lieutenant Perraud. C'est toute la complexité d'Étienne : il ne voulait pas entretenir de relation avec Élise, mais ne pouvait s'empêcher de penser à elle ; il ne voulait pas qu'elle sache où il habitait, et ne lui écrivait pas. Il récupérait les lettres quand il passait à Paris au moment des sessions parlementaires.

— Pouvait-il imaginer l'angoisse dans laquelle elle se trouvait ?

— Non seulement il l'imaginait, mais il en souffrait. Je lui ai souvent suggéré d'aller voir Élise et de tout lui expliquer : elle ne lui aurait sans doute pas pardonné, mais les choses auraient été claires. Pendant ces vingt ans, il n'a pas été capable de l'affronter.

Curieux homme, pensa Joseph. Alors que ses collègues et sa famille s'accordaient pour présenter le sénateur Ferrand comme un homme sûr de lui et déterminé, il n'avait pas su, pendant vingt ans reconnaître ses erreurs et les assumer.

— Lorsque je suis allé demander à Antoine si le prénom d'Élise évoquait quelque chose pour lui, il m'a parlé d'un fils, Gustave. Lui aussi était au courant ?

— Etienne ne pouvait pas cacher grand-chose à Antoine qui a longtemps joué le rôle de père de substitution et il connaissait Etienne mieux que personne. Je crois qu'il a compris dès le retour d'Etienne que celui-ci avait eu cette relation. Il a essayé lui aussi de convaincre Etienne d'aller s'expliquer avec Élise, et surtout de l'aider à élever son fils. Mais Étienne n'a jamais eu le courage de les revoir.

Ils restèrent silencieux dans le soir tombant. Les oiseaux se préparaient à la nuit. Un merle, juché à la cime d'un érable racontait sa journée à la terre entière, insensible aux malheurs et aux incohérences des hommes.

****

Joseph sortit du presbytère, troublé par cette journée pendant laquelle tout ce qu'il avait appris d'Étienne Ferrand contribuait à rendre le personnage encore plus complexe. Un homme de secrets sous des abords bonhommes et sincères.

Deux hommes connaissaient sa liaison avec Élise Chanudet. Ils avaient gardé le silence. Pour protéger leur ami ou lui permettre de poursuivre sa carrière politique ? S'il pensait tous les jours à son fils naturel et à sa mère, comme le soutenait le père Ploix, Ferrand n'avait pas cherché à les aider d'une manière ou d'une autre.

Joseph retourna dans la maison, silencieuse et déserte. Un lampadaire était encore allumé dans le salon. Espinasse avait jeté tous les tableaux à terre. Joseph les redressa, les appuya contre le mur et se recula pour les admirer.

Il émanait de cette collection des peintres de l'école du Murol une impression de sérénité. Chaque artiste avait sa personnalité, mais l'ensemble dégageait une harmonie de couleurs et de formes particulièrement apaisante. Joseph se prit à essayer de distinguer les différents styles et les signatures. Celle de Charreton était la plus reconnaissable, et son style impressionniste était plus lumineux que les autres. Il s'arrêta aussi sur un paysage de l'abbé Boudal, montrant une vieille chaumière en hiver, un homme s'approchait d'elle, et la lampe qu'il portait révélait le chemin devant lui. Une lucarne éclairée répondait à celle-ci. Un tableau de Joseph Barrière l'impressionna par sa maîtrise des couleurs. Le château de Murol au loin, comme posé sur un lit de fleurs multicolores au premier plan. Le tableau suivant représentait le Puy de Dôme et semblait avoir été dessiné à partir de Beauregard. La vision panoramique donnait une grande profondeur au tableau.

Il regarda la signature. « Y. Ferrand. » Il se souvint avoir remarqué ses mains tachées de peinture le jour de l'enterrement.

Une portière claqua et des pas précipités claquèrent sur les marches du perron. Joseph sortait du salon quand Yvonne Monier lui tomba dans les bras le visage ravagé de larmes.

— Où sont-ils ? cria-t-elle. Laissez-moi voir Marilou ! Qu'est-ce qui ?... Je viens d'arriver… Qui a fait ?...

— Ils sont à l'Hôtel-Dieu. Répondit Joseph calmement. Les médecins s'occupent d'eux. Venez-vous asseoir.

— Non ! Elle se dégagea de ses bras. Je veux les voir tout de suite.

— Vous ne pourrez rien faire. Calmez-vous. Antoine aura besoin de vous quand il se réveillera.

— Antoine ? Vous voulez dire que Marilou ?...

— Je suis désolé, dit Joseph en la regardant dans les yeux.

Il dut la retenir pour qu'elle ne tombe pas. Il la porta jusqu'à un divan, et alla chercher une eau-de-vie dans la cuisine.

La main d'Yvonne tremblait quand elle porta le verre à ses lèvres. Quelques gouttes d'eau-de-vie tombèrent sur sa robe. Elle ferma les yeux et avala cul-sec.
Joseph prit le verre et le posa sur un guéridon. Il ne quittait pas Yvonne du regard.

Elle le regarda.

— Excusez-moi. Vous devez me trouver…

— Je vous trouve comme une femme qui a perdu des parents. Ne vous excusez pas.

Elle se pencha en arrière, appuya la tête sur le dossier et ferma les yeux.

— Ce sont eux qui nous ont élevés, vous savez. J'ai plus de souvenirs avec Marilou et Antoine qu'avec mon père et ma mère.

Joseph ne dit rien. Il n'avait pas de souvenirs avec ses parents, – de bons souvenirs – et aurait bien aimé avoir connu une famille de substitution. Il s'inclina légèrement vers Yvonne pour l'intégrer à son espace corporel et favoriser les confidences.

— Vos parents étaient souvent absents ?

— Mon père passait beaucoup de temps à la mairie, puis à la Chambre. Il s'est rapproché de Grégoire quand celui-ci est arrivé à l'âge adulte. Il aurait aimé avoir un successeur.

— Et votre mère ?

— Elle a été atteinte très tôt – nous étions encore enfants – d'une maladie de langueur. Elle nous a rapidement délaissés et restait cloîtrée dans sa chambre. Parfois, elle s'allongeait des heures sur une chaise longue qu'Antoine installait dans le jardin.

— Vous souvenez-vous de l'époque ?

— Je ne saurais vous dire avec certitude… Mais c'était avant la guerre. J'en suis certaine, parce que Papa rentrait tous les soirs, jouait un peu avec nous et nous lisait des histoires.

— Son absence pendant la guerre vous a-t-elle marquée ?

Yvonne hésita.

— Je ne sais pas… Je n'ai que des bribes de souvenirs. C'est très vague.

— Les permissions étaient rares, la rassura Joseph. Il ne devait pas venir plus d'une fois par an.

— Je pense… Je crois me souvenir d'un Noël. Il y avait beaucoup de neige. Nous préparions le sapin avec Marilou, et la porte s'est ouverte. Des flocons volaient dans la pièce. Nous étions persuadés que c'était le père Noël…

— C'était presque ça, non ?

— Oui, peut-être. Il ne s'est pas mis à genoux pour nous prendre dans ses bras comme il le faisait d'habitude. Grégoire lui a demandé s'il était blessé et s'il avait tué beaucoup d'Allemands. Après, mes souvenirs sont très confus. Je crois que je mélange les fêtes de Noël.

Joseph changea de sujet.

— Vous reprochiez son deuxième mariage à votre père ?

— Il faisait ce qu'il voulait de sa vie, mais quand on a 52 ans, on ne se marie pas avec… avec…

— Une jeune fille ? termina Joseph.

— Elle était étudiante ! Ça ne se fait pas !

— A 32 ans, on n'est plus tout à fait étudiant…

— Vous essayez de le défendre ? attaqua Yvonne.

— Je ne défends personne, Madame, j'essaie simplement de me faire une idée de vos relations.

— Et c'est comme ça que vous trouverez l'assassin de mon père ?

Joseph se tut. Il ne pouvait pas lui dire qu'il pensait l'avoir trouvé. Ni lui confier la vie secrète de son père. Il y aurait peut-être un procès pendant lequel la vie cachée d'Étienne Ferrand apparaîtrait au grand jour. Mais ce n'était pas le moment.

— Ce qui m'aiderait, c'est de savoir ce que faisait votre père à Beauregard fin juin. Antoine m'a caché sa venue, mais je sais qu'il y était. L'avez-vous vu ?

— À Beauregard, non. Je n'avais pas de raison d'y aller, et je ne savais pas qu'il devait venir. Mais, oui, je l'ai vu dans le village.

— Vous en êtes certaine ?

— Je sais reconnaître mon père, Inspecteur.

— Vous souvenez-vous du jour ?

Elle réfléchit un instant.

— Non, je ne vois pas. Il faisait nuit, et la place de l'église était encore éclairée par le dernier croissant de lune.

Joseph se leva et alla chercher le calendrier des Postes dans la cuisine. Le dernier quartier commençait le 27 juin. Le gouvernement était arrivé à la Bourboule le 28 et Charlier n'avait plus vu Ferrand à partir de ce jour. Ça collait.

— Il était sur la place ? Vous en êtes sûre ?

— Certaine ! Il n'était pas seulement sur la place, mais il sortait de l'église.

— Il vous a donné l'impression de se cacher ?

— Non, il n'avait pas de raison de le faire, mais vous savez, on ne croise pas beaucoup de monde la nuit à Orcines, même en été !

— Vous n'avez pas été surprise ?

— J'ai pensé qu'il avait rendu visite au père Ploix, malgré l'heure tardive, mais j'étais préoccupée par des questions de comptabilité, et le lendemain, j'avais oublié cette rencontre.

Que faisait un laïcard comme Ferrand dans une église un soir de juin 40 ? Touché par la grâce, serait-il allé allumer un cierge pour sauver son pays ? L'image fit sourire Joseph. Il était peut-être allé voir son ami ? Mais pourquoi dans l'église ? En pleine nuit, Ploix dormait du sommeil du juste ou préparait un sermon au milieu de son persil. Il n'avait pas évoqué cette visite, mais il était cachottier lui aussi.

Cachottier.

Ferrand s'était caché toute sa vie d'Élise Chanudet, il cachait ses lettres,

Le buron et son herbier avaient été retournés de fond en comble pour retrouver des microfilms bien dissimulés. Ferrand avait cherché un endroit où personne ne penserait fouiller.

Joseph se pencha vers Yvonne.

— L'église est-elle ouverte ?

— Maintenant ? Je crois qu'elle n'est jamais fermée. Pourquoi ?

— Je vais avoir besoin de vous, dit Joseph sans répondre à la question. Venez avec moi.

— Inspecteur, il est onze heures du soir, j'ai perdu des amis très chers, et je voudrais essayer d'oublier cette journée !

— Je vais vous donner l'occasion de penser à autre chose. Venez !

Le ton autoritaire incita Yvonne à se lever. Elle rejoignit Joseph dans la voiture qu'il venait de démarrer.

— Je suis persuadé que votre père a caché dans l'église un document très important, dit Joseph alors qu'elle était à peine assise. Vous allez m'aider à le trouver.

— Je ne sais même pas à quoi ressemble ce document !

— Moi non plus. C'est peut-être une enveloppe de petit format, ou une pellicule photographique…

Ils étaient arrivés devant l'église. Joseph monta quatre à quatre les marches du perron et entra dans l'édifice. Il trouva un interrupteur général qui commandait l'éclairage.

— Par quoi voulez-vous commencer ? demanda Yvonne.

— Regardez sous les bancs, répondit Joseph que l'ampleur de la tâche inquiétait. Je vais décrocher les tableaux du chemin de croix et les autres.

Les bancs étaient trop lourds pour Yvonne. Ensemble, ils les retournèrent pour vérifier si l'enveloppe était fixée au-dessous. Au vingtième, Yvonne s'assit.

— Il faudrait une armée. À part des toiles d'araignées et des crottes de nez, il n'y a rien là-dessous.

— Allez voir dans la sacristie, à l'intérieur des vêtements, ou des tissus, dans les tiroirs. Je suis sûr que votre père a caché les documents dans cette église.

Joseph décrocha les tableaux un à un, les retourna. Il déplaça les statues pour vérifier si les microfilms n'étaient pas cachés sous le piètement. Il souleva le tapis qui recouvrait les marches de l'autel.

Le jour pointait à travers les vitraux quand il s'aperçut qu'Yvonne Ferrand s'étaient endormie sur un banc. Sa tête était posée sur une chasuble. Il n'avait plus prêté attention à elle. Il jeta un regard circulaire à l'église. Tableaux par terre ou de guingois, bancs retournés, statues déplacées. Joseph s'assit sur un prie-Dieu face à l'autel. Il était épuisé et n'avait rien trouvé. Il ferma les yeux.

Il se réveilla en sursaut. Il n'avait pas regardé partout. Son regard se porta sur le tabernacle. Ferrand aurait-il pu… ? Joseph se leva si vite qu'il renversa le prie-Dieu. Le bruit réveilla Yvonne.

— Quelle heure est-il ? Vous n'avez rien trouvé ? On ne risque pas de s'endormir pendant la messe… Ces bancs sont durs ! Où allez-vous ? cria-t-elle en voyant Joseph se précipiter vers la sacristie. J'ai tout regardé. Il n'y a rien.

— Il me faut une clé, dit Joseph. Nous n'avons pas regardé dans le tabernacle.

Il fourrageait dans le meuble de sacristie. Un petit placard contenait plusieurs clés. Il prit la plus petite, qui lui semblait être la mieux adaptée.

Quand il sortit, Yvonne Ferrand était sur les marches de l'autel, les bras écartés.

— Je vous interdis d'aller plus loin !

— Mais…

— Vous ne pouvez pas ouvrir le tabernacle vous-même. C'est là que sont conservées les hosties consacrées.

— Je sais, mais c'est un cas de …

— La porte ne peut être ouverte que par un prêtre ! Moi ici, vous ne commettrez pas ce sacrilège ! Puisque c'est si important, allez demander au père Ploix.

Joseph comprit qu'il était inutile de discuter. Il sortit en courant de l'église et sonna à la porte du presbytère. Il entendit le gravier crisser sous les pas du père Ploix.

— Inspecteur ! s'écria-t-il, surpris. Je ne m'attendais pas à vous revoir si tôt ! Souhaitez-vous poursuivre votre interrogatoire devant une tasse de café ? Je viens d....

Joseph l'interrompit sans ménagement.

— Je prendrai le café plus tard, quand cette affaire sera terminée. J'ai besoin de vous à l'église. Pour ouvrir la porte du tabernacle.

— Auriez-vous un besoin urgent de communier, mon fils ? Je peux vous entendre en confession, si vous le souhaitez.

— Il ne s'agit pas de religion, mon père. J'ai tout lieu de croire qu'Étienne Ferrand a dissimulé des documents très importants dans le tabernacle. J'ai fouillé l'église toute la nuit, et c'est le seul endroit que je n'ai pas visité. Sa fille Yvonne refuse que je l'ouvre moi-même.

— Et elle a raison ! Si ce mécréant d'Étienne a ouvert ma réserve eucharistique, j'irais lui tirer les oreilles moi-même, où qu'il se trouve !

Il tira la porte du jardin et précéda Joseph à grands pas, la soutane battant ses mollets.

Yvonne Ferrand les attendait en haut du perron. Ploix la prit dans ses bras et l'embrassa sur les deux joues.

— Alors, ton père a encore fait des siennes ?

— Je suis désolée. Je...

— Tu n'es pas responsable de ses frasques ! S'il y a vraiment quelque chose dans ce tabernacle, nous dirons que c'est son dernier clin d'œil !

Joseph accompagna le prêtre jusqu'à l'autel et lui donna la clé qu'il avait conservée dans sa poche. Ploix se signa et ouvrit la petite porte. Il ôta la patène avec précaution, et invita Joseph à regarder à l'intérieur.

— Vous voyez, il n'y a rien…

Joseph le repoussa doucement et éclaira l'intérieur du meuble avec une chandelle qu'il avait allumée. Un capiton de velours rouge recouvrait toutes les parois.

— Regardez ! Sur le côté gauche, on dirait que le tissu a été décousu !

— En effet, constata le prêtre.

Ploix s'approcha et glissa délicatement les doigts dans la couture mal refermée.

— Je sens quelque chose d'un peu épais… Comme du papier.

— C'est ça ! C'est sûrement ça ! s'exclama Joseph comme un gamin.

Ploix retira une enveloppe de petites dimensions, sans aucune mention manuscrite. Il la tendit à Joseph qui avait sorti son canif.

On n'entendait que le bruit du papier qui se déchirait.

Joseph ouvrit l'enveloppe et sortit cinq bandes de pellicule 24 x 36. Il en en prit une par la tranche, la plaça à contre-jour face à un vitrail. On distinguait des dessins, des textes, illisibles à cause de la petite taille.

— Nom de Dieu, murmura Joseph. Puis il se souvint où il était, et avec qui. Oh. Pardon mon père !

— Bon, dit celui-ci. Vous avez ce qu'il vous faut, et avez mis assez de désordre dans mon église pour aujourd'hui. Je vais tout remettre en état, mais s'il vous plaît, la prochaine fois, prévenez-moi avant de mettre le sac !

— Je vous le promets ! répondit Joseph qui courait vers sa voiture.

17

À compter de l'entrée en vigueur de la présente loi, seront dissous par décret les groupements généraux rassemblant, à l'échelle nationale, les organisations professionnelles patronales et ouvrières.

Extrait du *Journal Officiel* du 16 août 1940

Lors de sa déposition, Élise Chanudet avait laissé l'adresse de son magasin à La Bourboule. Joseph partit de Clermont pour arriver au moment de l'ouverture

La ville était pimpante, éclairée par le soleil matinal et il faisait frais à 1000 mètres d'altitude.

Le magasin de fruits et légumes était situé Boulevard Clémenceau sur la rive droite de la Dordogne. Joseph gara la voiture et s'installa à une terrasse de café, d'où il pouvait voir l'activité du magasin. Un grand gaillard – Gustave ? – ouvrait des portes charretières au dos desquelles étaient fixés des présentoirs. Il tira sur le trottoir un meuble à roulettes où était posée une balance. Le comptoir était en place. Le jeune homme rentra à l'intérieur et revint avec des paniers chargés de légumes. Joseph distinguait une silhouette à l'intérieur du magasin qui était sans doute Élise Chanudet. Elle sortit en portant une petite caisse en métal. Les activités de chacun étaient bien organisées, et ni l'un ni l'autre ne faisait de gestes inutiles. Une ambiance de tranquillité et de sécurité se dégageait de ces gestes. Joseph se leva en se disant qu'il allait briser cette paisible harmonie.

Élise Chanudet leva les yeux vers lui. Elle avait un visage ovale, sans relief, éclairé par des yeux verts et cernés de fatigue. Joseph contourna le comptoir et lui montra sa carte.

— Madame Chanudet ? J'ai à vous parler de votre séjour à Clermont en juillet.

Elle n'eut pas de réaction violente. Joseph crut voir du soulagement dans ses yeux.

— J'appelle mon fils.

— Il vaut mieux fermer votre magasin d'abord. Nous en aurons pour longtemps.

Elle referma soigneusement sa caisse et commença à repousser à l'intérieur le comptoir mobile. Joseph aperçut Gustave qui s'approchait avec un panier de légumes

— Maman, qu'est-ce que tu ?...

Il aperçut Joseph et fit tomber le panier. Ses yeux cherchaient une issue. Joseph le voyait hésiter.

— Restez tranquille, Gustave. Vous devez m'expliquer beaucoup de choses.

Élise Chanudet terminait de fermer les portes du magasin. Une lampe pendait du plafond et éclairait l'entrepôt avec parcimonie. Il y faisait frais et une odeur de terre mouillée s'en dégageait.

— Où pouvons-nous nous installer ? demanda Joseph.

Élise Chanudet le conduisit vers une petite pièce meublée d'une table, deux chaises et un poêle. Une pierre d'évier occupait un angle.

Élise avait pris la main de son fils. Elle s'assit avec lui. Joseph s'appuya à l'évier.

— Vous étiez tous les deux à l'hôtel Carlton le 11 juillet au soir, n'est-ce pas ?

— Oui, répondit-elle doucement. Jamais je n'aurais ima...

— Attendez, la coupa Joseph. Dites-moi d'abord comment vous avez retrouvé Étienne Ferrand lors de son passage, après vingt ans d'absence.

— J'ai cru voir un revenant, soupira-t-elle doucement. Joseph attendit.

— C'était le soir du 28 Juin. Je finissais de ranger le magasin. Gustave faisait des grosses journées à ramasser la gentiane. Nous avons entendu un grand bruit d'autos qui venaient de la route de Saint-Sauves. Certains murmuraient que c'était le gouvernement qui venait de Bordeaux. On n'y croyait pas trop... Ce n'était pas le moment de faire une cure ! Et puis nous avons vu des motards arriver. Ils se plaçaient aux carrefours, et les voitures avançaient sur le boulevard... Et des messieurs en descendirent. Mes voisins ont reconnu le Président Lebrun. Ils l'avaient vu au cinéma. Moi je ne connaissais personne. Mais je regardais quand même. Par curiosité. Et j'ai senti un regard sur moi. J'ai tourné la tête... Je l'ai reconnu tout de suite. Bien sûr, il avait vieilli, mais c'était lui.

— Vous connaissiez son vrai nom ?

— Je l'ai appris quelques années après la naissance de Gustave. Mais je ne lui ai pas dit.

— Et j'ai su qui c'était la semaine dernière ! Je suis fils de ministre ! s'emporta Gustave.

— Non, mon chéri, il n'est pas ministre...

— C'est pareil. Tous des pourris. La preuve.

— Vous n'avez jamais essayé de le revoir ?

— À quoi bon ? Il n'aurait pas eu plus de courage, et je voulais laisser tout cela derrière moi.

Gustave se tourna vers sa mère.

— Bien sûr ! Il fallait pas l'embêter, ce pauvre homme. Qui vivait comme un richard tandis que tu n'arrivais pas à joindre les deux bouts. Si j'avais su qui il était... Sa respiration devenait sifflante.

— Ne t'énerve pas mon chéri, pense à ton asthme.

Joseph se souvint que le portier avait entendu une respiration « essoufflée » quand celui qui s'était fait passer pour Ferrand avait réservé la chambre.

— Le sénateur est venu vous voir dès qu'il vous a reconnue.

— Non. Il avait à faire. Il est venu plus tard dans la soirée. Ici.

— Et vous, Gustave ?

— Je suis rentré assez tard, et je l'ai trouvé qui discutait tranquillement. Et quand j'ai su qui il était...

— Oui ? demanda Joseph très doucement.

— Rien. J'étais assommé. J'y croyais pas. Je lui ai demandé de partir.

— Que s'est-il passé entre ce moment-là et celui où vous l'avez retrouvé à Clermont ? Car c'est vous qui l'avez fait venir à l'hôtel ?

Gustave hésita.

— Oui, je me suis fait passer pour lui au téléphone.

— Vous l'avez suivi à Vichy ?

— Non. Je lui ai donné rendez-vous à l'hôtel, il devait venir avec 5000 balles, et je le laissais tranquille.

— Mais pourquoi êtes-vous venue, Madame ?

— J'espérais retenir la colère de mon fils...

— C'est moi qui t'ai forcée à venir ! cria Gustave. Je voulais que ce type reconnaisse devant elle qu'il était un salaud ! dit-il en se tournant vers Joseph.

— Vous l'avez attendu dans la chambre ?

— Je lui avais dit huit heures, mais il est arrivé plus tard. Ça m'a énervé.

— Vous avez fumé, assis sur le lit…

— Ça aussi, vous le savez ?

Tout s'enchaînait. Ce que racontait la famille Chanudet correspondait aux relevés de Nestor. Comment ce rendez-vous s'était-il terminé en assassinat ?

— Ce que je ne sais pas, c'est pourquoi vous lui avez fracassé la tête avec un cendrier…

— D'abord, il est venu les mains vides. Et quand il a vu Maman, il s'est excusé.

— Vous auriez dû être satisfait, alors ?

— Mais c'étaient que des mots de politique ! De la langue de bois !

— Je suis sûre que si, Gustave, mais tu ne l'as pas laissé parler ! dit Élise Chanudet en s'approchant de son fils.

Elle se tourna vers Joseph.

— Gustave devenait violent et j'ai voulu l'éloigner. Il m'a repoussée et je me suis retrouvée dans la salle de bains.

— Mais pourquoi l'avoir assommé ? reprit Joseph. Il refusait de vous écouter ?

— Il m'a dit qu'il avait fait beaucoup, qu'il m'avait laissé de l'argent chez le notaire pour quand il serait mort. Mais j'en veux pas de son argent ! C'est quand il a laissé Maman toute seule qu'on en aurait eu besoin ! Et quand il m'a dit qu'il avait des choses importantes à faire, ça voulait dire plus importantes que nous… Je l'ai pas supporté.

— Par où êtes-vous sortis ?

Élise répondit.

— J'étais terrifiée. Nous avons pris l'ascenseur qui descend jusqu'au niveau de la rue Richepin. Gustave y avait garé la camionnette.

— Et vous n'avez touché à rien ? Vous n'avez pas regardé dans sa serviette ?

— Et pourquoi faire ? La soirée avait été suffisamment terrible…

C'était aussi simple que cela, se dit Joseph. Loin des conspirations, des attentats politiques. Un parricide comme il y en avait tant.

— Il faut venir avec moi, maintenant, dit-il doucement.

— Qu'est-ce que vous allez faire de moi ?

— Je vous emmène à Clermont, où je prendrai votre déposition, et vous irez en prison jusqu'à votre procès.

— En prison ? mais non, j'ai rien fait de mal…

— Vous avez tué quelqu'un… C'est plutôt interdit, vous savez.

— Oui, bien sûr, mais c'était un salaud. Alors c'est moins grave.

Joseph eut un sourire. Si on pouvait tuer tous les salauds sous ce seul prétexte, la justice aurait eu moins de travail, mais ce n'était pas toujours suffisant.

Le gamin se leva, soutenu par sa mère dont le visage était décomposé. Joseph lui mit les menottes et l'emmena à la voiture. Il espérait que les juges auraient d'autres préoccupations que d'envoyer Gustave à la guillotine.

****

Valérie Cluzel attendait devant la porte du bureau de l'Inspecteur d'Académie. Sans aucune précision, la convocation donnait la date et l'heure à laquelle elle devait se présenter avenue Vercingétorix. Excitée à l'idée de recevoir sa première affectation, elle essayait de calmer les battements de son cœur. Elle ne pouvait rester en place, s'asseyait, se relevait, se tordait les mains. Elle s'était habillée simplement, sans ostentation. Elle regrettait de ne rien avoir pour se rafraichir le visage. La porte grinça, l'immobilisant sur place. Elle faisait face à ce qui lui semblait une paroi gigantesque, et regardait la poignée s'abaisser lentement, comme au ralenti. Elle ferma les yeux, se mordit les joues. Surtout ne pas paraître trop empressée, et bien se souvenir des dernières instructions officielles. Elle se sentait capable de faire chanter *Maréchal nous voilà*[1] à ses élèves, tout en leur expliquant plus tard dans la journée les vertus de la démocratie.

La porte s'ouvrit complètement. Elle fut aveuglée par la lumière du soleil qui traversait la fenêtre. Elle distingua vaguement, à contre-jour, trois personnages. Elle cligna des yeux et se détourna légèrement pour n'avoir qu'un œil gêné par la lumière. Trois individus, c'était beaucoup pour lui donner l'adresse de sa future école. Elle espérait que ce ne serait pas trop loin de…

— Madame Cluzel Valérie Antoinette Marcelle, née Vissac ?

—…

— Vous ne m'avez pas entendu ?

— Si, Monsieur, bien sûr.

— Alors répondez à la question, je vous prie.

— Oui. Oui, c'est bien moi.

— Vous êtes née le 14 novembre 1916 à Rochefort-Montagne, Puy-de-Dôme ?

---

[1] L'hymne de l'État Français n'est cependant composé qu'en septembre 1941.

— Oui, Monsieur.

— Vous êtes donc incontestablement française.

— Oui, Monsieur.

— Vous êtes mariée à Cluzel Jocelyn Amédée, né le 18 juillet 1913 à Clermont-Ferrand ?

À quoi rimaient toutes ces questions ? Elle avait rempli des pages de dossiers qui prouvaient son identité.

— Cluzel Jocelyn, membre de la loge des Enfants de Gergovie, franc-maçon notoire ?

— …

— Eh bien ? Veuillez répondre rapidement.

— Oui, Monsieur, mais…

— Répondez aux questions que l'on vous pose, Madame. Ne prenez pas d'initiative. Vous êtes donc l'épouse d'un membre d'une société secrète dissoute par la loi du 13 août 1940. L'article 5 de cette loi, vous le savez, permet aux membres de ces associations néfastes de déclarer sur l'honneur avoir rompu tout lien avec elles. Il n'existe, Dieu merci, pas de « loges » féminines mais l'État français veut écarter toute menace qui pèserait sur l'éducation de ses enfants si on la confiait à l'épouse d'un homme aux pensées perverties.

Le soleil s'était décalé, et Valérie distinguait mieux ses interlocuteurs. Celui qui venait de parler était un jeune homme d'une trentaine d'années, aux cheveux coupés en brosse. Il aurait pu être beau garçon, pensa Valérie, mais il était animé d'une rage qui déformait ses traits. Au milieu de la table, un homme au visage mou et triste. La séance semblait lui peser. Il leva les yeux vers Valérie.

— D'autre part, la loi du 17 juillet dernier permet à l'État de relever tout agent civil ou militaire de ses fonctions nonobstant toute disposition législative contraire. En d'autres termes, tout fonctionnaire dont l'administration pense qu'il ne saurait être un relais de la pensée du Maréchal doit être écarté rapidement.

Valérie entendit murmurer le troisième personnage, qui était sur la gauche de la table.

— Très bien.

Valérie profita d'un moment de répit.

— Monsieur, lors du concours…

— Ne m'interrompez pas, Madame, répondit l'homme du milieu. Vous n'êtes pas dans un tribunal et n'êtes pas une accusée qui devrait assurer sa défense. Nous vous exposons des faits incontestables, car fondés sur la loi. L'État français ne peut se permettre, Madame, d'employer en son sein des éléments qui risquent d'anéantir les efforts du Maréchal pour prémunir la jeunesse d'influences néfastes.

La tirade avait visiblement essoufflé l'orateur qui se tourna vers son voisin de droite.

— Je laisse la parole à Monsieur l'Inspecteur d'Académie.

Valérie pensa à Louis Jouvet. Un visage long, fermé, sévère.

— Madame, à compter de ce jour, vous ne faites plus partie des effectifs de l'Éducation Nationale. Puisque vous n'avez jamais émargé au budget dudit ministère, il ne vous doit évidemment aucune des indemnités prévues par l'article 2 de la loi du 17 juillet. Raccompagnez Madame, je vous prie.

Le personnage à droite de la table se leva et prit doucement Valérie par le bras. Elle était paralysée. Il insista légèrement et la fit pivoter. La fermeture de la porte résonna longtemps dans sa tête.

TROISIEME PARTIE

OCTOBRE 1940

Article premier - Est regardé comme juif, pour l'application de la présente loi, toute personne issue de trois grands-parents de race juive ou de deux grands-parents de la même race, si son conjoint lui-même est juif.

Loi « sur le statut des israélites » 3 octobre 1940

18

Le régime nouveau sera une hiérarchie sociale.

Il ne reposera plus sur l'idée fausse de l'égalité naturelle des hommes, mais sur l'idée nécessaire de l'égalité des « chances » données à tous les Français de prouver leur aptitude à « servir ».

Extrait du message du Maréchal Pétain du 11 octobre 1940

L'ausweis fabriqué par Nestor avait fait merveille. Joseph l'avait présenté avec aplomb lors du passage de la ligne, et l'officier avait claqué des talons en le lui rendant. Être considéré comme auxiliaire de la police allemande avait parfois du bon. Il s'était retenu de mettre la main à la doublure de son pantalon où Irène avait confectionné une poche dans laquelle il avait glissé les microfilms. Le train n'avait pas eu de retard notable, et Joseph espérait avoir le temps d'aller rencontrer Pierre Boulanger au siège de Citroën avant la tombée de la nuit. Un vent froid traversait les quais de la gare d'Austerlitz, et les voyageurs descendaient rapidement les marches du métro pour se mettre à l'abri. Il avait décidé de ne pas prévenir Albertine de son passage et d'aller le soir à Montmartre. Une foule impressionnante se massait sur les quais. Sauf à l'emplacement des wagons de première classe, où deux officiers de la Wehrmacht et un gestapiste attendaient eux aussi. Les autres voyageurs se tassaient dans les wagons, évitaient de se regarder. Un changement s'était opéré depuis son voyage du mois d'août. La présence allemande commençait à peser, et si l'État Français exerçait son pouvoir à quelques kilomètres de Clermont, Joseph se faisait une idée claire de la différence entre la zone occupée et la zone nono, comme l'appelait Nestor.

Le soir tombait quand il arriva devant les bâtiments de Citroën. Les usines Michelin de Cataroux ou des Carmes étaient impressionnantes, mais il eut le souffle coupé en suivant des yeux l'immense façade. Il parcourut plus d'un kilomètre avant de rencontrer une ouverture qui ressemblait à l'entrée. Il s'arrêta net. Deux guérites allemandes encadraient le portail. Il n'avait pas prévu ça, et n'était pas sûr que son ausweis puisse lui donner un accès facile à l'intérieur. Il ne rencontrerait pas PJB ce soir... Il repartit en direction du métro, et se prépara à passer une soirée avec Albertine, tout en se demandant comment ils pourraient se débarrasser de sa mère...

Il réussit à ne pas se tromper dans les correspondances de la station Etoile et sortit à Pigalle. La nuit était tombée à cause de l'heure allemande. La présence de sentinelles quai de Javel était une tuile difficile à contourner. Il ne connaissait personne qui travaillait à Paris, Kahn et sa femme s'étaient prudemment éclipsés depuis la promulgation du statut des israélites, cachés par Jocelyn et Valérie dans un endroit que Joseph ne voulait pas connaître.

Il était impossible de trouver les plans des usines pour dénicher une porte dérobée, et Joseph n'avait aucune idée de l'endroit par lequel pouvait sortir le patron de la première entreprise française.

Il fut arraché à ses méditations par une présence devant lui qui lui demanda d'une voix mélodieuse :

— Bonsoir Inspecteur ! Vous cherchez quelqu'un ?

Joseph n'eut pas le temps de lui répondre qu'elle se jetait dans ses bras. Les quelques soupçons qu'il nourrissait sur son désir de le revoir s'envolèrent.

— Mais… Que faites-vous ici ?

— Je sortais du métro quand je vous ai vu tout triste et perdu dans la capitale. Vous alliez voir quelqu'un ?

Joseph hésita. Puis se lança comme un adolescent amoureux.

— Oui. La dame de mes pensées habite rue Cortot et je voulais lui faire la surprise de ma visite !

— Elle sera ravie ! Elle serra Joseph contre elle. Mais pourquoi ne m'avoir rien dit ?

— Je n'étais pas sûr de pouvoir passer la ligne et je ne voulais pas vous donner de faux espoirs…

— C'est merveilleux, mais, mon pauvre ami, nous ne pourrons pas faire un repas pantagruélique… Le rationnement est de plus en plus sévère, et il est presqu'impossible d'avoir de la viande… Quant aux douceurs et pâtisseries, c'est comme si elles n'avaient jamais existé !

— Si vous voulez, nous allons chercher un restaurant ce soir… À moins que… vous soyez obligée de rester… pour votre mère ?

— Maman est morte il y a un mois.

Son visage marqua un moment de tristesse, vite effacé, et elle se tourna vers lui.

— Les derniers jours avec une malade font oublier les bons moments que l'on a connus, et Maman m'en a fait voir de toutes les couleurs.

Ils escaladèrent bras dessus bras dessous les rues abruptes de la butte Montmartre. Le nombre d'Allemands était toujours impressionnant. Il rendait très concret le mot « Occupation ».

— C'est terrible à dire, mais sa mort a été un vrai soulagement… Elle devenait incontrôlable. À cause d'elle, j'ai failli perdre mon appartement, et l'immeuble aurait pu brûler. Je vous raconte, et après, on parle d'autre chose, d'accord ?

— D'accord, dit Joseph.

— Elle a semblé aller mieux quelques jours après votre passage, et était redevenue presque comme avant. Elle s'était mise dans la tête de faire un gâteau pour mon retour…

— C'est une louable intention, dit Joseph qui se prenait au jeu du récit d'Albertine. Elle se souvenait de vous pendant la journée. C'est plutôt bien, non ?

— C'est vrai ! Mais c'est là que tout a commencé à dérailler : elle ne se rappelait pas bien de la recette et a mis tous les ingrédients sans les mélanger – au prix où sont les œufs ! – et s'est servi d'un carton à chapeaux en guise de moule !

— Et ?…

— Et le carton posé dans le four s'est enflammé, et un nuage de fumée est sorti de l'appartement ! Heureusement René s'en est aperçu et s'est précipité pour éteindre le début d'incendie !

— Et votre mère ?

— Elle était assise devant le four et attendait que la pâte lève !

Ils rirent à cette histoire surréaliste, et quelques Allemands se retournèrent sur leur passage.

— Ils m'énervent à me regarder, comme ça ! dit Albertine entre ses dents. À la suite de cette histoire, reprit-elle, j'ai dû enfermer Maman tous les jours dans sa chambre, Je l'ai trouvée un matin, allongée sur son lit. Elle n'avait jamais semblé si sereine. Elle a été enterrée au cimetière où nous sommes allés cet été, pas très loin de la tombe d'Offenbach.

Joseph s'arrêta pour souffler et regarda Albertine qui gravissait les marches sans s'arrêter. Un joli chapeau était crânement incliné sur sa tête. Sa robe était couverte d'un long manteau en velours, serré à la taille. Des bottines à talons la grandissaient de quelques centimètres.

Ils étaient arrivés devant l'immeuble d'Albertine. Elle se tourna vers lui.

— Et maintenant, préparons notre festin ! J'ai réussi à avoir mes 350 grammes de pain avant de partir au travail et il me reste trois œufs. J'ai aussi du fromage maigre. C'est le seul que je peux obtenir avec mes tickets-chiffres, quand il y en a ! C'est tout ce que je peux vous proposer.

— Ce sera très bien.

Il suivit Albertine dans l'escalier, le cœur battant.

****

Le frugal repas avalé, ils s'étaient rapprochés l'un de l'autre, et embrassés comme si c'était la chose la plus naturelle au monde. Il lui avait caressé les cheveux tandis qu'il sentait la main d'Albertine descendre le long de son dos. Elle lui avait pris la main pour l'emmener dans sa chambre.

Ils s'étaient découverts peu à peu, caressant le corps de l'autre de gestes d'abord mesurés puis de plus en plus audacieux. Elle se pencha vers lui et l'embrassa à la commissure des lèvres.

— Bonjour, Inspecteur. J'ai encore envie de vous, mais je dois partir à mon travail...

— Je crois que Monsieur Arnould vous attendra quelques minutes de plus, Mademoiselle. Vous n'y voyez pas d'inconvénient ?

— Aucun ! dit-elle en s'allongeant sur lui.

Pendant qu'elle se préparait, Joseph fit couler de l'eau sur un marc de chicorée qui laissa passer un liquide brunâtre. Il restait un peu de pain de la veille. Il alla chercher dans sa valise un pot de confiture de groseilles qu'Irène avait préparée. Albertine sortit de la salle de bains les cheveux encore mouillés.

— Il n'y a encore plus d'eau chaude... Ces restrictions... Bientôt il n'y aura plus d'eau du tout !

Il lui tendit une tartine, qu'elle considéra avec gourmandise.

— De la vraie confiture ! J'ai l'impression que je n'en ai pas mangée depuis des années !

Joseph enleva du bout des doigts un morceau de groseille qui s'était collé à sa lèvre.

— Quand il n'y aura plus de rouge à lèvres, tu pourras essayer la confiture ! Môssieur le sous-chef de la sous-direction de l'alimentation en sera tout chamboulé !

— Ne me parle pas de ce sale type ! Que fais-tu aujourd'hui ?

— Je vais voir Madame Ferrand pour lui raconter les raisons de la mort de son mari. Je n'en ai pas eu l'occasion au téléphone. Et puis je vais essayer de trouver un moyen d'entrer dans les usines Citroën pour donner ces fichus microfilms à Boulanger.

—J'y ai pensé cette nuit, pendant que tu dormais, j'ai eu une idée, je t'en parlerai ce soir.

Elle l'embrassa doucement sur la bouche.

— Bonne journée, mon chéri !

Joseph frissonna en entendant ces mots. C'étaient les derniers mots qu'il avait entendu de Sabine un an plus tôt.

La vaisselle faite, Joseph se rasa. Le savon à barbe à base d'argile collait à la peau et aurait à lui seul permis une épilation à froid.

Il en avait assez du métro et décida de marcher jusqu'à la rue Lhomond, malgré la pluie qui s'abattait sur la ville. Il avait soigneusement étudié le plan avant de partir, ne souhaitant pas se faire indiquer le chemin par un soldat allemand.

Où était Manfred ? Joseph avait gardé le billet sur lequel il avait écrit son adresse, mais doutait d'aller un jour en Allemagne pour se rappeler les souvenirs de la guerre.

Certains quartiers avaient été épargnés par la présence allemande et, sans les files d'attente devant les commerçants, on aurait pu se croire en temps de paix. Il traversa les Halles qui n'avaient rien à voir avec celles du *Ventre de Paris*. Les étals étaient presque vides, proposaient rutabagas, topinambours et quelques carottes. Les bouchers faisaient grise mine et Joseph aurait hésité à donner à ses chiens les rares morceaux de viande exposés. Sur sa vitrine, un crémier rayait les produits qui n'étaient plus disponibles, au grand désespoir des clients dont certains repartaient sans rien dire. Joseph suivit une vieille dame des yeux. Elle s'approcha de caisses en bois qui contenaient des rebuts de légumes. Elle ouvrit son sac, et ramassa trois oignons. Elle éclata en sanglots quand son regard croisa celui de Joseph.

— Si c'est pas malheureux ! Vivre comme une mendiante, vous croyez que j'ai mérité ça ?

Plus qu'à Clermont, on sentait ici l'éloignement de la campagne et des ressources qu'elle pouvait offrir. Les Parisiens qui n'avaient pas de famille en province devaient se contenter des produits frais qu'ils trouvaient sur place. Si la situation devait durer, et tout indiquait que ce serait le cas dans les mois à venir, le marché noir allait prendre une plus grande ampleur que pendant la guerre précédente.

Sur la place du Châtelet deux voitures à cheval attendaient le client. Les cochers fixaient une affiche collée sur une colonne Morris. Elle condamnait aux travaux forcés un homme qui avait sifflé un reportage sur les troupes allemandes pendant la projection des actualités.

— Ben merde, commenta l'un des cochers, ils y vont pas avec le dos de la cuiller les Boches !

— On mange not'pain blanc que je te dis. C'est pas fini...

Le Quartier latin était un peu plus animé que lors de la précédente visite de Joseph. Les étudiants entraient et sortaient de la Sorbonne comme si de rien n'était. À l'angle de la place et du Boulevard Saint-Michel, une grande librairie se vantait d'être « la librairie du livre allemand en France. [1].» Joseph y jeta un œil, il n'y vit que des uniformes vert-de-gris En repassant devant la confiserie Thévenet rue Saint-Jacques, il pensa au destin

---

[1] La « librairie Rive Gauche » n'ouvre en réalité que le 25 avril 1941.

d'Henri, broyé par la vie, après avoir détruit celle de Sabine.

Les volets de la petite maison de la rue Amyot étaient fermés. Joseph sonna plusieurs fois, sans succès. Le bruit attira une voisine qui sortit de l'immeuble en face.

— Vous cherchez Mame Ferrand, p'têtre ? Vous la trouverez pas. Ils l'ont emmenée.

— « Ils ? » demanda Joseph ?

— Les Boches, les schleus, les nazis, appelez-les comme vous voulez. La Gestapo est arrivée un matin qu'il faisait encore presque nuit. Avec un camion plein de soldats qui ont encadré la maison. En un quart d'heure c'était fini.

— Vous avez vu Madame Ferrand ?

— J'ai regardé discrètement, à travers mes rideaux. Elle était toute mal coiffée, et quand elle a reculé pour pas monter dans la voiture, y'en a un qui lui a fichu une sacrée beigne. Pauvre femme… Si gentille ! Et pas fière ! Elle parlait avec tout le monde.

— C'est arrivé quand ?

— Oh, il y a deux-trois semaines… Qu'est-ce qu'ils peuvent lui reprocher ?

Joseph avait une petite idée, mais préféra ne rien dire. Il remercia la commère et retourna vers le boulevard Saint Michel. Bérengère Ferrand était allée jusqu'au bout de ses convictions et en avait payé le prix. Joseph se souvint de la rencontre avec son amie Agnès Humbert qui annonçait l'impression de tracts. Deux femmes de caractère qui refusaient la domination d'un peuple sur un autre. Lors de ses visites à Nestor et à son équipe, Joseph avait pris leur organisation pour une bande de scouts qui voulaient mettre le bordel dans l'organisation de l'État Français. Ici, l'ennemi n'était pas le même.

Le spectacle de Paris humilié par l'occupant allemand le persuadait qu'on ne pouvait accepter qu'une vieille dame ramasse des légumes pourris pour son ordinaire ou qu'un homme soit déporté pour avoir sifflé dans un cinéma. Joseph prenait lentement conscience qu'il avait choisi le métier de flic pour arrêter des voleurs ou des assassins. Ses lectures de Conan Doyle ou d'Edgar Poe le fascinaient par la facilité de déduction avec laquelle Holmes ou Dupin pouvaient trouver la profession d'un témoin ou le tabac qu'il fumait.

Il savait qu'il ne serait jamais ni Holmes ni Dupin, parce que l'auteur du roman connait avant tout le monde le nom de l'assassin. Mais il aimait partir sur des pistes différentes, variées, faire fausse route aussi, parce que c'était de l'erreur que naissait parfois le germe qui permettait de suivre la bonne direction. Pour Joseph, le rôle de la police n'était pas de fouiller les locaux de syndicats, ou d'arrêter des responsables communistes comme la brigade mobile l'avait fait à Clermont en juin 40. Il s'était d'ailleurs arrangé pour être loin de la ville ce jour-là. Les lois sur les sociétés secrètes et sur le nouveau statut des Juifs donnaient à la police des pouvoirs qui n'étaient pas ceux que Joseph recherchait. Et qui ressemblaient à ceux dont disposait la Gestapo.

Le cinéma le Boul'Mich passait *Boudu sauvé des eaux*. Ce n'était pas le film de Michel Simon qu'il préférait, mais deux heures de projection le protègeraient de la pluie.

Les actualités présentaient les victorieux bombardements allemands qui dévastaient Londres. La projection ne fut troublée d'aucun sifflet.

****

Ils se retrouvèrent le soir pour aller dîner au restaurant. C'était un jour « avec. » Ils eurent droit à un potage de légumes, et Joseph choisit un plat de charcuterie qu'il partagea avec Albertine qui avait préféré une assiette de coquillettes. Le tout fut arrosé d'un obscur vin du midi qui fit monter le rouge aux joues d'Albertine. Ils eurent du mal à manger sans se lâcher les mains, et l'impatience d'Albertine qui avait « plein de choses » à raconter à Joseph leur fit expédier le dessert qui ne méritait pas l'appellation de « riz au lait » annoncé par la carte.

Après qu'ils eurent fait l'amour, Albertine se tourna vers Joseph, le menton dans les mains.

— Tu sais, j'ai repensé à ce que tu m'as dit ce matin pour Citroën.

— J'ai peur que ce ne soit une forteresse imprenable…

— Peut-être pas. Écoute : le frère d'une collègue de bureau travaille aux ateliers comme contremaître.

— Je ne peux pas lui confier les microfilms. Je dois les remettre à Boulanger en mains propres.

— Bien sûr, mais on peut lui demander de porter un message qui donnerait rendez-vous à Boulanger.

— Tu connaîtrais un endroit où le rencontrer ? Il faut que ce soit discret, sans trop d'Allemands ni d'oreilles indiscrètes.

— J'avais pensé à ici, mais est-ce un Monsieur qui accepterait de venir jusque-là ?

— Je sais qu'il se déplace beaucoup à vélo… S'il faut qu'il escalade la butte Montmartre, ça va le refroidir.

— Et… j'ai une autre idée !

— Ce qu'il y a de bien avec toi, c'est que tu es bourrée d'idées !

— Vous pourriez vous retrouver dans une salle de cinéma ?

— Il y a un peu trop de monde dans les salles… Ce n'est pas très discret.

— Penses-tu ! Combien étiez-vous cet après-midi ?

C'était vrai. Joseph n'y avait pas prêté attention, mais les spectateurs se comptaient sur les doigts des deux mains.

— On cherche une salle près de Citroën ou près de chez lui ? demanda Albertine.

— Plutôt l'usine. Je ne sais pas où il habite.

— Attends ; je vais chercher le journal.

Elle se leva et partit dans le salon. Joseph la suivit des yeux. Pendant un court instant, il oublia totalement les plans, Boulanger et la guerre.

— Regarde ! Le Ciné-Saint-Lazare… Il peut y aller en métro ou en vélo.

— Quel film ?

— *La Belle Hongroise.*

— Ah non ! s'écria Joseph. Les Allemands ont exigé que leurs films passent dans les salles à la place des films américains. Il n'y a rien en français ? Je suis allé voir *Boudu*, hier, je pourrais y retourner. Mais c'est à Saint-Michel…

— Oh ! Tu commences à m'embêter ! Tiens regarde : au Helder, ils jouent *Circonstances atténuantes*. C'est bien ça, non ?

— C'est encore avec Michel Simon…

— Inspecteur Dumont, vous m'embêtez !

— Faisons simple : je lui donne rendez-vous devant une salle de cinéma, et quand il arrivera, je l'emmènerai marcher avec moi. Nous éviterons la foule, et les oreilles indiscrètes.

19

Les sessions des conseils généraux, des commissions départementales et des conseils d'arrondissement sont suspendues.

Les pouvoir dévolus au conseil général et à la commission départementale sont exercés par le préfet.

Extrait du *Journal Officiel* du 13 octobre 1940

Joseph faisait le pied-de-grue devant le Lord-Byron, . Ils avaient conclu avec Albertine que le meilleur endroit pour ne pas se faire remarquer était de se trouver là où on était le plus visible. À battre le pavé des Champs-Élysées, il avait l'impression d'être la cible de tous les Allemands du café George-V mitoyen du cinéma.

Pierre Boulanger avait fait savoir qu'il arriverait par le métro. Joseph aurait bien voulu surveiller une des entrées de la station Georges V, mais il avait peur de ne pas attendre à la bonne. Il revenait vers l'entrée du cinéma pour la troisième fois lorsqu'il aperçut la silhouette élancée du patron de Citroën que Kahn lui avait décrite. Coiffé d'un chapeau à larges bords, il présentait un visage tout en longueur, une petite moustache grise et des yeux légèrement enfoncés qui ne perdaient pas une miette de l'environnement.

Joseph s'approcha de Pierre Boulanger et se présenta.

— Où pourrions-nous aller ? demanda-t-il. Il faut marcher, sans donner l'impression que nous n'avons pas de but précis.

— J'habite vers le Trocadéro, répondit Boulanger avec un sourire rassurant. Nous pouvons traverser l'avenue et prendre la rue Galilée qui arrive à mon domicile. J'espère que vous allez m'expliquer cette histoire abracadabrantesque ! J'ai cru que... ce que vous m'apportez avait disparu corps et biens avec l'exode !

Joseph avait bien répété son exposé. Il ne savait pas de combien de temps il disposerait et avait synthétisé les différentes étapes. Il commença par raconter le périple de Kahn à travers la France, et comment il était arrivé à Clermont où ils s'étaient trouvés par hasard. Il expliqua ensuite le rôle de Ferrand dans la dissimulation des plans, comment celui-ci avait eu l'idée de les déposer là où personne ne s'attendrait à les chercher et comment il avait été tué pour des raisons totalement étrangères à ses activités secrètes.

Passionné par le récit, Boulanger émettait des sons admiratifs. Il avait beaucoup d'informations à digérer. Ils étaient arrivés à l'angle de la rue Boissière. Boulanger sortit ses clés

— J'habite ici, au numéro 32. Voulez-vous monter pour me donner les documents ?

— Je crois que ce serait plus discret… Ils sont cousus dans la doublure de mon pantalon ! Je ne voudrais pas me faire arrêter pour exhibitionnisme !

Arrivés à l'appartement, Boulanger expliqua la situation à son épouse qui procura une paire de ciseaux à Joseph. Isolé dans une salle de bains qui lui parut luxueuse, il démonta la poche réalisée par Irène.

Il rejoignit Boulanger dans un salon bourgeois, sans ostentation, mais confortable. Madame Boulanger s'était éclipsée dans une pièce de l'immense appartement.

Les volets étaient fermés et du papier goudronné les obturaient totalement.

— Nous vivons dans le noir ! s'exclama Boulanger. Le quartier est heureusement proche des États-majors allemands, et nous ne subissons pas trop de coupures, mais les ordres de la défense passive sont draconiens. Ah. Vous avez pu extraire les précieux documents. Vous aimeriez les regarder avec moi ?

Joseph acquiesça.

— Ces plans ont fait quelques victimes, et je voudrais bien voir à quoi ressemble cette voiture mystérieuse !

— Je ne pensais pas que notre projet ferait autant d'envieux, mais quand j'ai reçu la visite d'ingénieurs de Porsche qui exigeaient que nous leur en cédions un exemplaire en échange de leur « voiture du peuple », j'ai pensé qu'il fallait la mettre à l'abri. Suivez-moi.

Boulanger emmena Joseph dans son bureau et sortit d'un placard un lourd projecteur de diapositives.

— Je ne l'utilise pas régulièrement, sauf pour regarder quelques photographies de séjours à l'étranger. Nous utilisons parfois les microfilms pour des dossiers encombrants que nous archivons, mais ce n'est pas une pratique régulière.

Il décrocha un tableau d'un mur et dirigea le projecteur vers cet écran improvisé. Il inséra la première image.

— Comme vous le voyez, dit-il en commentant le résultat d'une enquête menée en 1923, les frères Michelin se sont très tôt intéressés à la conception d'une voiture populaire. Elle devait toucher un large éventail de population avec une production industrielle vingt fois plus élevée que les constructeurs de l'époque.

— C'est impossible ! s'exclama Joseph. Aucune entreprise ne peut multiplier sa production par vingt !

— C'était vrai à cette époque, quand l'enquête nationale a été lancée. Ça l'est beaucoup moins aujourd'hui, et sans cette fichue guerre, nous aurions été en mesure d'atteindre les objectifs industriels.

— Je n'y connais pas grand-chose, interrompit Joseph, mais la fabrication d'une auto coûte très cher et il faut créer des machines spécifiques, non ?

— Vous avez raison. Mais parfois, l'investissement réalisé est vite amorti si l'offre de véhicules répond à la demande des automobilistes. Regardez ce qu'a fait Ford en Amérique : j'étais à Seattle quelques années avant la Grande Guerre, et il commençait à inonder le marché de son modèle T.

— Et vous pensez faire la même chose ?

— Dès que nous serons débarrassés de l'Occupation, et je ne doute pas que cela arrive un jour, nous aurons une grande avance sur nos concurrents, parce que nous avons déjà le modèle dans nos cartons. D'ailleurs, comme vous le savez, il a déjà roulé.

Boulanger amena une nouvelle image devant l'objectif. Joseph resta muet de stupéfaction. L'objet projeté sur l'écran pouvait certes passer pour une automobile grâce à ses roues qui en faisaient un véhicule roulant. Pour le reste… Un court capot muni d'un seul phare s'arrondissait jusqu'à un pare-chocs constitué d'un tube métallique. Les chevrons caractéristiques de Citroën barraient la grille du radiateur. Le toit, en toile était accroché au pare-brise. Il semblait prêt à s'envoler au moindre coup de vent et descendait jusqu'à l'arrière de la voiture. Il n'y avait aucun marchepied qui permettait d'accéder à l'habitacle, et les portes avant tenaient par un simple loquet. Les roues avaient la largeur de galettes et ne donnaient pas une grande impression de stabilité .

— Elle est belle, vous ne trouvez pas ? demanda Boulanger avec la voix de l'amant qui contemple sa maîtresse.

Joseph toussa discrètement.

— Comment vous dire… C'est assez… spécial, non ?

— Je vous l'accorde, ce n'est pas particulièrement une voiture de sport ! Vous êtes un des rares privilégiés à voir ce prototype, et votre réaction ressemble à celle des autres. L'idée fondamentale de ce véhicule n'est pas l'esthétique, comme vous l'avez remarqué, mais le prix. Plus une auto est légère, moins elle est chère. Si la capote est en toile et les banquettes en tissu, c'est pour répondre en partie à cet impératif du poids, et bien évidemment, du prix. Vous le voyez sur cette autre image, nous avons simplifié le tableau de bord à l'extrême.

En réalité, il n'y avait pas de tableau de bord : un volant, un levier de vitesse en forme de tige qui s'enfonçait vers le moteur, pas de compteur de vitesse.

— On ne peut plus simple, en effet ! remarqua Joseph. Kahn m'a dit que vous aviez aussi envisagé un moyen économique pour l'éclairage des phares.

— Ah. Il vous a parlé des lucioles ! C'était une idée de Lefebvre, notre ingénieur de génie ; il voulait utiliser le principe de leur système d'éclairage interne, mais n'a pas réussi. Cependant, poursuivit Boulanger, en équipant la voiture d'un seul phare et d'un essuie-glace manuel, nous diminuons également le système électrique. La TPV est plus légère de 400 kilogrammes par rapport aux plus petites voitures existantes aujourd'hui.

— Vous êtes un excellent vendeur ! J'achète ! dit Joseph en riant. Je ne crois pas que je pourrais l'utiliser pour poursuivre des malfaiteurs mais à ce prix, je pourrais presque aller à mon travail en voiture.

— C'est exactement ce que nous visons : un véhicule adapté à des petits trajets, qui peut transporter quatre personnes à 50 kilomètres à l'heure.

— Qui verra peut-être le jour…

— Je l'espère, et si cela arrive, vous aurez droit à un exemplaire en reconnaissance du service que vous avez rendu aux sociétés Citroën et Michelin !

— Mais…

— Ce n'est pas une parole en l'air, inspecteur. Soyez patient, c'est tout ce que je vous demande ! Comprenez bien que sans vous, des mois de recherches et d'essais auraient été perdus, et dès que la paix sera revenue, nous pourrons commencer la production de masse.

Joseph regarda sa montre. La nuit était tombée, et il devait rejoindre Albertine chez elle pour une dernière soirée avant de retourner à Clermont. Il salua Pierre Boulanger qui n'en finissait pas de le remercier et se retrouva rue Boissière. Un vent froid soufflait avec violence. Joseph remarqua un café de l'autre côté du carrefour, rue Lauriston. Il avait un peu de temps avant qu'Albertine ne rentre du travail. Il entra et commanda un Viandox pour se réchauffer.

Il s'installa à une table au fond du bistro, face au comptoir et en partie protégée par une cloison à mi-corps, et pensa à l'extraordinaire histoire de cette petite voiture qui verrait peut-être le jour après la guerre, si...

Ses pensées furent interrompues par l'arrivée d'un groupe d'hommes bruyants et excités. Ils avaient des mines patibulaires (« mais presque » aurait dit Nestor) et s'installaient en terrain conquis. Ils regroupaient les tables, prenaient les chaises face à des clients assis sur les banquettes. Dissimulé par la cloison, Joseph crut reconnaître dans le miroir l'un des sbires qu'il avait vus aux *Grands Jours d'Auvergne* au mois d'août.

Occupé à essuyer des verres, le patron les regardait un peu inquiet. Ses mains tremblaient.

Quand ils furent installés, l'un des hommes l'apostropha bruyamment.

— Oh patron ! Tu nous les sors, ces bouteilles, ou il faut que je vienne les chercher ? Et je risque de te faire mal !

— Mais... répondit le patron en regardant l'affiche « Jour sans alcool. »

— Quoi « mais » ? Quoi « mais » ? T'as pas encore compris que quand je demande quelque chose tu me l'apportes ? Jour sans ou pas. Fais pas le malin, avec moi, pigé ?

Le patron disparut derrière son comptoir et ouvrit la trappe qui menait à la cave. Il remonta avec trois bouteilles d'un alcool ambré qui ne devait pas faire partie des boissons autorisées, quel que soit le jour.

Les quelques clients présents dans le bistro lorsque Joseph était arrivé s'étaient éclipsés, et les types remplissaient la salle de leur conversation

— Déménagement enfin terminé ! dit l'un d'eux. Lafont aurait pu nous trouver des porteurs au lieu de nous faire faire le travail.

— La règle est claire : on fait tout nous-mêmes. On sait jamais à qui on a affaire.

— On va être bien, en tous cas, dit un troisième. Un immeuble entier, des caves... Bien profondes.

— Et on n'est pas trop loin de nos collègues de la « Gesta-Pompe »[1] !

— Si j'avais su qu'un jour j'aurais des collègues boches ! rugit une voix, ce qui eut pour effet de faire redoubler les rires des autres.

— Si ça se trouve, y'en a un que t'as loupé en 17 !

Ils trouvèrent cette réflexion encore plus drôle.

— Bon, on se calme un peu, dit la voix de celui qui paraissait avoir autorité sur les autres. On a aussi du boulot, et Lafont nous l'a bien dit : si on veut pas avoir les Boches sur le dos, on doit leur amener du monde de temps en temps, un communiste, un juif, pourquoi pas un Anglais, qu'on accuserait d'espionnage.

— Comment on saurait que c'est un espion ?

— En lui mettant des papiers dans sa poche, pauvre pomme ! Au passage, si ce Monsieur a quelques billets dans son portefeuille, ou des beaux tableaux dans son appartement, on peut les emporter avec nous et les partager avec les amis.

— Et si c'est une dame ?

— Rien ne t'empêche de t'amuser avec elle avant de lui poser des questions !

Un murmure d'assentiment suivit la suggestion. Joseph glissait silencieusement sur sa chaise et s'empêchait de respirer. Il sentait qu'il valait mieux ne pas croiser ces gaillards, sûrement plus dangereux que ceux de Thévenet. Les craintes de Vendroux se confirmaient : les

---

[1] La Gestapo de Paris avait son siège au 180 rue de la Pompe.

portes des prisons s'ouvraient pour libérer des mercenaires prêts à tout.

— Lafont et Bonny ont été clairs : carte blanche. Et justement, on va bientôt avoir des cartes de la Gestapo...

Des sifflements admirateurs suivirent l'information.

— ... De la Gestapo, qui nous ouvriront toutes les portes... Même celles qu'on ne voudrait pas nous ouvrir ! Mais attention, je vous le répète : il faut des résultats. Julot, tu parlais des caves. Faudra les équiper. Si des petits malins refusaient de passer à table, on les aiderait à retrouver la mémoire !

Le dos de Joseph était trempé. Son regard croisa celui tenancier, qui n'avait pas l'air rassuré non plus. Les malfrats étaient trop occupés à parler entre eux, mais la situation risquait de devenir inconfortable.

— Eh, regardez qui entre au 93 ! dit l'un des hommes à mi-voix.

— Oh, c'est Violette Morris[1], commenta un autre.

— N'empêche, j'ai jamais pu supporter les gouines, ajouta un troisième.

— Vos gueules, intima le chef de la petite bande sur le même ton. Elle est cul et chemise avec les Schleus ! Et si elle entend un seul commentaire, elle est capable de nous arracher les couilles à mains nues. Vaudrait mieux qu'on se tire de là et qu'on aille faire semblant de travailler.

---

[1] Rejetée par la Fédération sportive féminine en 1928 à cause de sa bisexualité, Violette Morris est recrutée par les services secrets allemands lors des Jeux Olympiques de 1936. Elle intègre la Gestapo Française de la rue Lauriston dirigée par Henri Lafont et contribue à l'arrestation de nombreuses résistantes.

Ils se levèrent d'un bloc. Joseph disparaissait presque sous la table.

— Au revoir patron, tu nous ranges la réserve, et t'avise pas d'en boire une larme, sinon je te fais la tête au carré.

Le silence qui suivit sembla irréel à Joseph. Il se redressa sur sa chaise et sortit la monnaie en tremblant. Le patron s'approcha et lui fit signe de remballer ses pièces.

— C'est pour moi, Monsieur, Ça me fait plaisir.

— Vous savez qui sont ces gugusses ?

— Ils font partie d'un ramassis de truands qui s'est acoquiné avec les Allemands. Ils commencent à s'appeler la Gestapo française… Si c'est pas malheureux… Ils ont investi mon bistro comme s'il était à eux. Je perds des clients tous les jours, et je dois être à leur disposition pour servir ce qu'ils piquent au marché noir !

Joseph souhaita bon courage au bistrotier et courut vers la station Trocadéro. Il n'avait pas envie de croiser les brigands une nouvelle fois et un vent glacial balayait les rues. Il trouva une place assise et son regard se perdit longtemps à regarder la réclame qui défilait dans le tunnel : « Dubo… Dubon… Dubonnet. »

Il avait vécu depuis quelques mois des bouleversements dont il ne pouvait sortir intact. Depuis la mort de Sabine, ses certitudes avaient volé en éclats, et il avait caché des informations importantes à sa hiérarchie. Il prenait conscience que ce n'était pas seulement parce que Laval avait une sale gueule et se comportait en monstre d'arrogance. La France nouvelle que dessinait ce dernier avec Pétain était une France injuste, qui privait ses enfants de nourriture, qui acceptait que des truands deviennent des auxiliaires de la police allemande dans le but de piller des hommes et des femmes, considérés comme indignes de la société, et qui sacrifiait une partie de son territoire au bon vouloir des occupants.

Albertine avait donné à Joseph les clés de son appartement et il entra, sans savoir comment il était arrivé à bon port. Elle éminçait des fanes de carotte pour en faire une soupe.

Il s'approcha d'elle, la serra très fort contre lui, et la regarda dans les yeux.

— Tu aimerais découvrir Londres en temps de guerre ?

Épilogue

Nous, Maréchal de France, chef de l'État français,
  Vu la loi du 10 juillet 1940,
  Décrétons :
  Si, pour quelque cause que ce soit, avant la ratification par la Nation de la nouvelle Constitution, nous sommes empêché d'exercer la fonction de chef de l'État, le conseil des ministres, à la majorité des voix, désignera notre remplaçant.

Extrait du *Journal Officiel* du 14 décembre 1940

Le givre festonne les carreaux des fenêtres de l'hôtel du Parc de Vichy. À l'extérieur, une neige immaculée recouvre les jardins où personne ne se risque à affronter un froid que l'on n'a pas connu depuis longtemps. Des hommes, quelques femmes et les enfants dont les pères sont encore prisonniers se pressent dans le salon de réception. En installant le gouvernement à Vichy en juillet, personne n'a pensé que la saison thermale se termine en octobre et que les systèmes de chauffage sont réduits à leur plus simple expression. La pénurie de charbon aidant, l'hôtel du Parc, siège du gouvernement, est une glacière. Les enfants ont gardé leur bonnet, les femmes leurs écharpes et certains hommes ont coupé les extrémités de leurs gants. La main reste au chaud, et on peut écrire ou signer un document présenté au parapheur. De la buée sort des bouches.

On attend le Maréchal pour qu'il célèbre Noël avec les enfants qu'il aime tant. Un sapin miteux a été abattu dans le bois de Charmeil, à proximité de Bellerive, et le personnel de l'hôtel a dépoussiéré les boules conservées dans des cartons à chaussures. On a prévenu les enfants qu'il n'y aurait pas de cadeaux. C'est la guerre. Un verre de lait et deux biscuits caséinés chacun. Un léger tumulte se produit dans le fond de la pièce. Les huissiers ouvrent la porte avec componction.

— Monsieur le Maréchal Pétain, chef de l'État Français !

L'assemblée se tourne avec déférence vers Pétain qui avance lentement, suivi par l'immanquable docteur Méténier, et Pierre Laval, dont le visage ne reflète pas la joie de Noël.

— Regardez-le, chuchote un homme à son voisin. Vous ne lui trouvez pas une tête de condamné ?

— Effectivement, il a l'air plus malade que d'habitude

— Je pense qu'il va pouvoir se retirer dans sa propriété de Chateldon pour quelques temps.

— Les bruits qui courent sont donc fondés…

— Il n'aurait pas dû faire le coq devant le Maréchal en lui promettant des révélations qu'il ne pouvait pas faire. Mes agents ont eu la preuve récente que Boulanger est rentré en possession de documents vitaux.

— Vous voulez dire que le petit Dumont ?...

— Parfaitement. Ce jeune imbécile a rencontré Boulanger à Paris et lui a rendu les microfilms perdus.

— Mais comment ?...

— Nous ne le saurons jamais, et finalement, avons-nous vraiment envie de le savoir ? Voir Laval en futur condamné est suffisamment réjouissant pour passer au-dessus de certains détails.

— Vous avez raison, cher ami ! Cette année 1940 aura somme toute été riche en événements positifs pour nous ! Que faites-vous demain midi ? Comme promis, je vous invite à la Rotonde. Vous aurez un repas de Noël digne de ce nom !

"M. PIERRE LAVAL ne fait plus partie du gouvernement"

a annoncé hier soir dans un message radiodiffusé le maréchal Pétain

Extrait du *Moniteur du Puy-de-Dôme* du 15 décembre 1940

Postface

La Seconde Guerre mondiale commence le 1er septembre 1939 en Pologne. Pendant les neuf mois qui suivent, Français et Allemands s'observent de part et d'autre de la ligne Maginot.

Le 14 juin 1940, après six semaines d'une guerre-éclair qui a surpris tous les États-majors, l'armée allemande est aux portes de Paris, déclarée ville ouverte. Hébété, le gouvernement applique le plan d'évacuation qui le conduit en Touraine puis à Bordeaux. Il accompagne dans sa fuite huit millions de réfugiés du Nord de l'Europe, jetés sur les routes. Paul Raynaud, Président du Conseil, seul ou presque, est favorable à l'exil du gouvernement en Afrique du Nord. Il doit démissionner. Philippe Pétain est nommé Président du Conseil. Refusant le principe de la capitulation, il engage des pourparlers avec l'Allemagne pour signer un armistice. Le 22 juin, la France est coupée en deux par la ligne de démarcation. Une zone sud, appelée « zone libre » doit être administrée par le gouvernement français.

Celui-ci quitte Bordeaux le 27 juin. Après une étape à Clermont-Ferrand qui se révèle peu pratique pour y établir une administration, la ville de Vichy accueille dans ses hôtels un personnel politique déboussolé.

À dix-neuf heures, le 10 juillet, l'Assemblée Nationale réunie dans le théâtre de Vichy vote à une majorité de 579 voix la loi constitutionnelle qui met fin à la IIIème République. 80 parlementaires votent contre cette loi, rédigée par Pierre Laval qui devient constitutionnellement le dauphin de Pétain.

Le 15 décembre, ulcéré de son esprit d'indépendance, et inquiet de l'impopularité de son ministre, Pétain limoge Laval.

Le projet de *Toute Petite Voiture* est initié par Pierre Boulanger dès 1936 qui souhaite réaliser un véhicule dont le « prix au kilo » doit être inférieur d'un tiers à celui des autres. Dessinateurs, ingénieurs et mécaniciens du bureau d'étude de Citroën s'attellent à la tâche et réalisent un premier prototype de la future 2 CV dont le brevet est déposé le 24 septembre 1937 après les premiers essais sur le circuit d'essai de la Ferté-Vidame. Citroën a acquis ce terrain de 812 hectares entièrement clos de murs pour réaliser les essais à l'écart des regards indiscrets. Informés du projet, les Allemands tentent plusieurs fois d'obtenir un modèle de TPV pour le montrer à Hitler, mais Boulanger n'a jamais cédé.

Pendant la guerre, les essais se poursuivent en secret. Par précaution, trois prototypes sont dissimulés dans une grange du domaine. Ils n'ont été retrouvés qu'en… 1968 !

De nombreux récits et mémoires ont été écrits sur cette période. Le lecteur curieux pourra se reporter à :

Marc Bloch, historien, résistant, exécuté en 1944, livre son analyse d'historien dans *L'étrange défaite*.

Jean Guéhenno raconte le quotidien de la France occupée dans son *Journal des années noires,*

Les romans d'Irène Némirowski, rassemblés dans *Suite française*, rédigés entre 1940 et 1943, s'achèvent brutalement lors de la déportation de leur auteure.

Les aventures de la TPV sont racontées dans *Les Hommes de la 2CV*, par André Lalanne et le dossier *Du projet TPV à la 2 CV (1936-1950)* publié par Citroën Héritage, contient de nombreux documents d'archives écrits par Pierre Boulanger ou Édouard Michelin.

Remerciements

Un auteur n'est jamais vraiment seul lorsqu'il avance dans l'écriture d'un livre.

C'est grâce à de très nombreuses bonnes volontés qu'il peut progresser et apporter des détails qui permettent aux lecteurs de « rentrer » dans l'histoire.

Ainsi, c'est grâce à Thierry Chollet, Richard Marlet, Thomas Lemaire et Charles Diaz que j'ai pu appréhender les difficultés d'une enquête policière et découvrir les secrets de la criminalistique.

Sans l'aide de Maurice Teissonnière, Serge Kahn n'aurait jamais retrouvé l'usage de son bras pour réparer la Ford T de Laurent !

Je connais un peu mieux les liens qui unissent les francs-maçons et la place occupée par la Fraternité dans le Puy-de-Dôme avant la guerre grâce à l'aide constante de Serge Maffre.

La confiserie en Auvergne est une activité ancienne, et Michel Pochet a su patiemment m'expliquer les différentes étapes nécessaires à la conservation des fruits.

Elisabeth Facy-Saugère, chargée d'études documentaires à l'Institut National de la Formation de la Police Nationale de Clermont-Ferrand m'a permis d'accéder à une documentation abondante sur le travail de la police avant la création de la police nationale en 1941.

Je garde un souvenir ému de ma visite au conservatoire Citroën où Catherine Jeannin et Martine Darblade m'ont reçu : l'espace d'un après-midi, je suis passé d'une société qui innovait dans les projets fous de Pierre Boulanger à la fermeture programmée de l'usine d'Aulnay-sous-Bois.

Léon Gendre a laissé plus de 1500 photographies aériennes tout au long de sa carrière. Conservées aux Archives départementales du Puy-de-Dôme, elles ont été une source irremplaçable pour décrire la ville de Clermont Ferrand en 1940. Merci à Patrick Cochet de m'avoir permis de consulter ces documents.

Je garde un souvenir ému de ma visite au conservatoire Citroën au printemps 2016. Catherine Jeannin et Martine Darblade m'ont permis de consulter les archives du projet TPV. l'espace d'un après-midi, je suis passé d'une société qui innovait dans les innovations de Pierre Boulanger à la fermeture programmée de l'usine d'Aulnay-sous-Bois.

Le manuscrit achevé, l'auteur débutant se demande s'il ne ferait pas mieux de le jeter à la corbeille . C'est là qu'intervient le « comité de lecture » dont le travail attentif, les commentaires éclairés, la franchise et les encouragements lui font chaud au cœur ! Mille mercis à André et Nicole, Marie-France, Claude, Michel, Isabelle, Clémence, Marc, Jean-Marie et Denise, Laurent et Pascale, Jean-Pierre et Laurence, Denis et Janine, Ophélie, Jean-Michel,

Comité à la tête duquel Daisy, lectrice vigilante, impartiale, exigeante et patiente, a souvent su me ramener sur les rails de la rédaction !

Ce livre n'aurait pu être écrit sans la passion pour les mots que m'ont donnée Serge Koster, Jean-Pierre et

Michèle Allali à l'aube de mes années lycéennes. Qu'ils en soient ici remerciés avec sincérité et émotion.

D'où viennent ces mots, ces expressions que l'on écrit sans vraiment l'avoir voulu, mais qui font partie de notre « capital lexical ? » Jules Verne, René Barjavel, Victor Hugo, Arthur Conan Doyle, Jean Cosmos, mais aussi Philippe Geluck, Maurice Tillieux, Jean-Michel Charlier, Greg ont souvent guidé mon vocabulaire et inspiré des détails de la narration.

Merci enfin à Eric Alary qui a bien voulu être le premier préfacier des enquêtes de Joseph Dumont, et de donner à *Mort d'un sénateur* la légitimité d'un travail de recherche.

Sous l'Avoiron, août 2017/janvier 2025